THE BERRY PICKERS

採莓人

亞曼達・彼得斯 著

祁怡瑋 譯

Amanda Peters

目次

獻給我的老爸

謝謝你的故事

Wela'lin a'tukowin *

* Wela'lin a'tukowin：米格瑪哈語（Mi'kmaq），「非常感謝你」之意。

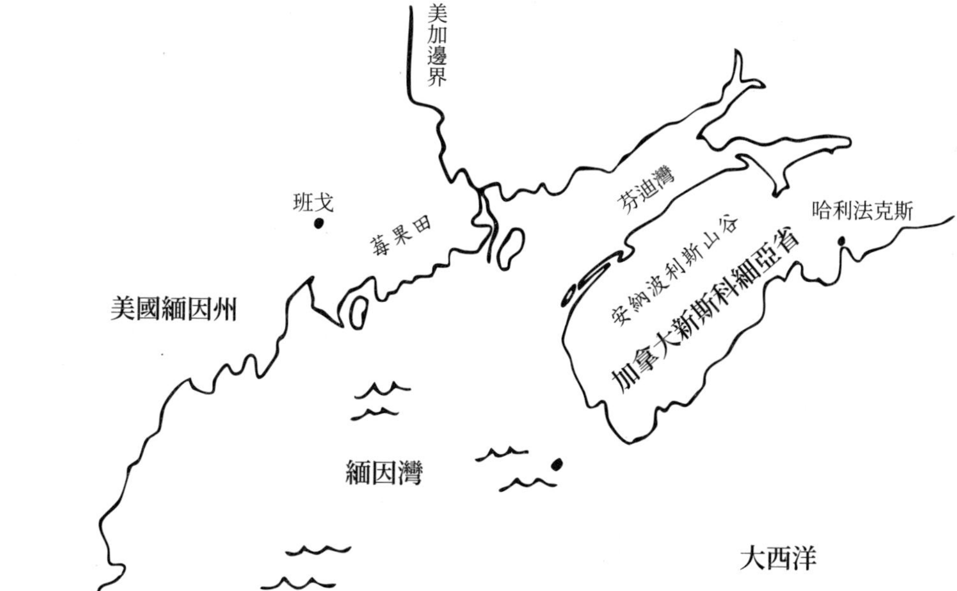
美加邊界
芬迪灣
班戈
莓果田
哈利法克斯
安納波利斯山谷
加拿大新斯科細亞省
美國緬因州
緬因灣
大西洋
波士頓

楔子

我背靠牆壁坐著，枕頭被我壓得扁扁的。梅把枕頭捶得蓬鬆又飽滿，但那是幾小時前的事了。我手裡拿著莉亞的照片。照片中的她還很小，那時我還不知道她的存在。窗外的太陽暗了下來。我想著女人是如何形塑、造就了我，儘管我大半輩子都不在她們身邊，覺得不可思議。

因為腳痛的緣故，我沒辦法坐到樹幹旁被我當成老友的火塘邊。我厭倦了這張床，厭倦了那些藥，厭倦了伴隨疾病而來的寂寞，厭倦了知道我愛的人再怎麼努力也不會懂得我的寂寞。死亡是我必須獨自面對的事。莉亞現在是個大人了，她每星期來看我兩次。我的姊姊梅和哥哥班負責照顧我，即使我不配。我的媽媽負責禱告。

「喬？」梅把門打開一條縫。一邊是門，一邊是牆，她的臉被框在中間。

「我醒著。」

門整個打開，梅走了進來。她的眼裡有喜悅的神色。我已經好一陣子沒從任何人眼裡看到這種東西了。

「梅，你看起來很高興。」

「那是因為我真的很高興。」

我試著坐直一點，想為她打起十二萬分的精神，想讓她看到無論令她快樂的是什麼，我也會跟著快樂。

「喬，有人來看我們了，應該很有得聊喔！」

1
喬

露絲失蹤那天，黑蠅似乎特別飢餓。在我們平常去買東西的雜貨店裡，那些白人說印第安人當採莓工正好，因為我們的血是酸的，黑蠅不想靠近。即使我當時只是個六歲小毛頭，也知道他們說的不是真的。黑蠅對我們可沒有差別待遇。但現在，將近五十年後，躺在這裡，臥病不起，裡裡外外都被看不見的疾病啃噬殆盡，我再也分不清真假了。說不定我們真的很酸。

無論酸不酸，我們還是會被叮咬。但媽媽知道要怎麼止癢，好讓我們夜裡能睡一點覺。她剝下赤楊樹枝的樹皮嚼成糊，再敷到被咬的地方。

「別動，喬，不要扭來扭去。」媽媽邊說邊把厚厚一層糊敷上去。田地後側的邊界上長了一整排稀稀疏疏的赤揚。這些田地綿延不盡，至少在當時的我看來像是沒有盡頭。地主艾里斯先生用大石塊把田地分成一區一區，這樣比較容易記錄我們採過的地方和要採的地方。但最終你總會再次來到那排樹。要麼來到那排樹，要麼來到九號公路[1]。很破的一條路，到處是西瓜大小、深潭一般的坑洞。就是這條蜿蜒穿過田野的柏油黑線，年復一年將我們帶往那裡。

就連在一九六二年那時，九號公路沿線的房屋也不多，而且都是老房子。或灰或白的油漆斑駁剝落，門廊歪的歪、爛的爛，或翠綠或枯黃的野草在廢棄的車輛和冰箱之間長得老高，廢鐵剝落的鐵鏽隨著強風飛走。我們在仲夏從加拿大新斯科細亞來到這裡。一整個車隊皮膚黝黑的工人穿過這個雜草叢生、鏽跡斑斑的世界，一路上又是歡聲笑語、又是引吭高歌，當地人都轉過身去背對我們。我們的出現是他們沒能繁榮發展起來的證明。這地方唯一流露出一絲喜悅的時候，就是在秋收的季節裡，西下的夕陽泛著金光，田地在輝煌的九月天空下閃閃發亮。

在這一片沒落衰敗中，立著艾里斯先生的房子。房子坐落在九號公路和泥土路交會的轉角上，泥土路通往湖的另一邊，沒有印第安人的那一邊。星期天，白人會在那裡游泳、野餐。就連在緬因州微弱的陽光下，他們的皮膚也會曬傷。回家多年之後，我再度離家之前，那棟房子在我的記憶中就像書上的一張照片，像你在公車站或候診間等待時翻閱的那種雜誌裡會有的。高大的楓樹從車道上方垂下枝葉，有人在房子和通往營地的泥土路之間種了長長一排松樹林，免得我們偷看。坦白說，我們倒也不是沒試過。

「班，既然那房子全部都是窗戶，他們幹麼還要費事蓋房子？」我問過我哥。

「人總得有個遮風避雨的地方。這裡就跟我們家那裡一樣，也有天冷的時候。」

「可是那一堆的窗戶。」我看得瞠目結舌。

「窗戶很貴。他們用這種方式炫富。」

我點頭表示贊同，即使還是不太明白。

那棟有著紅色邊框的白房子，每隔一年的夏天就重漆一次，前門還有兩根羅馬柱，這就足以讓我稱它為「豪宅」了。畢竟，我住的可是屋頂漏水的三房小屋。多年後重返舊地，艾里斯先生早已死於心臟病發，我也有了全新的眼光，知道它不過是裝有一面凸窗的兩層樓房屋罷了。

失去露絲的那個夏天，我們在七月中旬抵達時，田地上滿是濃密的綠葉和小小的野莓。我們還是很興奮，幾乎把過去幾年艱苦的工作和漫長的日子忘得一乾二淨。父親把我們連同接下來八到十二週需要的東西卸下，就在同一天又離開了。飛揚的塵土一路跟著他返回美加邊境。他要去新布倫瑞克接每年都來的同一批採莓工，同一批他能信任的人：老傑洛德和他太太茱莉亞，工作勤奮、不愛跟別人打交道的雙胞胎漢克和柏納德，寡婦艾格妮絲和她那六個高頭大馬又孔武有力的孩子，還有酒鬼法蘭基——很逗的一個人，怕熊、怕黑，好吃懶做。

爸爸總說：「你們的媽媽說，就連法蘭基這種人也需要錢和人生目標，哪怕只有八個星期。」

「爸，連我摘的都比他多。」法蘭基心不在焉地丟了一顆莓果到嘴裡，我朝他點點頭說：「而且他摘多少吃多少。」

「喬，有些人是可以諒解的。你知道他小時候差點溺死，後來就沒長好。不是法蘭基的錯，神一定有祂的安排，所以，我們就接納他的樣子。他就跟我們一樣，每年夏天都需要這份差事。他喜歡來這裡，坐在火塘邊，賺點零花錢，活著有點期待。」

「是啦，可是，爸爸……」我還是很不高興法蘭基有錢拿，而我摘的比較多，卻只是在九月有新制服可穿，但我才開口就被打斷了。

「沒有可是，回去工作，對法蘭基好一點。世事難料，或許有一天你也需要別人的好意。」

爸爸去載額外的人手時，我們在母親嚴密的監視下收拾工寮、搭好營帳。「男生去把門廊地板上冒出來的草拔了。把這地方打掃得乾淨一點。」為了拔那些竟敢趁我們不在時長出來的草，我們還割傷了手。接著，我們去撿火塘要用的乾柴。一個是煮飯用的火塘，幾乎隨時燃著火焰；另一個是平日洗碗、週末洗衣用的火塘。我姊姊梅和其他幾個女生幫忙打掃工寮，還有幾個女生就像每年夏天那樣，去地主家幫他太太把房子上上下下打掃一遍，好賺到一點零用錢，到園遊會用這些錢買髮夾、私釀酒和爆米花。

從我們的工寮看不到湖，但從營地外圍老傑洛德和茱莉亞的帳篷那裡看得到。我們很幸運住在有門、有屋頂的工寮裡，還有幾塊舊床墊可睡。只有少數人能住工寮。其他人都睡帳篷，包括我的兩個哥哥班和查理，只能躺在硬邦邦的地上，用夾克當枕頭。

來自新斯科細亞各地和幾個來自新布倫瑞克的家庭都抵達之後，男孩們就會聚在一起又吵又鬧。從去年的採莓季以來，他們就沒見過面，有很多話要大聊特聊。那年夏天，我還沒大到可以跟他們玩在一起，所以我都跟露絲作伴。露絲在那些年紀較大的男孩身邊就緊張。白天，他們認真工作，她就像愛我們其他人一樣愛他們，也像記得我們一樣記得他們。但到了夜裡，當他們圍著火塘引吭高歌、調戲女生、打打鬧鬧，她就會躲回工寮，把舊襪子做的布娃娃夾在胳肢窩底下，背貼著最遠的那面牆睡覺。媽媽躺在她的另一邊，形成一道保護的屏障，隔開她和那些已經被她遺忘的吵鬧男孩。

那年夏天離家南行時，舊卡車上一共塞了我們一家七口人。媽媽、爸爸、班、梅、查理、露絲和我。班和梅會在印第安學校寄宿，那年之前，每年夏天媽媽都盼著他們回家，卻又裝作沒在等的樣子。他們一到家，還來不及下車，媽媽就撲了上去，接連把兩人拉到跟前來，站在那裡捧著他們的臉端詳，好像他們是金子做的一樣。她會親親他們的額頭，一遍遍念著他們的名字，像在誦念《聖母經》一樣。爸爸則會抱抱梅、拍拍班的背，再把我們載上卡車，開往美加邊境。印第安事務官一年只讓我們見他們兩次，一次是耶誕節，一次是採莓季。「勤苦的勞動可以磨練人格，有助他們成為對社會有貢獻的『正經』公民。」有一次，班把爸爸撕掉的信拼了回去，念出上面的內容。爸爸不喜歡休斯先生，就是那個胖胖的印第安事務官，他的鼻子上還有坑坑巴巴的紫色小洞。爸爸讀過那封信之後，班和梅就再也不用回學校去了。他們可以和我們一起留在家裡，上查理和我上的同一所學校。

現在，班睡在我對面的單人床上。多數夜裡，他都醒著不睡，深怕我會在輪到他值夜時嚥下最後一口氣。他不在那張床上的時候，就會是梅在那裡唉聲嘆氣，鼾聲大作。如今就我們四人。媽媽、梅、班和我。如果靈界真的存在，到時能見見我失去的那些人，能給他們一個擁抱，能告訴他們我很抱歉、我愛他們，那就太好了。生死兩界都有我想說抱歉的人。我大概永遠也不會知道天堂是否存在，所以，我索性就不去煩惱這個問題了。我想告訴媽媽我不信天堂，但她相信所有她愛的、去世了的人，現在都坐在上帝的右邊。

同年夏天，八月中旬一個晴朗的夜裡，我們全都圍著火塘而坐。爸爸剛收起小提琴，我們唱歌跳舞玩累了。露絲和我攤開毯子躺下，雙手枕著頭，看螢火蟲和星星爭奇鬥豔。那些運氣好、年紀又夠大的人前往艾倫山，他們有自己的火塘。梅跟我們說著男孩女孩跳舞接吻的荒唐事，還強調她一向很守規矩，從沒做過這種事。露絲和我都不相信。天底下沒有梅不喜歡的派對，也沒有梅不惹半點麻煩的派對。但回到我們的火塘這裡，話題轉移到別的事情上。

「他們說那樣對孩子好，可以幫孩子融入社會、找到工作。」老婦人的手像粗繩似的，但她甚至不用低頭看自己在做什麼，就能把長長的梣木片編成籃子的形狀。

「我說真是鬼扯。沒人有權利那樣奪走我們的孩子，尤其是那些白人。瞧瞧他們是怎麼帶孩子的。一個個成天哭鬧不休。他們不快樂，現在又想奪走我們的快樂。」

「別誤會，我很高興班和梅回家來，但他們教孩子讀《聖經》總是有好處的。」母親湊近火光，下針縫起另一雙襪子，說道：「我一直不確定把班和梅弄出來是不是正確的決定，但路易斯很確定，百分之百確定。」雖然不是母親的錯，但她愛上了教堂。她鮮少提及的童年時代，根植於心的信仰被連根拔起，被那些繁瑣的儀式取代。露絲起身悄聲對我說她要去上廁所。她在我們共臥的毯子上留下一個溫暖的凹痕，卻再也沒回到那塊毯子上。一會兒過後，媽媽去找她，發現她在工寮裡縮成一團睡著了。

就在第二天，露絲失蹤了。

爸爸來回走動逐排巡視，檢查我們的進度，指出沒摘到的果樹叢和沒做好的地方。每天到了最後，他會跟工人碰面，記下每個人當天採了多少箱。有些偷懶的人會把綠葉和樹莖塞到箱底，看起來就像摘了比較多。但爸爸從不上當，無論他們試過多少次。採莓工是按箱計酬的。艾里斯先生正沿著隔開各排莓果樹的其中一條長繩踱步，這時露絲從另一個方向拎著一小桶水來到爸爸身邊，水桶重得她小小的手臂直發抖。她舉起那個白色把手的藍色小塑膠桶，就是我們星期天下午用來蓋沙堡的那種。

「Wela'lin ntus.」[2]爸爸向露絲道謝，接過水喝了起來。

「路易斯，這丫頭很安靜啊。」艾里斯先生把汗涔涔的一隻手按在她頭頂上，一圈圈揉著，肥舌還發出嘖嘖的聲響，像把露絲當成傻瓜似的。她就站在那裡由著他去。他的大肚腩都從皮帶上垂了下來，骯髒的牛仔褲上又是油漬又是汗垢。「比你其他的孩子都來得嬌氣。到頭來，這樣對她可能有好處。不過，依我之見，跟她講你們那種土話對她沒幫助。」爸又喝了一口水，再把水桶還給露絲，然後一手推著她的背，一手指了指班和我，讓她遠離艾里斯先生。露絲向我走來，剩下的水在桶子裡晃啊晃。班伸手要去拿水桶，卻被我一把搶過來，對著自己當頭澆下。我誤吞了一點水，嗆得又是咳嗽又是呸口水。露絲彎下身來揉我的背，就像她已看媽媽做過無數次的那樣。

中午左右，爸開著藍色卡車，沿著田地邊緣緩緩前行，把飢腸轆轆的工人一一接起，接回最靠近營地的那塊莓果田。媽媽在這裡分發波隆那臘腸三明治。吐司乾得黏在我的上顎。有時我們會有番茄醬或芥末醬，但多數時候只有吐司和臘腸。我趁媽媽沒在看，偷偷把臘腸挑出來吃掉，吐司就丟去餵烏鴉。要是被她發現，她可是會狠狠抽我一頓的。有自家的七張嘴外加整個營地的人要餵，媽媽不能容忍絲毫的浪費。

那天，露絲和我坐在田邊我們的那塊石頭上。男孩們把握幾分鐘自由活動，溜到湖邊匆匆游個泳或親親某個女孩。這段時間裡，我們倆就喜歡坐在那裡。梅已經開始準備晚餐了，通常是馬鈴薯燉肉，就在戶外的夕陽下燉煮。但我們有一整個營地的人要餵，所以光是削那些馬鈴薯就很花時間。梅總是抱怨個沒完，有時還會溜走，不顧爸爸的擔憂或媽媽的憤怒，自己搭便車去班戈。接著，她會在天黑之後晃進來，偷塞糖果給露絲和我。我們從沒問過糖果是哪裡來的。我們才不管呢！甜滋滋和酸溜溜的味道過癮極了。糖果卡在我們的齒縫間。媽會吼一吼，梅會坐下來聽，之後她會安分幫忙個兩星期再開溜。那時的梅實在是誰也料不準。

那天，在我把吐司丟給烏鴉、把食指豎在嘴唇上跟露絲說「不要告訴媽媽」之後，就再也沒人見過她。

「喬，我絕對不會出賣你的。」她的聲音很柔，臉上有那種默默沉思的表情。說也奇怪，人在事情出錯時，特別會記得這種小地方。平常不會留在記憶中的細節變得永難磨滅。我記得露絲穿著洋裝，姊姊們穿過傳下來給她的，輪到露絲的時候，衣料已經變得很薄，而且幾經縫補，以她嬌小的身形來講也太大件了。原本的藍色點綴了東一點、西一點的紅色和綠色，腋下那裡甚至有一小塊咖啡色的燈芯絨，是從我去年夏天的工作褲上剪來的。我還記得她的側臉——那張臉活脫脫就是我母親的臉，人人都說怎麼那麼像。我記得她是怎麼側過臉去，看著一隻烏鴉衝下來叼走我丟的吐司。

我跑下去朝湖面丟石子。多數日子裡，在吃完三明治、回去我那排莓果樹之前，我會這樣玩一會兒。我從沒想過她會走遠。她吃完之後向來只是坐在那裡看小鳥，等媽媽或梅來帶她回去。爸爸載著滿車採莓工回田裡，經過那裡時，甚至都沒注意到她不見了。要到她沒回來幫梅的忙，媽媽去那塊石頭找她，才有人覺得可能出事了。媽媽高聲呼喚她，心想她只是偷懶不想幫忙，即使這一點兒也不像她會做的事。

「露絲！露絲！快出來，丫頭，出來到我看得見你的地方。」爸爸開著空無一人的卡車過來時，媽媽正沿著松樹林外圍走著。爸爸放慢車速，跟在媽媽身後，顛簸地開在泥土路上。

「怎麼了？」

「露絲不知跑哪去了。等我找到她，看我怎麼打她屁股，害我擔心成這樣。」爸爸笑了笑，伸過手去拉上副駕駛座的窗戶，免得灰塵和黑蠅跑進去。

接著他就繼續往前開，留下媽媽一聲聲喚著露絲。

爸爸正在剪一綑繩子，準備隔出一塊新的田地。媽媽回到營地這裡，身邊卻沒有她的么女。

在外面的田地裡，我們很訝異又看到爸爸的卡車沿著泥土路駛來，掀起塵土和沙石。爸爸停下車，叫大家都回到卡車上。明明還不到收工的時間，班、查理和我抬頭看了看太陽，才丟下裝備跟其他人一起爬到車斗上。我們回到營地後，只見媽媽抱著頭坐在塑膠椅上，梅緊挨著她。

「你們聽好了。看來露絲是走丟了。」爸爸說。大家不約而同轉過頭去，看那些樹和通往湖邊的泥土路，彷彿全體一起看就能把她看出來似的。「我要你們兩兩一組，到樹林裡找找。」

梅跟查理一組，我則跟著班鑽進樹林，枝葉刮著我的腿和臉。直到我死的那一天，而那天反正也不遠了，我都會記得那些呼喚露絲的聲音。我們找遍了樹林和湖邊，以防萬一也找了水陸交界的邊緣。我們豎起耳朵，聽有沒有人終於找到她的歡呼聲，但歡呼聲不曾響起。太陽下山了，呼喚聲還在繼續，我覺得從頭頂難受到腳底。天色漸暗，呼喚聲在我的肚子裡迴盪。我得在樹木之間潮濕的土地上坐下來喘口氣，班停下腳步催促道：

「拜託一下，喬，站起來。現在不是休息的時候。露絲一定嚇壞了。」班抓住我的手臂拉我起來，但我兩腿一軟重摔在地。「喬，別像個小孩一樣，拜託。」

我還沒從他身邊閃開就哭出來了，還吐得滿地青苔都是嘔吐物。

「天啊。不會吧。我帶你回營地去。」班把我拉起來，背到背上，彷彿我輕得像羽毛。我抱住他的脖子，頭靠在他肩上。「我警告你不要吐在我身上，否則我就把你丟在這個叫天不應、叫地不靈的地方。」

我虛弱地點點頭，下巴敲在他的肩骨上。

我們回來的時候，媽還坐在那張塑膠椅上，呆望著火塘。將近晚餐的時間了，但沒有食物的蹤影。梅把我從班的背上扶下來，讓我就地躺在一條舊毯子上，我的頭對著媽媽的腳。班跟她說我在樹林裡吐了，她甚至都沒說我小孬孬。

媽媽說：「喬，你放心，她可能只是走得太遠了。會有人找到她的。現在先別擔心。」她彎下身來，伸出強壯的雙手捋了捋我的頭髮。

此時正是白晝開始讓位給黑夜的時分，四周看起來陰森森的。爸爸朝火塘走來，但直到他開口說話，我才確定他是真人，不是一道鬼影。

「我要去鎮上找警察。多一點人幫忙總是好的。他們也可能比我們有更多燈具可用。何況她只是個小丫頭。」彷彿她年紀小會有什麼差別似的。爸爸轉身上了卡車開走了。

媽媽說：「他還是相信他們會在乎。」我們看著他的車尾燈消失在陰鬱昏暗的暮色中。半小時過後，他回來了。就一輛警車，就一個警察，跟在那輛破舊的卡車後頭。那個比爸爸矮但一樣瘦的警察在車上坐著不下來。我們全看著他坐在那裡寫筆記，寫著寫著，還不時抬眼偷看我們這些圍在火塘邊的人。他離得太遠，夜色又太黑，直到他下車來，我才看得清他的樣子。爸指了指依舊躺在媽媽腳邊的我。警察大人走過來，蹲下身跟我說話。

「小朋友，今天下午在這附近看到什麼奇怪的事了嗎？」我搖搖頭。「看到你妹妹跑到樹林裡去了嗎？還是看到她去湖邊了？」我又搖搖頭。他有口臭，聞起來就像洋蔥和高麗菜混在一起，而且在溫暖的太陽下曬太久的味道。他站起來，理了理褲子，又問我媽和梅一樣的問題，但他根本沒在聽我們任何一個人回的任何一句話，只是心不在焉地望著聚在火塘邊的人。梅不耐煩起來。

「你只是要問一樣的蠢問題，還是要幫我們找到她？」她說。

媽媽抓住梅的手，要她冷靜下來。警察大人甚至沒轉頭看她。我清楚記得在火光的映照下，他是如何半個人都在陰影裡，就像我愛看但買不起的漫畫書裡的壞人一樣。

他用鉛筆敲了敲拍紙簿。「嗯，我能做的，你們都做了。找到她的話跟我說一聲。我會留著我的筆記，以防萬一。」

「你不幫我們找嗎？」爸爸問。

「不好意思啊。」他低頭看看拍紙簿。「路易斯，我確定你們自己就能找到她，何況我們也做不了什麼。她離開的時間還不夠久，而且，大家都知道你們只是一些外勞，不是正經的緬因州公民。你明白的。」他停頓一下，等爸爸附和他。爸爸在胸前叉起了手，等著。「我們總共就三個警察。兩星期前，雜貨店又失竊，所以……」

他走回警車，開門要上車，爸爸一把抓住他的衣領。警察大人頭上的帽子掉了下來，敲到車門再反彈到地上，掉在爸爸腳邊。

「她還只是個小女孩。」爸爸低聲說。

警察大人重新穩住重心，站在車身和打開來的車門之間，爸爸的手還是抓著他的衣領。「我奉勸你把手拿開。你們這裡的人手比我能帶來的還多。好了。放開我。」

爸爸放開他，警察大人理了理衣服，彎身撿起帽子，對著車門拍了拍，把沙子拍掉。

「依我說，你們要是那麼關心那孩子，就該多注意一點。好了，去去去！我說了我會留著筆記，有什麼消息再說。你們要是找到她了，歡迎隨時通知我。」他爬進車裡，一邊小心翼翼地盯著我爸。爸爸就像柳樹一樣高瘦單薄，但他發起脾氣可是很嚇人的。警車倒進樹木之間的一小塊空地，來個迴轉之後就沿著泥土路往九號公路開回去了。爸爸撿起一顆大石頭丟過去，砸到了車尾燈。警車只停頓一下就繼續向前，直到殘餘的燈光完全看不見。

「路易斯，你也知道他們絕不會幫我們的忙。你對那些人太有信心了。」媽媽重新坐下。她把身體往後靠，抬頭看著星星哭了起來。

那天夜裡沒人睡得著。我一個人上床，躺在本該是露絲的空位旁邊。松木板做的外牆有細細的縫，火光從細縫間透進來。大人們壓低嗓音的交談聲傳到我耳裡，但我聽不清任何一句話。我用力閉上眼睛，用力到眼冒金星。金星退掉之後，我在眼皮內側勾勒出露絲的臉。

露絲失蹤兩天後，艾里斯先生來了。他這兩天都沒出現，但我們忙得沒注意到。他知道露絲的事。現在九號公路上上下下的營地都知道了。但在莓果箱空無一物的第三天，他停下他的卡車，出來到車外，揮手要爸爸過去，假裝聽不到搜索的人還在喊著露絲的名字。

「路易斯，這不是我的問題。不是欸。你知道我的問題是什麼嗎？我這些莓果得有人摘。」艾里斯先生指了指空無一人的莓果田。「而且，你們如果不回去工作，多的是願意來這裡做農活的印第安人。」

他的口水噴到爸爸臉上。一時間，大家都僵在那裡，等著看爸爸把他撂倒，但爸爸沒有這麼做。爸爸似乎再也沒有絲毫鬥志了。

「這就對了嘛。全部回去工作！」艾里斯先生邊喊邊爬回卡車的駕駛艙。發動車子開走時，他又朝窗外對著媽媽說：「很遺憾你們家丫頭不見了。」

我們輪班下田採莓，又找了露絲兩天。艾里斯先生每天早上十點半開車過來巡視，所以這時田裡會有比較多的人。他會點點頭，繼續往前開。但我們從日出找到日落，希望也隨著太陽一起落下。趁著日落之前，大伙兒再趕緊把握時間用草和樹枝把莓果箱塞滿。我們一遍遍喊著露絲，喊到樹木都記住她的名字了。我們沿著九號公路走來走去，穿過田野，越過那座湖，但都找不到她的一絲蹤跡。她不在莓果田後側稀疏的樹林裡，也不在那六棟毗鄰的房屋附屬的任何建物或生鏽的冰箱裡。

四天不見露絲的蹤影，媽媽變得愈來愈陰晴不定。她只有上廁所的時候會離開椅子，不然就是跑去坐在露絲的石頭上。梅發現她坐在那裡哭得亂七八糟，因為她看得出來土裡有露絲的小腳印。梅對著地上東看西看、左瞧右瞧，怎麼樣都看不出有什麼腳印。梅勸不動媽媽，直到天氣一變，雨水帶走看不見的腳印，流向泥土路盡頭的溝渠。回工寮的一路上，梅都從媽媽的腋下撐著她。她用我們不懂、只有她和爸爸聽得懂的古老語言哭喊著咒罵上帝。

爸爸付錢請其中一個工人載媽媽回新斯科細亞，梅陪著她一起回去。她們離開之前，媽媽又哭又叫了幾小時。看自己的媽媽哭成那樣很令人不安。媽媽從不掉眼淚。我們看著那台破舊的一九五二年份克羅斯利旅行車沿著泥土路緩緩前進，每開過一個乾掉的泥坑，車身的鐵鏽就掉到地上。我揮了揮手，爸爸把他那皮膚都皸裂了的手搭在我肩上。

媽媽離開之後，營地上的其他婦女聚在一起，壓低嗓音搖著頭，談論一個女人最大的不幸。

「失去孩子該有多心痛啊！我懷過三個，都在出生之前就沒了。還有一個因為發燒，小小年紀也沒了。都過去四十年囉！對女人來講，這種事永遠也過不去。」老太太搖搖頭又低下頭來，盡量就著火光做她的針線活。

「尤其是像露絲這麼乖巧的。」

「希望不會對她打擊太大。她還有四個孩子需要媽媽。」

我坐在那裡聽，心想如果走丟的是我、不是露絲，媽媽應該會好過一點吧。她有三個兒子，女兒只有兩個。我是最小的兒子，多出來的那一個。至少，那天夜裡，看著火光在地上投下悲傷的陰影，我是這樣告訴自己的。那是很簡單的算術。

我們一連找了露絲六星期，直到該打道回府為止。莓果田已經採得乾乾淨淨，土裡的馬鈴薯也挖出來吃掉了。我們把營地收拾好，旅行車的車主坐上卡車車斗，跟我們一起走。沒人提到她。但在經過我最後看到她的那塊石頭時，想起她一手拿著三明治的樣子，我就是知道，我們拋下露絲了。

1　Route 9，指緬因州州道九號。美國緬因州與加拿大新布倫瑞克省（New Brunswick）相鄰，九號公路西起緬因州與新罕布夏州州界，東至新布倫瑞克。

2　Wela'lin ntus：米格瑪哈語「謝謝你，我的女兒」之意。

2 諾瑪

可能是四、五歲左右，還很小的時候，我老是作那兩個夢。一個一片光明，一個一片漆黑。要到我都五十幾歲了，母親都神智不清了，我才知道那其實是同一個夢。第一個夢裡，我在汽車的後座，陽光透過道路兩旁的樹木灑下來，一閃一閃地照在車窗上，我瞇起眼睛，抬起臉來向著太陽，感覺很溫暖、很舒服。髮絲搔著我的鼻子。我通常是一條辮子垂在背後，辮子綁得很緊，以免長頭蝨。我不斷伸出指甲裡滿是汙垢的小手去撥開髮絲。不知道為什麼，一隻鞋子在我腳上，另一隻鞋子落在車內。車子開得很快。車上有肥皂和新皮椅的味道。沒有冷氣，我瘦巴巴、棕膚色的大腿黏在椅子上，汗水在皮膚接觸皮椅的地方留下小小的橢圓形濕印。我撩起破舊的洋裝，想塞到大腿底下。要是在別人的汽車座椅上留下汗漬，母親可是會不高興的。看太陽看得太久，我都眼冒金星了。她從前座跟我說話，我眨眨眼睛轉過頭，看到一張女人的臉。她不是我母親，卻又生著我母親的臉。這時我就醒來了。

在一片漆黑的那個夢裡，除了月亮周圍的藍暈，整個天空都是黑的。我後來學到，那是光的折射。皓月當空，那一圈光暈那麼藍，我沒辦法定睛去看任何一顆星星。四周的一切相形黯淡。有幾縷飄渺的雲，但不會下雨。我也不曉得我怎麼知道，但我就是知道。「那些不是雨雲。」曾有一道熟悉的聲音告訴我。我看到有一堆火在燒，就在地上，我腳尖前頭。夜裡的草又濕又涼。令人打冷顫的月亮。沾濕了的雙腳。大家都聚在火塘前，一個女人轉身對我點點頭，又回過頭去對著火焰，陰影將她籠罩，我想尿尿。

我聽到貓頭鷹呼喚彼此的叫聲和遠處的狼嚎，但是夢裡的我不怕。現在我怕了。在馬克和我婚後租住的鄉村小屋外頭，當我獨自一人而郊狼放聲嚎叫時，我得鼓足勇氣，才不會跳上車逃回波士頓去。有時，唯一讓我留在屋內的原因，就是想到在我瘋狂衝向車上的途中可能被郊狼逮個正著。各式各樣的恐懼伴隨年齡增長而來。但在童年的那個夢裡，晝伏夜出的生物嚇不了我。

夢中的我站在那裡，融入夜色之中。我聽到一聲大笑，我知道那是我哥。這就怪了，因為我明明是家中唯一的孩子。我打了個寒戰，火塘前的女人又轉過身來。她在找我。她打手勢要我回到那群人身邊。我納悶她為什麼一直藏在陰影裡。我認得她的味道和聲音。我感覺得到她的手，那雙多年來養兒育女歷盡風霜的手，在雷雨交加時拍哄著我。才不過幾星期前，她的臉都還是一團謎。她向來只是一道剪影，兩眼沒有色彩，嘴脣沒有血色，眼角沒有歲月留下的魚尾紋。她只存在於夜裡。每次醒來，我都為這個籠罩在黑暗中的女人哀痛不已。我想出聲喊她。我認得她。但當我試著說出她的名字，我的舌頭卻黏在上顎，腦袋裡一片空白。我感覺喉嚨傳來顫動，但沒有發出聲響。我滿懷悲傷，眼睛還沒能睜開，眼淚就流了下來。

有時，那份悲傷以驚恐呈現。我不記得是在什麼樣的情況下了，但我記得自己明白過來，我的家不是我的家——不只是這麼覺得而已，而是真正地明白過來。沒有一件東西是對的。也沒有一個人是對的。

「我們搬家了，小迷糊。你只是想起舊家罷了。」每當我跟母親說起這些事，她總有辦法讓我覺得是我糊塗了。小時候是讓我覺得自己糊塗，大了則是讓我覺得內疚。

當我想去談那個女人，當我回憶起她的臉、她的五官、她頭髮的觸感，還有另一個合理的解釋。

「我有幾星期不在家，去照顧你阿姨茱恩了，記得嗎？她動手術之後？」

一場從沒跟我解釋清楚的手術。一場我後來才知道純屬虛構的手術。

「你弄錯了。你說的是那段時間過來陪你的表姑媽。」

我想，我一直都知道哪裡不太對勁。但在小時候，我以為不對勁的是我。然後，我很快就忘了自己為什麼會弄錯。那兩個夢還是揮之不去。

我試過跟父親說，他總有合理的解釋，但我還是放不下。我沒辦法把夢折起來，收到抽屜深處，忘了它的存在。

他嘆口氣道：「諾瑪，小親親，可能是夏天來我們這裡上教堂的人吧。某個曾經對你很好的人。」他一邊說，一邊撕著大拇指指緣的小肉刺。有時他會把拇指含在嘴裡止血。每次說起我的夢之後，他的拇指都要纏上一星期的繃帶。

我描述起火塘前的女人的樣子，父親告訴我：「諾瑪，作夢常常都沒什麼道理。我夢過我是一隻海馬，那不代表我真的是啊。」

「可是她感覺很真實。」我說。剛醒來的幾分鐘，一切歷歷在目。我聞得到燒柴和煮馬鈴薯的味道。隨著氣味愈來愈淡，我的每一口呼吸都很哀傷。接著我就哭出來了，不只是從眼角落下淚來，而是痛徹心扉、發自肺腑地哭。

我一嚎啕大哭，母親就會衝進我的房間，停在床邊，打開那盞諾亞方舟圖案的小陶瓷燈，燈上有成雙成對排排站的大象和鴨子。除了那個夢以外，繪有《聖經》故事的小燈拉一下就喀噠一聲亮起來的聲響，是我第一件真正有記憶的事。燈光灑在小床上，擺滿動物玩偶的床上蓋了一條手工百納被，被子有著深淺不一的粉紅色，還有一圈蕾絲花邊。時至今日，只要是一盞獨自亮著的小燈，就會帶我回到那個房間，聞到汗水和尿液沁濕粉紅色棉花糖床單的味道。那盞小燈還收在儲藏室的某個角落，也或許在湖畔小屋那裡。被子倒是早就不知去向。

「只是一個夢，我的小甜心，只是作夢而已。我來陪你了。噓……諾瑪，只是一個夢、只是一個夢、只是一個夢。什麼事也沒有，作了個傻夢而已。只是一個夢。」夜裡她的聲音比白天溫柔。她把我緊緊抱在懷裡搖啊搖，嘴裡哼著聖歌。走道掛的時鐘滴答響，直到那隻木頭小鳥探出頭來，啾啾啾叫了三聲。母親還是坐在那裡搖著我。她一直撐到我的眼淚都乾了，影子爬下牆壁，消失在灰濛濛的清晨之中。有時，如果我還是哭個不停，她就會從走道盡頭的壁櫥裡，把所有備用的枕頭搬出來，在地上鋪成小床。有幾次，她熱了牛奶，還加了一滴香草，讓我用白天時不准碰的藍色小花彩繪茶杯喝。濃濃的牛奶味還留在嘴裡，我就又睡著了。母親窩在我身旁，手臂橫過我，抓住我另一隻手，直到我的手在睡夢中鬆軟下來。我喜歡她的手臂搭在我身上的感覺。早上醒來時，她已經不見了。她會回到與父親共眠的床上，但她的氣味還留在我一旁的枕頭上。氣味定義了我幼年的記憶。晚上是燒柴和煮馬鈴薯，早上是象牙牌香皂和她以為我不知道的威士忌。

「或許我們該帶她去給人看看？牧師之類的？」母親壓低嗓音說。她的嘴脣幾乎一動不動，彷彿舌頭上有個祕密，怕講得太大聲，那個祕密就會飛出來。這次，一片漆黑的那個夢活靈活現的。黑夜更黑，月亮更亮，但聲音更遠。這嚇到我了。母親眼底掛著黑眼圈，手裡拚命刷著乾淨的鍋子，我看得出來她也嚇到了。她從流理台後面打量了我一下，又看了看我有沒有在聽。

作夢之後，剛開始幾天，爸媽不讓我一個人獨處。所以，我就坐在客廳地板上，垂著頭豎起耳朵聽他們說話。我盡量坐在看得到他們的地方，母親一發現我在聽就會壓低聲音。我面前有一落童書和一隻玩具娃娃。我都九歲了，不玩娃娃了。但我只要做出玩娃娃的樣子，母親就會覺得好一點。她看我的時候，我把它抱在懷裡搖、幫它穿脫衣服，還假裝餵它。我梳梳它那尼龍做的金髮，把它的頭髮綁成辮子。我慈愛地對著它的塑膠小耳朵輕聲細語。但只要母親沒在看，我就把它丟到一邊，找書來看，找拼圖或任何一種九歲女孩比較感興趣的東西來玩。母親看我沒在玩娃娃，總會把它找出來放在我旁邊，然後一直看著我，直到我拿起娃娃來抱著它。

「蘭諾，她還小，作噩夢罷了。沒事的，不用看牧師，長大就好了。她總會忘掉的，我保證。」父親啜著咖啡，繼續讀著報紙。那是星期六的早晨，他卻穿得像是要去出庭一樣，一頭灰髮俐落地往後梳，鬍鬚也整整齊齊。他穿了件白襯衫，還打了領帶，以備我們要出門去什麼地方。夏天修剪草坪的時候，還有冬天在車道上剷雪的時候，他才會解下領帶。母親說，一個法官只要穿得整整齊齊、乾乾淨淨，大家就相信他會做出正確的決定。「整潔」是母親對多數問題的答案。

「那不只是夢而已。你懂我意思。不要假裝你不懂。」

他從廚房門口瞄我一眼。我連忙轉頭假裝沒聽見他們在談我。他又回到報紙上，母親則盡量用力地踩著腳走開——她就連在家裡都穿那種鞋跟很粗的高跟鞋。她找了另一個房間，又隨意找了件多此一舉的家事來做。

待我長大許多，那兩個夢只剩模糊的回憶之後，母親又想出一套新的理論。直到疾病侵襲她的大腦之前，她都堅持這套理論。她說我就是睡前吃太多糖才會亂作夢。這也太奇怪了，因為基於對我牙齒健康的考量，家裡的糖果都有嚴格的限額。我擺出跟父親一樣的臭臉給她看，她就轉過身，去把流理台上的茶巾重新折好，或是把已經很滿的鹽罐再加滿。但到了最後，逼不得已，我終究不再提起那些夢了。我還是會作夢，只是不再提起罷了，至少不對母親提起。我最後一次提起那輛車或夢裡的母親，她打破了一個很重的玻璃杯。杯子往流理台上重重一跌，摔成了三大片，也割到了她拇指下方那塊柔軟的肉。縫了五針。那就是最後一次。我感覺到肩上壓著沉重的罪惡感。每次罪惡感一變輕，她都察覺得到，然後她就會翻過她的手來，給我看那道傷疤。

我母親如果有什麼專長，那就是給人製造罪惡感。她擅長製造罪惡感，也擅長打掃家裡，這兩件事是綁在一起的。我作夢，她就打掃家裡。她打掃家裡，我就覺得很內疚。父親上班、我上學的時候，她就忙家事，每天都做跟昨天、前天一樣的家事。她總說，「免得突然有人登門拜訪」。但除了她的姊姊，也就是我阿姨茱恩，我不記得家裡有誰來訪過。然而，灰塵還來不及落地，就被她用抹布或吸塵器攔截了。偶有教堂婦女會的人來募捐，這時母親就擋在門口，她們只能伸長脖子往屋裡看。她的手裡會準備好一本袖珍本聖經，或一盤義賣要用的杯子蛋糕。婦女會的人從來沒能越過前廊一步。她們試過，但沒人成功。多年後，我才知道關於我家的傳言：地上的報紙堆得比我父親還高，地下室有個親戚的屍體，放到都成木乃伊了。沒記錯的話，木乃伊那個傳言，是我小學的時候從一個男生嘴裡聽來的。那傢伙名叫藍道，滿臉雀斑，身上又很臭，沒人喜歡他。儘管小學就聽過這種傳言，但要到七年級，我才知道母親是鎮上有名的法官太太，「住楓樹街那位」，以性情古怪出了名。而我，自然被聯想成一個性情古怪的女兒。

「她只是戒心比較重。她喜歡知道每件東西、每個人都在哪裡。這樣她才能安心。」茱恩阿姨是這樣回答我的，她是唯一能理解我母親的人，也盡力協助我理解。

「寶貝，她也不是一直都這樣。在她還小的時候，誰都沒辦法叫她閉上嘴巴。我發誓，就連在非洲都聽得到那個臭丫頭的聲音。她可是個快樂的小女孩，快樂得就像在泥地裡打滾的小豬一樣。」說到這裡，阿姨臉色凝重起來。「是因為那些死掉的寶寶，她才變得不愛說話，怪裡怪氣的。對女人來講，這種打擊太大了。後來她生了一個，完全成形了的，但可憐的小東西，小小的肺裡沒有空氣。是個女娃娃。」她停下來喘口氣。「但幸好接著就有了你。她只是很怕失去你。如此而已。沒別的了。那麼偉大的愛，總是一片心意吧。」

我點點頭，舔了舔阿姨上火車回波士頓之前買給我的甜筒。上面有香草、中間有草莓的巧克力霜淇淋，嘗起來冰涼又滑順。父親在車上等，母親得去上廁所，所以只有阿姨和我一起等火車。

「你記好了，她所做的一切都是因為愛。或許有點偏差，但都是滿滿的愛。寶貝，你記好了。」她要我跟她握手為定。

我想，沒人記得自己是什麼時候開始對這世界有所認知的。我不記得第一次體會到別人的感受是什麼時候，也不記得第一次把人分成正常或怪胎、友善或危險是什麼時候。我不記得第一次看電影為劇中人心碎落淚是什麼時候，第一次為別人出糗尷尬臉紅又是什麼時候。但我清楚記得第一次明白「差異」是什麼的那天。我指的可不是自己烤的巧克力脆片餅乾和買來的有什麼不同，而是真正的差異。

一定是我九歲的事，因為我開始去跟愛麗絲聊是九歲的時候，而我記得這兩件事離得很近。總而言之，在我九歲的時候，我們去海邊玩。在這個世界上，海邊是唯一讓母親看起來平靜、安心的地方。我發誓，她的皮膚放鬆了、背後的肌肉也放鬆了那麼一點點，嘴角揚起來的時候比撇下去的時候多。在海邊，我比較能看到茱恩阿姨熟悉的那個她。如果不是有張照片留下，我可能會懷疑自己記錯了。有時，回憶是很狡猾的。那是一張黑白照片，母親身穿泳衣，躍過一道波浪，雙手伸向太陽，頭髮閃閃發亮，像一圈光環框住她一樣。

父親死後，我從他的床頭櫃上偷走了那張照片。

那天，我們沿著海灘撿拾破掉的貝殼。我很失望找不到那種能湊在耳邊聽海的海螺殼。

我不高興地嘟起嘴來，父親斥責了我一下：「諾瑪，別傻了，大海只離我們幾步，你不需要用海螺殼來聽。」我一邊抱怨，一邊用白色提把的藍色小水桶蓋沙堡。水桶是母親從百貨公司買給我的，我很喜歡。後來有一天，我把它留在車道上，父親倒車時不幸將它輾成碎片，我傷心得哇哇大哭。但去海邊玩那天，它還閃著新塑膠桶的光澤。

我從被我蓋得奇形怪狀的沙堆上抬起頭來，看到一個個從我面前經過的白皙身軀被太陽曬得通紅。有些人停下腳步，稱讚我的沙堡，儘管它沒有一點城堡的樣子。有些人徹底無視我的存在。母親坐在大太陽底下，抬起下巴對著天空。父親在陽傘下看書配啤酒，那把傘有事沒事就倒下來。我看看自己的手，在夏天裡曬得很黑的手上布滿細細的沙粒，以及甚至比膚色更黑的雀斑。皮膚很光滑，指尖有小小的月牙。就在前一天，母親才幫我把指甲剪到完美的長度，修成完美的形狀。

「為什麼我這麼黑？」我站在母親的兩隻腳丫子前面，她揚著一手橫過眼睛。「你們那麼白，我卻那麼黑。」

母親坐了起來，警覺地瞥了父親一眼。父親放下書，攤放在膝蓋上，以不容質疑的權威口吻說：「你的曾祖父是義大利人。你遺傳了他的膚色，太陽一曬就看得出來。」

我沒理由不相信他。我又回去玩沙堆。「回家之後，可以給我看他的照片嗎？」

「不行，照片都被那場火災燒掉了。」

那場火災。事發當時，我還太小，什麼都不記得了。那場火災帶走很多東西，包括我五歲前的每一張照片，現在還包括家族裡唯一跟我相像的人的照片。我咒罵了一下那場火災，繼續堆我的沙堡。

過了幾星期，學校開學之後，我在後院玩。咬人的蟲子還沒跑出來，所以一定是下午。太陽熱烘烘地照在我的後頸上。我穿著戶外服——就是不小心被我弄髒或我長大撐破了的舊衣，袖口幾乎快到手肘高，外套繃著胸腹。我在院子裡挖著又黑又涼的泥土，準備埋一隻死掉的金龜子。很大一隻，雖然死了，翅膀還是很硬，在太陽下閃閃發亮。我很遺憾前廊的燈害牠一頭撞死在窗戶上。我用廚房拿來的銀色大湯匙挖了一個小洞，電話響起時，我正從那個小洞裡拉出一隻蟲來。母親放下她的書，看看屋裡，又看看我。電話響到第三聲，她又看了看屋裡。最後，她起身進屋，把我跟湯匙和死掉的金龜子留在那裡。她沒走多久，我就聽到前頭傳來小朋友嬉鬧的聲音。爸媽從來不准我像其他小朋友那樣在傍晚去外面騎腳踏車。我可以在父親的照看下在車道上騎來騎去，但我不能到兩條街外那塊雜草叢生的球場打棒球。我提出請求時得到的回答是：「絕對不行。有壞人，還有蟲子。那些家長好像都不在乎小孩出什麼事。」我被局限在院子裡。而且，除了騎腳踏車以外，我只能在後院玩。但那天，小朋友的聲音把我引到前院去。我來到草坪邊緣，一些我認得的同學剛好騎腳踏車經過。有幾個跟我揮手打招呼，還大聲喊了我的名字。我也跟他們揮揮手，但就在他們繞過轉角那片樹林消失不見時，有人用力拽了我一把，用力到我的手臂都要跟身體分家了。母親把我拉上門廊、拖進前門時，我踉蹌了一下，但還是挺直了身體。窗簾一如往常是拉緊的。我得眨眨眼，適應室內的昏暗。

「不准再這樣。我再說一次，不要這樣對我。下不為例。」她用力喘著大氣，上唇都冒汗了。「要是有人把你帶走呢！你明白嗎？明白嗎？」我點點頭。「萬一有人從草坪上抓住你，把你帶走了呢？我們怎麼辦？在經歷了這麼多之後，你要我怎麼辦？」她的手指掐進我上臂柔軟的肉裡，我忍住不要扭來扭去，但她掐得很痛。第二天，我發現自己瘀青了，五個櫻桃形狀的印子。

我想起自己跟茱恩阿姨握手約定的事，小小聲地說：「對不起，母親，我不是故意的。我保證再也不會了。」

她暫停訓話，走去拉開蕾絲窗簾，看了看外面空盪盪的馬路，很滿意沒人在那裡準備把我從前院的草坪上抓走。她到我身旁坐下，伸手攬住我的頭，抱著我搖來搖去，就像我亂作夢時那樣。我渾身僵硬地被她抱在懷裡。她把我抱得更緊，我只是失神地望著窗外。現在，咬牙切齒的憤怒宣洩掉了，她的語氣和緩下來。

「我不是故意弄痛你的。我不是故意的。對不起，諾瑪，小親親，母親很抱歉。」

那天晚上，父母坐在廚房的小桌前，共飲一瓶他們已經放棄對我隱瞞的威士忌。他們的談話像是繃緊了弦，聲音低到我放棄從走廊上的老地方偷聽，索性上床睡覺去了。我下一次出去到前院的草坪上，已經是好多年以後的事了。我始終沒機會埋葬那隻可憐的金龜子。我猜牠大概被鄰居那隻渾身皮膚病的小橘貓叼走了吧。

幾星期後，我應該要在房間裡背九九乘法表的時候，我聽到他們在談我。

母親啜著一杯薄荷朱利普。那是她新發現的一種雞尾酒飲品，她認為是高貴優雅的象徵，但茱恩阿姨認為那是種族歧視和裝模作樣的象徵。阿姨喝的是加州產的葡萄酒。她告訴我，她有信心西岸的釀酒師總有一天會釀出好酒來。她和母親成天吵架，卻也成天抱來抱去。她們的關係總是令人一頭霧水，卻也莫名令人安心。

母親正在拒絕阿姨關於我去見心理師的提議，她說那是「嬉皮的玩意兒」。父親不置可否，只有阿姨認為那是為我好。

母親說：「可是，茱恩……」

「這次沒有『可是，茱恩』。」阿姨啜了一口葡萄酒，母親別過頭去不看她。

「可是，茱恩，萬一他們挖出她的過去、喚醒她的記憶呢？」母親壓低聲音，看了看通往客廳的門口。她和阿姨坐在餐桌前。我應該要看《遊戲室》[3]，但我不在乎那位女士能透過小鏡子看到誰。每當我知道家裡有人在談我，我就會躲到窗簾或門後偷聽。

「愛麗絲說，小孩子要到五、六歲才會形成真正的記憶，你大可繼續跟她說那是她作夢。」阿姨就著玻璃杯喝了長長一口酒。杯壁結了一層霧氣，朦朧而柔和。

「她九歲了，茱恩。」

「但事發當時她才四歲，還是五歲？我們永遠也無法確定。她跟我們說她四歲，但小孩子可能搞不清楚，記憶還沒成形。麻煩你跟上我說的話。」母親幫她把杯子斟滿，她伸手去拿。我以為她們在說那場帶走過去一切具體回憶的火災。我記得那天那鍋燉肉的味道。當時是九月初，我們從來不會那麼早就煮燉肉來吃。燉肉是在寒風呼嘯、大雪紛飛的冷天裡吃的。我記得母親點點頭，背景裡電視上的小朋友在笑。

「讓愛麗絲跟她聊聊。說不定你就能安心了。」

母親不小心吃到薄荷，涼得噘起了嘴唇。她搖搖頭說：「我可不這麼認為。天啊，茱恩，有時我懷疑你的頭腦清楚嗎。像她那樣的人欸！真的假的？」

「『像她那樣的人』？」

「你懂我意思。」

阿姨一臉很累很煩的樣子，但還是繼續說：「不要只想著你自己，就為諾瑪想一次。」

「我滿腦子想的都是她。」

「那就讓愛麗絲跟她聊聊。」

幾星期後，我第一次跟愛麗絲聊。以前我見過她，但從來不是在她家，也從來不是像那天和後來許多天那樣跟她說話。她一直只是茱恩阿姨的朋友，對我很好、很親切。但在那天，我決定了，我喜歡愛麗絲。她是第一個把我當成「人」來說話的大人，不像別的大人好像把我當成快要碎掉的瓷娃娃。她身上總有一股薄荷味。直到今天，只要聞到那種粉紅色薄荷糖球的味道，我眼前就會浮現她的臉。

「哈囉，諾瑪，你好啊。」她跪了下來，好讓她的臉正對著我的臉。「聽你的阿姨茱恩說，你老是作噩夢啊。」她抬頭看看茱恩阿姨，微笑道：「要不要進來跟我聊聊你作的夢呀？」

我點點頭。她站了起來，拉著我的手來到客廳。我從沒見過像這樣的客廳。她住的是褐石屋，客廳有一整面牆滿是窗戶，最棒的是拉開窗簾就看得到對街的花園，綠意盎然的樹木間透著天空的藍。母親和阿姨去廚房喝茶。

愛麗絲給我一塊巧克力，但嘗起來不是甜的，而是苦的。我皺了皺鼻子，還是吞下去了。如果母親發現我沒禮貌，她會不高興的。

「坐吧，諾瑪，別客氣。」她比了比沙發。一隻玩具娃娃靠在扶手上。「你媽跟我說你愛玩娃娃。」

我拿起那隻娃娃，擺到旁邊。「還好吧。我已經長大了。」

「這樣啊。那我收起來好了。」

「而且，是『母親』。」

「母親？」

「對，她說『媽』這個字很庸俗。」

「『庸俗』？這個詞對……」她停了下來，坐到沙發對面的椅子上。我覺得那把椅子看起來不太舒適。我也坐了下來。

「所以，你會作噩夢。」

「對。」

她等著，我也等著。

「願意跟我說說你的夢嗎？」

「我都跟露絲說，但反正只是作夢。人都會作夢。」

「沒錯，人都會作夢，但你媽……你母親擔心你的夢比較嚇人。誰是露絲呢？」她身體前傾，手肘靠在膝上。一隻橘、灰、白相間的小花貓頂著黑嚕嚕的鼻子，從椅子底下爬出來，鬼鬼祟祟地朝我走來。但在我有機會抓起牠來摸之前，牠就一個急轉彎，沿著走道溜走了。

「露絲是我朋友。母親說她是我想像出來的。我都快記不得那些夢了。它們現在很模糊了。反正我也不能說，母親聽了就頭痛。」

「你覺得那些夢是真實的嗎？」

廚房傳來一聲咳嗽，我轉頭去看。

「別擔心，諾瑪，她們聽不到。」

「你怎麼認識茱恩阿姨的？」

「你阿姨和我是很好的朋友，我們當朋友很久了，我相信比你出生到現在還要久。」她往後靠在椅背上，腳踝交疊起來。「言歸正傳，聊聊你的夢。」

「我覺得我的媽媽或母親在夢裡，但那不是她，而是別人。我還有個哥哥，但我沒有哥哥。因為那些死掉的寶寶。」

她一臉驚訝。「那些死掉的寶寶？」

「母親肚子裡那些。我是唯一一個沒死的。」

愛麗絲往後一坐。我覺得我好像說了不該說的話。我等著母親穿過走道，把我從沙發上拉起來，夾在腋下拖出門，拖回火車上。我感覺得到自己手臂底下細嫩的皮膚被她掐得發青。但她沒有從走道出現，於是我停下手來，不再按摩自己想像中的瘀青。

「諾瑪，這對你來說是很重的責任，你不覺得嗎？」

「我不明白你的意思。我九歲，快十歲了。每天早上，我要負責折自己的棉被。每星期二，我要負責丟垃圾。」

她對我笑了笑。

「我的意思是，那些寶寶死掉了不是你的錯，讓你母親忘掉那些死掉的寶寶也不是你的責任。你現在唯一的任務，就是當個小女孩。」她皺起鼻子，露出狡黠的微笑。「或許不再玩娃娃，但反正只是一個小女孩。」

「或許吧。」

「我請你做一件比較符合你年紀的事，如何？不玩娃娃。你願意嗎？」她微笑道。

「好啊。」

愛麗絲走到角落的小書桌前，拿出筆記本，封面有粉紅色和粉藍色的小花。

「我想請你寫日記。寫一切你想跟媽媽說但不敢說的事情，或是其他任何事情也可以。想寫的時候就寫。如果你想聊聊日記上寫的東西，我們也可以聊一聊。但這是你的日記，只給你一個人的。」愛麗絲打開日記，在內封寫下她的電話號碼。「你如果想聊日記上寫的東西，可以打給我。聽起來怎麼樣？」

「好。」我從她手上接過筆記本，收進母親讓我用的二手包裡。

「只有一個條件：不要寫那些死掉的寶寶，也不要寫娃娃的事。」愛麗絲對我眨眨眼，我咧開了嘴，會心一笑。

我不確定是不是因為我現在老了、記憶力不像從前那麼好了，但我想那是幼年的我第一次不覺得內疚——在愛麗絲的褐石屋裡透過大窗看出去的時候，直到我們在回緬因州的火車上坐下來為止。火車發動，月台上的茱恩阿姨對我們揮揮手。母親伸手攬住我，手上的傷疤對著我的臉，悄悄說了聲：「我的心肝小寶貝。」頓時，我又被罪惡感淹沒。

見過愛麗絲之後，我覺得我沒多大改變，除了有一天，在鏽紅色的秋陽下，當母親在後廊的躺椅上看書，我把那隻玩具娃娃埋到紫心白杜鵑底下。幾年後，她想改種日本紅楓，把那棵杜鵑挖出來時，發現了那隻娃娃，嚇到差點沒中風。

接下來經過了痛苦的幾個月，我們試著適應這個新的諾瑪。我再也不提我的夢了。就算又作了那兩個夢，我也不會哭。我用寫日記來取代。我沒跟母親說他們的事，說夢中的媽媽比她更圓潤，說我有個幽靈哥哥。我在頁邊空白的地方畫星星、月牙和一個線條粗糙的娃娃。父親從不問我的夢，他大拇指角落裡的皮膚癒合得很好。到了最後，我的夢淡了，藏到我腦海深處的某個地方去了。後來有一天早上，我醒來看到床單上有血，滿心驚恐地以為自己要死了，因為母親從沒跟我說過這類事。到了這時，我甚至再也沒辦法跟愛麗絲聊那兩個夢了。光明與黑暗都化作無法辨識的灰，兩個夢變成一團謎，直到母親漸漸神智不清，藏在她良心最深最暗處的東西蹦了出來，像離水的魚一般在湖岸上翻滾掙扎。那兩個夢才又重新浮現，而且開始有了意義。

3《遊戲室》（*Romper Room*）：美國一九五三至九四年間播出的兒童電視節目，小觀眾可將自己的名字寄到節目中，每集節目結尾，女主持人都會對著「魔鏡」說出她看到的小朋友的名字。

3

喬

公路穿過樹林，把全省分成北半邊和南半邊，兩邊相連卻又分開。一年當中的這個時節，柏油路面到處是大到能把整輛車吞沒的坑洞。萬一狠狠撞上去的話，可能就連人帶車栽進去了，而我感覺得到每一個坑洞的顛簸。醫生都說我已經病入骨髓了，我也相信他們說的不假。駛過坑坑窪窪的路面，我感覺得到全身上下每一根病殃殃的骨頭。出這趟門唯一的意義，就是看診過後的全日早餐：培根蛋、香煎薯塊、甜甜的草莓醬抹吐司，外加一份火腿。要不是媽媽逼我，我是不會去的。五十六歲的我之所以還活著，只因八十七歲的老媽說她受不了再送走一個孩子。要是由得了我，我就會選擇在家中床上等著黑暗降臨。

「我死了之後，媽媽會熬過去的。她也挺過查理和老爸的死了。」我說。

我們輾過一個坑洞，我整個人都縮了一下。

「還有露絲的死。」駕駛座上的梅說。

「露絲沒死。」

「上帝愛你，喬，這麼多年了，就你和媽還抱著希望。」

我從不覺得露絲死了。我們每年都回到九號公路沿線的田野，但不曾找到她的一絲蹤跡。如果她死了，總會有人發現點什麼吧。何況當一個人死的時候，事情會有個了結，會有一種伴隨著結局而來的沉重。露絲的故事沒有結局，但我們總得活下去。而且，慢慢地、悄悄地，我們確實重新活了起來。這不是馬上就能做到的事。那年秋天，爸爸請強森一家代為接待採蘋果的工人，但這只是讓我們又在殘留的悲傷中待得更久了一點。

露絲失蹤之前，蘋果採收工年年來到我們家和鐵軌之間的那塊田地。夏天的太陽把他們棕色的皮膚曬得更黑，秋天涼爽的空氣則讓他們的頭腦比較冷靜。他們搭汽車、卡車、火車抵達鎮上，然後從車站徒步前來，身上帶著一個月的採收期所需的一切。他們搭帳篷、生火，打打鬧鬧，相親相愛。就像在莓果田裡，爸爸會將他們一一載上卡車車斗，日出時送到果園放下來，到了一天的尾聲再去接他們。上了年紀的婦人一起乘坐汽車前來。車窗沒關，她們的白頭髮被風吹得又蓬又亂。她們來到這裡，圍坐在營火前，邊閒話家常，邊補襪子、編籃子，籃子編好了就給我們拿到鎮上去賣。

「聽著，進城之前，一定要在臉上抹點泥巴。」其中一名婦人說。

「跛腳也很加分。你要是瘸著腿，他們會多給點錢。」另一名婦人大笑道。

鎮上的人喜歡買我們的籃子。我猜他們覺得自己在做善事吧。他們似乎從沒注意到，星期三那個臉上有泥巴、瘸了一條腿、賣籃子給他們的印第安小孩，就是星期天那個坐在他們後面做禮拜、乾淨又健康的印第安小孩。但那年十月沒有生火，沒有老婦人，田裡也沒有蘋果採收工。

露絲也不在，但我們從牆壁、從餐桌旁多出來的那張椅子上、從屬於她的東西中，都感覺得到她的存在。媽媽從冬天收夏衣、夏天收冬衣的儲物櫃裡找到露絲的雪靴。她從來不曾拿著那雙靴子那麼久過。最後，她把靴子放到女生房的衣櫃頂層，還輕輕把那隻鈕釦眼睛的襪子娃娃塞進其中一隻靴子裡。

「等她回家之後就用得到了。」媽媽給自己找理由說。

「媽……」梅開口要說話，但媽媽舉起手制止她。

「好了，梅，你不知道失去孩子的感受，而我祈禱你永遠也不會知道。她的靴子就留在那裡，直到我說不要了為止。」

幾十年來，這房子各處的牆壁曾經拆毀又重建，漆上不同的顏色，但始終有個衣櫃的頂層，在老舊的編織籃和耶誕燈飾之間，收著一雙小女孩穿的舊雪靴，有個布娃娃從其中一隻靴子探出頭來。

當灰色的天空和陰暗的下午顯露出冬天的氣息，媽媽變得很安靜。那是一種深不可測的安靜，一種天降大雪之前的安靜。她成天坐在窗前的椅子上看烏鴉，手裡捻著念珠，不時對著爬進餵鳥器的松鼠大叫。快要十一月的時候，在一個昏暗的下午，我躡手躡腳地穿過客廳，中途忍不住停下來看她。

「媽，很抱歉我把她搞丟了。」

聽到我說話，她嚇了一跳，從窗前別過頭去。我看到她的表情從空洞轉為憂傷。

「你誰也沒搞丟，不要把這件事攬在自己身上。」她直視我的雙眼。「不是你的錯。我的孩子們好像無論如何總得離家一下，班和梅從那所學校回來了，露絲也會回來的。你別擔心。」她沒像平常那樣別過頭去。這次，她的眼睛凝望著我的眼睛。我發誓，直到今天，那雙黑眼睛都能看穿我的一切心思。謝天謝地，梅在這時到客廳來了。

「媽，教我打毛線。」

媽看著梅，臉上閃過一抹新的陰影，沒那麼黑暗，沒那麼憂傷，像是帶了點驚訝，或許也帶有一點點的幽默。

「梅，我很愛很愛你，你知道的。但你有兩隻左手，而且，你做什麼都只有三分鐘熱度，就像第一次看到下雪汪汪叫的小狗，興奮一下而已。」

但梅拜託來拜託去，最後媽媽就心軟了。我記得梅學得很認真──她真的努力過了。但才幾天而已，媽媽就挫折得放棄了梅，留下一隻打了一半的襪子。梅咬著嘴脣全神貫注、手指跟毛線纏在一起的模樣，莫名點醒了媽媽。她終於想起身邊還有我們，我們都還需要她的照顧。至今我仍覺得梅知道自己在做什麼，知道這是她幫助媽媽、幫助我們全家的辦法。沒人在看的時候，梅可以是個小甜心。

現在是梅照顧我們。煮飯、打掃的人都是她。三更半夜，我如果起床起得不夠快，事後幫我洗床單的也是她。她把媽媽從客廳的椅子上扶起來，扶到餐桌前坐好，每天晚上再扶她上床睡覺。她的小孩都大了，所以，我回家來等死的時候，她就賣了房子，搬回老家。無論是我在家還是離家的歲月裡，我從來都想像不到梅是會照顧人的那種人。但她卻在這裡，握著方向盤，開車載我進城，陪我坐在瀰漫著消毒水味和疾病氣息的候診室，呆望著牆壁。牆上有個藍色的玻璃雕塑，醜不拉嘰的，卻令人忍不住想看。

「天啊，我不懂他們為什麼在牆上搞了個這麼醜的東西，給生病和快死的人看。怎麼不放些乳酪蛋糕啊、來自印度的白色城堡啊之類美好的東西？」有人留了本雜誌在兩排座椅中間的桌子上，梅翻著雜誌說：「不然弄張天堂入口的美圖也行。」

一名包著頭巾的年輕女子對我笑了笑。

「我覺得那是藝術。」我說。

「我覺得是垃圾。」她埋頭看她的雜誌，我對頭巾女子聳聳肩。將死的人之間有個默契：就讓活著的人暢所欲言。他們有更多的時間可以彌補。

叫到我的時候，梅在一旁等著。他們在我身上這裡戳戳、那裡戳戳，說我狀況不錯，即使我們都知道，我可能看不到下一次季節交替。

如果梅想學打毛線點醒了媽媽，點醒爸爸的則是一件殘酷百倍的事情。但有許多年的時間，我渾然不知那件事的殘酷。梅學打毛線失敗不久後，在一個陰暗的午後，爸爸將手中用來翻鹿肉的棍子一扔，顧不得烤肉架上的鹿肉，只顧大喊著叫媽媽關掉屋內的火爐，把我們集合起來。那天降下了初雪，班和查理一直在互丟雪球，這時他們把做成武器的雪球一扔，朝前門移動。眼見機不可失，我衝過去撿掉落的雪球，想用他們辛苦的成果來對付他們。我沒注意到任何異狀，直到爸爸擎著獵槍走出屋外喊我。我順著他的目光，看到亮晶晶的加長型黑頭車停進車道來。

「喬，別管那些雪球了。」我感覺得到雪水涼透毛線手套。我記得被迫拋下那形狀完美的雪球有多失望。「我要你跟著哥哥姊姊進樹林去。」他的目光不曾離開那輛駛近的黑頭車。「我們來玩躲貓貓。快去躲好，我晚點去找你們。聽到我喊你名字，你才能出來。聽到別人喊你名字，你就好好躲著。明白嗎？」

我點點頭，彎身撿起一顆剛剛丟掉的、又圓又硬的雪球，這才轉身全速衝進樹林。我聽得到梅在我身後喊道：「別跑太遠，但是要躲好！」

很大的一棵楓樹，就在樹林邊緣，離我們家很近。樹幹從裡爛到外，有個差不多跟我一樣大的樹洞，高度剛好夠我爬進去。樹洞裡面很潮濕，但我能偷看到那輛車就停在我爸跟前，他的背挺得筆直，獵槍橫在胸前。我媽穿著圍裙，肩上披了條毯子，走下前廊的階梯，站到他身旁。

「休斯先生？有事嗎？」

我得用力聽才聽得到爸的聲音。媽扭著雙手，轉頭看了樹林一眼。

「午安，路易斯。午安，太太。」他對我媽點了點頭。「聽說今年夏天你們搞丟了一個還很小的孩子。」他呼出的氣息化成白煙，軟弱無力地懸浮在半空中。爸爸一聲不響、一動不動。「有鑒於出了這種事……我是來談其他幾個孩子的。談談對他們最好的安排是什麼。」他停頓一下，低頭看了看地上。才不過幾秒鐘的時間，等他再次開口，他的聲音就變得更高亢、更惡毒，也更容易隨風傳來，所以我聽得更清楚。「怎麼搞丟的？搞丟小孩能有什麼好理由？路易斯，給我一個合理的解釋。我或許會考慮留一個或兩個給你。或許我只帶走……」他低頭看看他的筆記。「年紀比較大的班和梅。你從學校搶走的那兩個。年紀比較小的或許就暫時留給你照顧。」

爸爸站定不動。「你敢帶走我任何一個孩子，我就請你吃子彈。」

休斯先生挪挪身子，大光頭凍得發紅，帽子捏在手裡。「好了，講點道理吧。」

「好了，滾出我的土地。」爸爸並未提高音量。

「聽著，路易斯，我是奉命來把孩子全部帶走的。我已經盡量體諒你，盡量讓步了。」

我爸後退一步，舉起獵槍，扣下扳機，對準休斯先生。「滾出我的土地。否則你今晚休想回到你自己的家人身邊。」

休斯先生慢慢舉起雙手，一路退到車邊去。「希望你不會後悔。」他打開車門溜上車，雙手還是高舉在半空中，我爸的獵槍也還是指著他。

「你放心，我不會後悔。」爸爸說。休斯先生猛踩油門，將雪和泥掀到半空中。爸爸放下獵槍交給媽媽。媽媽冷得發抖，也嚇得發抖。她帶著獵槍進屋，爸爸則轉身朝樹林走來，一一喊我們的名字。

幾星期後，爸爸和班在樹林裡打獵時，家裡收到一封信。媽讀了信，吻了一下，收到《聖經》裡，就夾在正面書封內側。我們再也沒看到休斯先生。有很多年，我都把那天當成一場盛大的躲貓貓遊戲，而我躲贏了。其他人要麼縮在松樹後面，要麼跑到屋外廁所後面。我鑽進一棵枯死的楓樹當中，躲在樹洞裡面耶！而且，我一直等到爸爸叫我名字才出來。就連梅都承認我很聰明。多年來，我都把那次躲貓貓視為童年最大的一次勝利。接著，回憶淡了點，直到我搬回老家，偶然打開老媽的《聖經》。到了這時，那張信紙都變成褐色的了，上面還有黃斑，但它卻以我不記得的版本，說著那天的故事。哪個版本都不重要，反正他們同意不再打擾我們，因為我們不是住在保留區，我爸全權擁有我們家那塊地。在我聽來，這理由好像不太對吧。作為交換條件，他們不會再寄每個小孩兩塊錢的文具補助金給我們。我把那封信塞回〈利未記〉的書頁間，特別注意夾回媽媽本來夾著的地方。

由於我們沒去採蘋果，爸爸得賺點外快才行。往年蘋果收成後到過年前這段空檔，他就用來在家中到處修修補補。降雪之後，他再開始冬天的工作，幫伐木場砍樹、剝樹皮。但那天秋天，就在我贏了躲貓貓遊戲不久後，爸爸決定砍掉那棵楓樹。

面對我的哀號，他說：「太危險了，喬，你可能會受傷。」這件事就這麼定了。現在，樹樁還在那裡，一圈圈的年輪受到歲月和天氣的侵蝕。夜裡痛到睡不著的時候，梅就會泡杯濃茶給我，用毯子把我裹好，讓我坐在樹樁旁的折疊椅上，好讓我看日出。但在當時，在我還是個孩子的時候，我氣壞了。爸爸收到一封信的時候，我又更氣了。

有人來信請爸爸做事不是什麼新鮮事，但他慢慢把這些差事轉給年輕人，就是那些住在他姊姊、我姑姑琳狄家附近的年輕人。那封信是要為一群有錢的美國獵人找個「真正的印第安嚮導」。他們喜歡在秋末來到這裡，身上帶著最新的打獵裝備和花不完的錢。據我爸說，他們想要「體驗」一下，而這意謂著我爸要帶他們鑽進樹林找雄鹿。爸爸折起那封信，望向餐桌對面的媽媽。

「我想我會去一趟，畢竟我們錯過了今年的蘋果採收。」餐桌上一片安靜。

叉子不再刮著盤底，嘴裡不再嚼著東西。沒人動一下。爸爸吞下一口食物，繼續說：「回伐木場之前，賺點外快也不錯。」

「是，我想是的。」媽媽伸手去拿鹽罐。

「我可以跟你一起去嗎？」我興奮得渾身顫抖，手上的叉子都抖掉了，一顆蘿蔔丁飛過餐桌，掉在梅的水杯裡。她撈出蘿蔔丁，朝我丟回來。

「梅，別這樣。喬，你還太小……你媽需要你留在這裡。今年我帶查理去。」

「萬歲！」查理往空中揮拳，我對著他擺臭臉。以前都是班，現在又是查理。我很擔心還沒機會去，爸就變得太老了。說也奇妙，人在小時候總把父母想得很老。那年秋天，班才十四歲，梅十二歲，查理十一歲，而我剛滿七歲。到了十二月，露絲就五歲了。我認定爸媽很老了，但他們其實比現在的我還年輕二、三十歲呢。

「別擔心，喬，遲早輪到你。」媽隔著餐桌對我微笑。「試著別那麼快長大吧。」

年年都說遲早輪到我，我的心裡愈來愈哀怨。哀怨的心情一連持續了八年，直到我滿十五歲的秋天。我們剛結束又一個夏天在九號公路沿線的工作與生活。艾里斯先生仍是地主。他現在更胖了，而且禿到一根頭髮也不剩，但還是像死臭鼬一樣惹人厭。某種叫「痛風」的東西導致他多半待在家裡，比較少來田裡。就算來了，也只是一直坐在卡車上，待在駕駛艙不出來。我們還是會趁休息的空檔逢人就問，也還是會去查看在雜貨店或夏季園遊會碰到的每一個小女孩的臉。我們搜尋著那雙棕色的眼睛和下垂的嘴角、那件破舊的洋裝和那副失神望著遠方的表情。我們搜尋著遺傳自我母親的五官，露絲和媽媽有多像仍是火塘邊的話題。但我們每次南下到緬因，她都離得又更遠了。蘋果採收工在每年十月回到我們的田裡。他們一來，在緬因州時籠罩母親的悲傷便似乎淡了一點，就一點點而已。

蘋果採收工離開幾天後，只剩營火留下的黑土記念著美好的時光、共享的佳肴、辛勤的工作，甚至還有嬰兒的誕生。一天，爸爸和我在屋後砍松枝，打算鋪在房屋底部各處，以防冬日的冷風透進來。就在這時，他從褲子的後口袋抽出一封信遞給我。

「今年你想去嗎？」

我打開信，看到以完美的草書寫下的請求，我的心臟差點沒從胸腔跳出來。查理現在有一份油漆房屋的全職工作。班三年前就離開莓果田，搭便車到波士頓，留在那裡了。他總是告訴我，跟爸爸在樹林裡打獵是他人生中最好的時光。

「工作輕鬆錢又多。」他安靜下來，伸手折下一條細細的樹枝。「我在你這個年紀的時候，我們這種人很難找到工作。所以，這些體驗行程很重要。讓我們的盤子裡有食物。」

我們在兩天後出發，媽媽站在門前的台階下，揮著一隻手，另一隻手為眼睛遮擋陽光。

十月下旬帶來了寒意。早上生火之前，就連在屋裡都看得到呼出來的空氣。但那種冷不是十一月灰暗陰鬱的冷。我想，是因為那些樹，因為滿樹黃澄澄、紅通通的樹葉，那份寒冷才變得能夠忍受。我最愛那種太陽一照就像發出金光的樹。經過這些樹木時，我搖下車窗，歪著頭瞇起眼睛，想看看能不能讓它們更燦爛。我們一路沿著舊路行駛。公路很新，但很無聊，沒有曲折，沒有彎道，只有沒完沒了的曠野。舊路有樹，有果園，有路邊攤，可以停下來喝杯蘋果汁或白開水，還有老舊的橋樑，我們從橋上開過時，橋身搖搖晃晃、嘎吱作響，橋下流水潺潺。

我們趕在晚餐前抵達琳狄姑姑家。琳狄姑姑是爸爸的姊姊，大他十一個月。她很胖——實在沒有別的說法了。她抱我抱得很用力，我差點沒陷入她的肉裡。不過我活下來了，雖然上氣不接下氣，但還活著。她燉的鹿肉最好吃了，而且，她家小歸小，總是溫暖又舒適。她有過一個丈夫。當她「只是喝點小酒」的時候，她會稱他是「白人渣男」。有一天，他就這麼走了。他洗了把臉，穿上靴子，丟下她和三個孩子走了。我不知道他是在那之前還是之後變「渣」的。她從沒說過在那之前的故事，只說過他一去不回之後的故事。他離開一年後，琳狄姑姑找出他所有的照片，拿去鋪屋外廁所的地板。

爸和我在空出來的那間臥房共用一張大床。她的兩個小孩住外面，第三個孩子在我出生前兩年就死於伐木意外。我上床之後，他們聊天的聲音透過松木牆板傳來。大人聊天的嗡嗡聲就像催眠曲哄我入睡。第二天一早，他們兩人都喊頭痛，兩人都喝很濃的黑咖啡，我發誓那味道嗆得我濕了眼眶。我們終於上路的時候，背包裡裝了吃剩的麵包、燻肉、蘋果，麵包都軟掉了。我看到爸爸塞了幾塊錢給她。儘管我盡量避著她慢慢從門邊退開，幾小時後我還是感覺得到琳狄姑姑在我額頭上的吻。

琳狄姑姑家離通往獵場的小路不遠。我們要沿著一條泥土路開過去，那條路長得就跟任何一條泥土路一樣。開了大約五分鐘，爸爸就踩了煞車，然後開到路邊，把車停好。我四處張望，什麼也沒看到。

「這是哪裡？」

「小路的起點。」他從卡車車斗抓起麻布袋，把小提琴綁在袋子上。我也抓起自己的背包，抬頭看了看，在這個平靜的早晨，樹木都靜止不動。爸跨過一條小溝，把雜草撥開。我跟了上去，雙手碰到濕濕涼涼的晨霜。

「有路嗎？」我問。

「如果你知道上哪兒找的話。我們得在他們抵達之前把路踩平一點。」

我們又往前走了二十分鐘，把草分開、把路踩平，接著，就在一面樹牆之前，我們來到一條狹窄的泥土小徑。

「看，小路。」爸對我眨眨眼，我們轉身走回那條泥土路，等那些美國人來。「我走那條小路的次數都數不清囉！獵場是你爺爺的。我總是找得到。」

在新一代的艾里斯先生移除那塊石頭、我最後一次回家之後，班和我試過找那條小路去爸爸的獵寮。時間過得太久，那條羊腸小徑已被新長的草淹沒。為了確認沒跑錯地方，我們一定靠邊停車了有十幾次吧。但我們始終沒找著那條小路，最後只能放棄。回家途中，我們行經琳狄姑姑家，房子荒廢已久，不敵大自然的威力，屋頂塌了，窗戶也破了。玻璃碎片從腐朽的窗櫺間突出來，花園只剩荒煙蔓草，但我很欣慰有一株美麗的藤蔓纏繞這座廢墟。

美國人終於抵達，遊客一共有三人，是個名叫哈里斯的醜八怪載他們來的。哈里斯自稱是這次行程的統籌，收下幾張美鈔，說好第二天傍晚來接他們之後，就在一片飛揚的塵土中開走了。他們跟爸爸握手，斜眼看了看我。爸爸用米格瑪哈語跟他們說話。他假裝自己英文不好，從不說完整的句子，只用單字來傳達重點：小路、鹿、泥巴、晚上、食物、威士忌。有鑒於我會的米格瑪哈語不到十個字，而且主要是從梅那裡學來的，爸爸叫我保持安靜。我會的那幾個字，即使只是小小聲地說，只要被媽媽聽到，通常就意謂著腦袋瓜要挨巴掌。總之，那些肯定不是基督徒會講的話。

趁他們走遠，爸爸悄悄對我說：「在樹林裡，你如果說族語，他們會給比較多小費。你說的話不必有什麼意思，隨便把幾個字湊在一起就行了。」

為了小費，爸爸變得很卑微，這是我很難釋懷的一點。

某個我坐在樹椿旁看日出的早晨，梅說：「有人得靠你養的時候，人是會變成另一個人的。」這次，她和我一起待在外面，我們聊起那段少不更事的日子。「你有飯吃，對吧？你有書讀，對吧？倒不是說你書讀得怎麼樣，但你有機會上學。冬天裡，你有個溫暖的家可回。」

我靜靜坐著。茶杯冒出滾滾熱氣，舊毯子裹住我細瘦的雙腿。「就當你說的對吧。」

「什麼就當我說的對，你知道我說的對。」她拿起馬克杯啜了一口，另一手緊扣在胸前保暖。

「而且，你沒資格多嘴。你拋棄了你的家人，如果你還記得的話。爸只是要了幾個傻子，好讓我們有飯吃。」

爸和我帶那些美國人沿著小路穿過樹林，花了大半天，只看到兔子、幾條很普通的蛇和一隻豪豬，但我們沒動那隻豬。太陽漸漸西下，爸爸停下腳步，指出一隻鹿。白人舉起槍，但都沒機會開槍。鹿很容易受驚，這幾個人又很愛講話。爸老是得回過頭去，手指豎在嘴巴前面提醒他們保持安靜。他們還很挑剔。我們看到一頭肥美的母鹿，但他們要有鹿角的。

星星剛冒出來的時候，我們來到獵寮。獵寮只有一個房間、一個老舊的柴火爐、幾個上下鋪。有四個床位最靠近爐火，還有一張床靠著另一面牆，這張床有塊布可以拉起來，保有一點隱私。獵寮是曾祖父蓋了傳下來的。我沒見過他，這時他早就過世了。但在漫長的冬天，當他來這裡打獵、抓兔子，一待就是幾星期的時候，他在牆上刻了畫。睡在獵寮的第一晚，我躺在和父親共用的窄床上，手指順著粗糙的線條摸過去，有河狸，有樹，有這間獵寮，還有不知從哪冒出來的火焰。一顆刻得很粗糙的星星讓我想起露絲和我最後一次躺在毯子上，看著星星慢慢畫過緬因州的天際。

布簾擋不住聲音，我聽得到那些人的動靜，但我沒怎麼注意。爸坐在角落裡削木柴餵火。他也倒酒，每倒一杯都要收錢，那是他自製的威士忌。他在倒酒之前就要他們先付錢，他們喝得愈多，他就倒得愈多。一整晚，他都啜著同一杯酒，每啜幾口就加一點水進去。就在他們想上床睡覺的時候，爸爸拿出小提琴，為他們奏了一曲。這又讓他們多喝了三、四杯。

他們都睡死之後，他數著手裡的美鈔說：「你們有新鞋穿了。」

第二天早晨，他們其實才睡了兩、三個鐘頭，爸爸就叫他們起床。他用老舊的火爐煮了咖啡、煎了培根，又叫我去取湖水來給他們洗臉。早晨天氣清爽，我把雙手浸在白鐵色的湖水裡，感覺很好，整個人彷彿煥然一新。我洗了把臉，也照媽媽教的洗了洗腋下，再拎著兩壺水回小屋。我把水和治頭痛的阿斯匹靈遞給他們。獵寮裡瀰漫著油膩的培根味和太多男人擠在同一個空間的味道。阿斯匹靈發揮藥效，他們也吃飽喝足之後，我們就又出發了。

下午三點左右，他們獵得一頭雄鹿。那是我人生第一次見識到什麼叫浪費。他們想把鹿頭砍下來，丟掉其餘的部分。爸爸留下了鹿身，帶去給琳狄姑姑，她剁了當食物。那天，我學會怎麼拿相機拍照。我們沒有相機，但有個阿姨有，所以我們才有得拍照。媽媽有一張我們的全家福，露絲站在我旁邊，被太陽照得瞇起眼睛。那是唯一一張全家七人聚在一起的照片，獨自掛在一面牆的正中央。相機比我想的重，我深怕掉到地上，怕得手都在抖。三個男人圍著死掉的雄鹿，彎下身來抓住鹿角，擺好姿勢。他們要爸爸入鏡，所以他就站在後面，抿緊了嘴叉著手，一臉嚴肅，老派的印第安風格。我摁下按鈕，相機發出喀嚓一聲，我以為我弄壞了，嚇得手一鬆，相機就砰一聲掉到地上。其中一個男人邁步朝我走來。

「小王八蛋，你最好沒把它摔壞。」他還來不及一把抓住我，爸就站到我們中間，撿起相機還給他。

「沒壞。是好的。」他假裝用很破的英文說。相機確實好好的沒壞。他們又拍了幾張照片，但沒再邀爸爸合照，也不再讓我拿那台王八蛋相機。

「什麼都是你做的，他們什麼也沒做，這也算打獵？這樣也高興？」我一邊悄聲問爸爸，一邊連根拔起一根很長的草，叼在嘴裡享受甜味。

「喬，這世上還有比邀功更重要的事。」

第二天回家的路上很安靜。樹葉莫名黯淡了點，路變得漫長了點、無趣了點。我們停上車道時，卡車大概都還沒完全煞住，我就跳下車衝進前門抱住媽媽。門在我身後砰一聲關上，梅得把我從媽媽身上掰開。

「天啊，你只是離家三天而已，別像個小孩一樣。」梅抓住我一手，把我拖到水槽去好好洗了把臉。看她們寵我的樣子，絕不相信我都十五歲了。如果我說我覺得她們很煩，那我就是在說謊。梅正忙著燒熱水，爸帶著一包包的鹿肉進屋，他要把肉拿到地下室的冷凍櫃。就我所知，我們是唯一一個有地下室的印第安家庭，也是唯一一個有冷凍櫃的。艾里斯先生給了我們一台舊的，說不能用了。但爸爸把它帶回家，東摸西弄一番，直到又能用了，就放在地下室，架在木頭軌道上，因為地下室每次下雨就淹水。

「嘿，親愛的。」爸親親媽的臉頰。「趁你還沒問，我先說喬表現得很棒。」他停下來，在我手裡塞了張一元鈔票，再順著梯子爬下陰濕發黴的地下室。

「唷，瞧瞧你！」梅促狹地說。媽親了我的頭頂一下。我的皮夾裡還收著那張鈔票，放在床頭櫃上的溫水和藥品旁邊。沒人來訪的日子裡，我就看著冷水變熱時形成的小泡泡。我看著它們掙脫杯底，猜想著哪一個會先浮上水面，背景裡的棕色藥罐跟我大眼瞪小眼。

第一次跟爸爸去那片樹林後的冬天過得很慢、很靜。如果收到親人來信，媽媽就會大聲讀出來，再把信貼在胸口。有時她會哭，有時不會。有些來信獲得夾進《聖經》的殊榮。如果收到特別好的消息，我們就會有奶油肉桂烤蘋果可吃。春天來臨，我們就種些蔬菜水果，但只種前往緬因州之前便能收成的。主要是甘藍菜、四季豆和草莓，煮沸了醃漬起來，儲存在地下室，為冬天做準備。學校寄信來說我得留級時，媽媽很失望。我從來不是好學生，老愛望著窗外，不注意聽教室前面的人在說什麼，心思總是飄來飄去。有一次校長就用皮帶抽我手心，說我「心不在焉」——管它什麼意思。我沒告訴爸媽。我得藏好起水泡的手掌。藏了一星期後，我編了個謊話，說是拉繩子拉得太用力了。結果那就是我在學校待滿一學年的最後一年。第二年才過一半，我就輟學了。我可以讀完一本路易斯．拉摩[4]的書。我會加法和減法，也會寫自己的名字。除此之外，我不覺得再學下去還有什麼意義，也從不後悔離開。

但那年春天接下來的時間裡，媽媽一直擔心這件事，還要我額外打包數學科和閱讀科的課本帶去緬因。出發之前，我到處找地方藏課本，找著找著卻找到了露絲的舊雪靴。皮還很軟，只是布滿了灰塵，鞋帶沒綁。我把那雙鞋從衣櫃上拿下來抱在懷裡，襪子娃娃的鈕釦眼睛在昏暗的光線下悲傷地望著我。我們在兩天後離開，門窗都鎖好了，夏初收成的蔬菜水果儲藏在地下室了，男孩們上了卡車車斗，梅和媽媽擠在副駕駛座。那年查理也去了，他說這是他最後一次跟我們去，他打算自己經營油漆房屋的生意，或許我可以跟他一起工作。我從沒想過那會是我們最後一個在緬因州的夏天。

---

3 ／喬

4 路易斯・拉摩（Louis L'Amour, 1908-1988）：美國作家，主要創作西部小說。

4 諾瑪

即使我長大到外面闖蕩了，母親還是試圖把我綁在身邊。每當我設法占有自己的空間，她就拉一拉那條隱形的鏈子，把我拉回她的空間。我愛父親，也知道他愛我，但他的愛不一樣。雖然有距離，但也比較輕鬆。我從不覺得他的愛是負擔。

「你母親……」他用拇指和食指揉揉額頭。「你母親容易緊張。」父親坐在客廳裡他專屬的椅子上，書闔起來擱在大腿，書中夾了張面紙當書籤。一杯威士忌放在他身旁，純的，什麼都沒加。我面向他坐在椅凳上，手肘支在膝上。「她經歷了很多，記得嗎？年紀還小就父母雙亡，是她的祖父母把她帶大的。他們沒有虐待她，但也沒有疼愛她。諾瑪，她不曾擁有她給你的那種愛。」他傾身過來，一手按在我膝上。

我母親三歲、茱恩阿姨六歲時，我的外祖父母就車禍身亡了。母親沒談過他們，我也不曾見過一張照片。阿姨說，她們的祖母常常提醒她們，他們已經把自己的孩子養大了，姊妹倆可以睡在他們家的屋簷下，也可以在他們家的餐桌上吃飯，但除此之外就不要有別的期待。所以，她們早早就學會相依為命照顧自己。

「還有一次次的流產。她真的經歷了很多。」

我的整個童年都活在嬰魂的陰影之下。往事纏著母親，她也揣著那些回憶，走到哪就帶到哪。她不斷被那些不在的嬰兒絆倒，然後把摔倒的責任歸咎於我。

「諾瑪，你母親太想要小孩了，想要滿滿一屋子。而且，每失去一個，她的悲傷就更深。接著你來了，她的眼裡又有了一點光彩。但有時我想，那份悲傷在她心裡鑽得很深，可能永遠都會留在她內心深處。」他靠向椅背，伸手去抓那本差點從腿上滑落的書。

「她太杞人憂天了。我只是想去夏令營，離我們家就一小時的車程，才兩個晚上而已。」我從來不曾離開家裡，何況珍奈特也會去。「爸，那是教會辦的夏令營，她以為會出什麼事？」母親已經去躺下了，說她頭痛都是我忘恩負義害的，所以我壓低聲音，跟父親商量著。

「我會跟她聊聊。」他把從鼻樑滑下來的眼鏡推回去，重新拿起書來看。我坐在那裡望著他，望了有一分鐘之久，他才抬眼朝門那邊點點頭。「好了，滾遠一點，讓我好好看書。」

「我就算想滾遠一點也滾不了。我從來沒機會走出家門。」

他對我同情地笑了笑，我走回房間，路過房門外的一張照片。小小一張，母親和茱恩阿姨的合照。我這一生，那張照片都掛在那面牆的中間，籠罩在走道的陰影裡。黑白畫面中，兩個女孩站在教堂台階上，帽子戴得直挺挺的，雙手放在身體兩側，笑容燦爛又淘氣。

這是我們家罕有的幾張照片之一，我本來不覺得照片這麼少有什麼奇怪，直到去珍奈特家參加慶生會。當然，母親也去了，說是要幫主辦人的忙，結果她只是拿著一杯茶坐在沙發上，從頭到尾盯著我。只有在學校或洗澡的時候，母親才不會繞著我打轉。我很確定，如果有可能，或如果合適的話，她也會跑來盯著我的。珍奈特家的牆上和櫥櫃上滿是孩子們各種年紀的照片，也有祖父母的照片和婚紗照，冰箱上還黏了拍立得。我們家的冰箱只黏了購物清單和一個母親用來夾帳單的磁鐵扣。帳單是郵寄來的，她夾在冰箱上，直到下一次去鎮上繳帳單，再把繳過的帳單收到地下室的櫥櫃裡。客廳裡，沙發上方掛著一張他們的結婚照和兩張我的照片。第一張照片中，我大概四、五歲，身穿塔夫綢連身裙，一臉嚇壞了的表情，阿姨說我那眉頭緊蹙的樣子「可愛極了」。第二張照片在每年九月去過市區的照相館之後都會換掉。我會穿著為了拍照新買的服裝強顏歡笑，身後是假的秋葉背景圖。前一年的照片會拿下來收進地下室的同一個櫥櫃裡。經過那張微笑姊妹花的照片時，我停下腳步，第一次納悶為什麼就這張照片沒被那場火燒掉。

「我們家以前的照片呢？」我們在吃晚餐，我心不在焉地推搡著一顆清蒸青花菜。

「什麼照片？」父親停下切豬排的動作，看著我問。

「我們的照片。家族照。怎麼只有這幾張？」

「我們需要的照片都有了。」母親啜了口白開水，對父親使了個眼色。

「不知道為什麼，我記得明明還有更多。」我叉起那顆青花菜，拿到鼻子前面聞。

「好好吃飯，別問了。」聞來聞去不禮貌。母親把水杯放在桌上，繼續說道：「你的想像力太豐富了。我說過，我們在那場火災中幾乎失去了一切。我只救回了結婚照。」她把刀叉也放在桌上，用餐巾一角擦了擦嘴。「當時你才四歲。你不會記得的。」

「你和茱恩阿姨的那張照片呢？」我問。

「那是火災之後，你阿姨另外加洗給我的。」她答得未免太快了點。

我聳聳肩，繼續吃晚餐。「好吧。」我把青花菜塞進嘴裡，喝口水沖下去。

一星期後，我獲准去教會的夏令營，餐桌上的對話已經被我忘個精光。任母親再怎麼窮擔心，夏令營都沒有可怕的事情發生。沒有不懷好意的男人藏在樹幹後。湖裡沒有將我捲入湖底的水流。沒有害我跌得粉身碎骨的懸崖。我離家整整三天，睡在上下鋪，沿著湖岸划獨木舟，湖面映照出染上秋色的樹葉，夜裡圍著營火唱詩歌，烤棉花糖把宗教的味道也變甜了。我嘗到的第一口自由美味極了。我生來就該擁有更多的自由。但要到多年以後，我才明白自己是怎麼得到那份自由的。

命運是個促狹鬼。它喜歡布置好所有的線索，就為了看你能不能把種種跡象拼湊起來，想明白你一開始怎麼也想不明白的事情。它給過我一個大膽的提示。事到如今，在已經知道真相的我眼裡，那個提示看來再明顯不過。但在當時，我為了自由和一輛新的腳踏車，忽略了命運打來的暗號。當時我念國中，在做一份有關血液循環系統的報告，我需要紅筆、藍筆和白紙來畫圖。母親把她的手作材料放在地下室，那裡的架子上堆了花草樹葉等乾燥植物、色紙、線材、羊毛氈。我在那邊翻箱倒櫃的時候，看到她用來收納帳單的櫥櫃。年代久遠的櫥櫃灰撲撲、冷冰冰的，一副破舊的模樣，櫃頂積了薄薄的塵埃。從來沒人禁止我碰它，裡面想當然耳不會有我需要的東西。但在那個週日下午，我心血來潮打開看了看。第一個抽屜就像父母親說的一樣，裝滿電費、房屋稅的舊帳單和所得稅申報書，整整齊齊收在不同顏色的資料夾中，按照年份和月份歸檔。但底層抽屜就不同了。我以為會有更多帳單之類對十四歲的我不重要的文件，卻訝異地發現裡面裝滿照片，塞得亂七八糟，幾乎像是在跟我那凡事要求整潔的母親唱反調。

我翻看著照片上一張張熟悉但比較年輕的臉龐，又翻到背面看上面的日期和名字。母親以她那很好認的完美草寫體為每一張照片做了標記。我找到母親和茱恩阿姨的合照，也找到父親年輕時的照片。他額頭上的皺紋少了些，黑頭髮也比白頭髮多。有一張很美的合照是他們三人坐在野餐桌前，背景裡高大的松樹框住大海。我把照片翻過來，看到背面寫著「一九六〇年七月，茱恩、蘭諾和法蘭克」。那時的我應該兩歲，但照片裡沒有我。沒有玩具，沒有洋娃娃，沒有兩歲小孩存在的跡象。不止如此，抽屜裡還有父母親婚禮的照片，年輕的茱恩阿姨和愛麗絲手勾著手，兩手扠腰，對著鏡頭大笑。派對照、海灘照、烤肉照、教堂禮拜照。有些是在我出生之前拍的，也有些是我應該要在照片中但卻不見我的蹤影。

「諾瑪，上來幫我一下。你下去做什麼？地下室很潮濕，你會感冒的。」

我拿了他們三人在海邊的合照，塞進褲子後面的口袋，再關上抽屜，拉拉繩子關掉電燈，地下室重新沒入黑暗之中。來到樓梯最上面一階時，我打了個寒戰。地下室潮濕、冰冷的空氣退去，房裡舒適宜人的暖空氣襲來。從地下室樓梯頂通往廚房的走道像一條陽光小徑，被一扇小窗戶透進來的黃光照亮。母親站在陽光小徑的盡頭，周遭散落著大自然的碎屑。

「幫我弄這些。」她舉起一把像雜草般在水溝裡和空地上亂長的冬青。灰褐色的莖上結滿一簇簇堅硬的紅色小漿果，為了保存而從底部以完美的角度剪下。她採這些冬青來為教堂做耶誕裝飾。光是採冬青這件事就把母親變了個人，跟我認識的她不一樣。她會涉水踩在水溝裡，穿過高長的雜草，一頭完美的鬈髮上綁了頭巾，手上戴著過大的園藝手套，腳上穿著父親冬天裡為車道鏟雪時穿的雨鞋。此刻，看著站在流理台前的她，兩頰被十月的寒意凍得發紅，我心裡不禁湧現一股深深的愛。

她正忙著用細麻繩把枝條捆成一束，我從後口袋抽出那張照片，放在流理台上。

「母親，為什麼我不在這張照片裡？」

她停了下來，放下剪刀，拿起照片。她捏著照片的樣子像它著火了似的。我看著她的上唇冒出小小顆的汗珠。她深呼吸一口氣，一副欲言又止的模樣。我靜靜等著，默默拿起剪刀剪她本來要剪的那條繩子。等待間，我把剪下的繩子繞在枝條上，最後打了個結。

「我感覺頭又痛起來了，我得去躺一下才行。晚點再來把剩下的弄完。」她解下一直戴在頭上的花布放到餐桌上，把一片迷你小森林丟給了我。「晚餐在冰箱裡。幫我個忙吧。四點的時候，把晚餐放進烤箱，一百八十度烤一小時。我們五點開飯。」她說完就消失在轉角，帶著那張照片穿過走道。

我再也沒看到那張照片，儘管偶爾會想起它來，納悶是哪裡惹她頭痛。那天晚上，把我綁在家裡的隱形鎖鏈甚至更鬆了點，父親竟然准我去珍奈特家過夜。

第二天一早回家後，父親又給我一個驚喜。他送我一輛新的腳踏車。紅色的，把手有彩帶那種。我想告訴他，彩帶不適合我這個年紀，但我怕傷他的心，所以彩帶就留了下來。長長的七彩塑膠彩帶隨風飄動，長長的椅墊曲線玲瓏，聞起來有潤滑油和新橡膠的味道。最棒的是我可以騎腳踏車去棒球場。

「好奇怪。」母親出去買東西，父親在草坪上把葉子掃成一堆。

「什麼好奇怪？」愛麗絲悄聲回話。

「可以做我想做的事好奇怪。我騎上腳踏車，回頭看看我們家，才一下子而已，我就覺得該回屋裡了。」

「你都得到允許了，為什麼還要回屋裡？」

我聽到愛麗絲在電話那頭喝了口茶。我把電話線纏在小指上，看了看窗外，確定母親還沒開上車道。「她不願意。她不想放我走。我看得出來。我覺得很難受。」

「諾瑪，你都快十五歲了。是時候想想你自己了。是時候做自己了。」

「可是她的頭痛……」

「她的頭痛是她的問題，不是你的問題。不是你害她頭痛，是她自己造成的。記住這一點。」

愛麗絲總有辦法開導我。但不管她怎麼開導，電話一安靜下來，我就感受到母親頭痛的重壓。這屋子裡有愛，但我們都不知道該拿那份愛怎麼辦。

得到新的腳踏車才幾星期，冬天就來了。外頭颳風又下雪，腳踏車被迫進了儲藏室，而我又要被迫關在家裡。風雪和低溫阻礙了探險的腳步，我又想起那個裝照片的抽屜，就趁著去地下室的機會找了一下。那天的雪橫著飄落，落在馬路、屋頂和任何不會動的東西上，結成硬邦邦的冰。學校停課了，我本想睡個回籠覺，但我注定跟睡眠無緣。母親已經起床了，不知在忙什麼事，粗跟鞋重重踩在木頭地板上，我相信她的嘆息一定傳遍了整條街。我索性起床更衣，想念著被偷走的睡眠和床鋪的溫暖與舒適。我本來打算這天要讀的《神探南西》擱在床邊桌上，沒有翻開。

「可以請你下去給火爐添些木柴嗎？我都快感冒了。」

風吹得窗戶嘎嘎作響，餐盤上的培根油都凝固了。母親站在水槽邊，兩手泡在肥皂水裡。我把盤子給她，朝地下室的火爐間走去。

「拜託放一塊好梣木。梣木燒得比較久，燒起來也比較暖。」

來到樓梯底，我轉身朝火爐走去，但一眼瞥見那個舊櫥櫃，想起裡頭裝滿帳單和我一度以為不存在的照片。我抬頭看了看樓梯上面，確定她沒在看才轉個方向，沒去火爐間，而是走到那個櫥櫃前，跪在地下室的水泥地上，彎身抓住底層抽屜的握把。抽屜很容易就打開了，但金屬滑動的聲響嚇得我住了手，又再抬頭看了看樓梯上面。動靜不大，但我知道自己在做不該做的事情，抽屜的聲響就被放大了。我低頭一看，空的，抽屜裡只剩灰塵和幾枚迴紋針，那些照片全都不見了。我坐下來，望著空蕩蕩的抽屜，直到聽見她的厚鞋跟踩在我頭頂上方的地板，才靜悄悄合上抽屜。樓梯爬到一半，我猛然想起自己是下樓來幹麼的，便又去找了一大塊梣木，丟進火爐裡。

接下來，我找那些照片找了幾星期。每次母親躺下來小睡或去超市採買，我就東翻西找，但都沒找到。唯一沒找過的地方就是母親的衣櫥。一直到她生病，我再也無法獨力照顧，只好把她送去安養院之後，茱恩阿姨來幫我打掃家裡，準備把房子賣了。趁我在洗廚房流理台下方的櫥櫃，阿姨抱著一個大帽盒，躡手躡腳地從我身旁溜走，朝她跟朋友借來的車走去。

「茱恩阿姨？」她沒停下腳步。「茱恩阿姨？」我用更強硬的語氣說。她在車前轉過身來，但什麼也沒說。我們站著面面相覷，詭異地僵持著。她的手裡抱著帽盒，我的手裡拿著抹布。我不確定是怎麼回事，但從她走路的樣子、拿帽盒的樣子、假裝沒聽到我叫她的樣子，我知道事有蹊蹺。

「只是我們小時候的一些小玩意。我想帶回波士頓。」她把帽盒放在車旁地上。

我步下前廊，朝她走去。

「可以讓我看看嗎？」

「不行……不、不用了，沒什麼好看的。」她打開車門，彎身捧起帽盒。

「我幫你搬吧。」

「我自己來就好，回去忙你的吧。」

「改天可以讓我看看嗎？」

車後座放了幾件母親的洋裝和禮服，阿姨要拿去給她服務的婦女團體。她把帽盒放到後座，我看著她年邁的背影，注意到她刻意把身體歪向一邊。她關上車門，微微一笑說：「或許吧，改天再說。」

「好，改天……我想看一看。」

阿姨拍拍我的手臂。走回屋裡之前，她那滿是皺紋的手在我手臂上停留了一下。我等了等，透過車窗看了看帽盒一角，才轉身跟著她進屋。

到我開始體驗自由的滋味時，我的夢已經褪色了，就像遺留在陽光下的水彩畫。色彩變淡了，夜晚變暖了，鳥兒和夜間動物安靜下來了，恐懼和混亂緩和了。即使我從未遺忘，但那些夢在我生活中占據的空間比較少了。一開始，我用教會營隊和騎腳踏車填滿那些空間。過不久，我的觸角就伸向足球和一個名叫約翰的男孩。他是藍道的哥哥，身上有一股很好聞的味道。第一次吻我的時候，他嘗起來就像黑色甘草糖，甜甜的，帶一點香料味。那一吻過後好久，我都還嘗得到那股味道。

隨著我年紀漸長，我確定母親的頭痛愈來愈嚴重了。這麼多年來，她小心翼翼地把我留在家裡。我在外面的時間愈多，她帶著一瓶止痛藥和熱毛巾上床的次數就愈多。熱毛巾是用來敷在她眼睛上面的。父親默許我的自由，除了回家時間和在外活動範圍的限制，就沒有別的要求了。

「你今天去哪探險啦？」他把餐巾鋪在大腿上，我喝了一小口白開水。

「珍奈特和我去公園鬼混了一下，後來就去圖書館了。」我朝流理台上的一落書點點頭。

「聽說有些孩子跑去水庫那裡玩了。」母親設法把話說得平鋪直述，但我們都知道那其實是一個疑問句。

「我跟他們不是一伙的。」她懷疑地打量我。我聳聳肩說：「我發誓。」

「我們相信你。把晚餐吃完吧。」父親說。

是真的，我沒跟那些孩子玩在一起，但當我告訴母親我很守規矩的時候，她大概從來都不相信。阿姨總是勸她放鬆一點，但愈勸似乎只是讓她愈焦慮。

十六歲那年春天，五月第一個變暖的日子裡，阿姨來度週末，我晚餐遲了五分鐘到家。母親在門口等，我說我去了圖書館、沒注意時間，她懷疑地看著我。阿姨從她背後冒出來，親親她愁雲密布的紅潤臉頰。「蘭諾，再這樣下去，你會把自己逼死的。」阿姨對我眨眨眼。

母親絞著手，退開來讓我進屋前還翻了個白眼。「茱恩，為人母親很不容易，你都不知道有多辛苦、有多少事要擔心。」

阿姨沒接話。我們一起把晚餐要吃的馬鈴薯泥、火腿、蜜漬紅蘿蔔和母親自己烤的吐司一一端上餐桌，她對我笑了笑。

阿姨令我母親備受打擊。她的「自由作風」氣得我母親臉色脹紅、無言以對。母親反對她的薄荷菸、她那套「女人不需要男人來滿足」的論調。阿姨是「女強人」，母親兩手一攤，反感地吐出這個字眼。但阿姨和我一起在客廳跳舞，如果她的公司有什麼即將出版的好書，她就偷帶樣書給我。我一滿十三歲，她就讓我偷嘗了一口琴酒。我到現在都不喜歡琴酒的味道，但她就是這種阿姨，跟我母親截然不同。她們的關係總是看得我一頭霧水。

她們聊了一小時才掛上電話之後，母親會說：「你的茱恩阿姨有時候真的很傷腦筋。」然而，太久沒見到她，母親又會唉聲嘆氣說很想她。我很羨慕她們這種奇怪的姊妹情。我想要一個兄弟姊妹，也費了一番口舌向母親表達，知道自己從頭到尾都在傷她的心。害她頭痛到臥床一星期後，我才終於放棄。除了父親和我，她就只有茱恩阿姨，儘管阿姨在她眼裡有著這樣那樣的缺點。她一個朋友也沒有。教會那些太太不能算朋友。每星期天，她們都在教堂外三五成群以尖銳的嗓音尬聊，高度適中的鞋跟陷進鬆軟的土裡，空氣中明顯飄浮著默默較勁的味道。她們的話題僅限於天氣、不乖的小孩和食譜。

我晚回家的第二天，天氣異常溫暖。我記得春蛙在屋後的淺塘呱呱叫，表示夏天近了。父親站在烤肉架前翻著漢堡肉，母親和阿姨坐在一起輕聲聊天。她們把冰紅茶擱在一旁，只顧喝葡萄酒和薄荷朱利普。

到現在我也不確定當時怎麼會開口發問，除了我隱約相信阿姨一定會告訴我真相之外。如今，知道她也未必如此，我不免覺得傷心，但我在努力學習原諒。或許，那天之所以隨口問起，是因為當我坐在戶外溫暖的太陽下時，我已經看到自己手臂上的皮膚變黑了。

「曾祖父叫什麼名字？義大利那位？」

阿姨轉頭面向太陽，手裡晃著飲料。我坐在通往院子的台階上。我的童年有許多時間都是在那裡度過。院子裡埋著倉鼠、金龜子和遺忘已久的玩具娃娃。

「什麼義大利曾祖父？」阿姨坐起來，調整一下遮陽帽，把眼睛遮好。「我們是愛爾蘭人，祖輩一路追溯到愛爾蘭大饑荒之前，儘管我聽說不知道什麼時候也可能混進了摩爾人的血統。」她眨眨眼睛，母親和父親則憂慮地互看一眼。

父親想把一塊漢堡肉翻面，我眼睜睜看著那塊半生不熟的肉掉到地上。他低聲咒罵一下，把那塊肉踢到一邊去。「我……我這邊的，茱恩，我祖父是義大利人……我想是的。」他結結巴巴地說。阿姨歪頭看他，緩緩啜了一口酒，才又轉頭面向我。

「是吼！我老是忘記你不只有母親，還有父親呢！」她為自己的笑話笑得太用力、太激動了點。「你怎麼會對這件事有興趣呢？寶貝。」母親起身進屋去了。

「我的皮膚比你們黑，而且，一到夏天又變得更黑。太奇怪了。」我把正在看的雜誌放到旁邊的平台上。

「隔代遺傳。」她說話時沒有看我。

「隔代遺傳？」

「沒錯，你的黑皮膚不代表什麼。這個國家多數人都有類似的家族史，你只是其中一個實際的例子。你永遠也不知道自己的小孩會長怎樣。我想，基因這東西很微妙。」

阿姨也起身進屋。父親拿著一盤漢堡肉，走過我身邊。

「我們開動吧。」父親說話的聲音都分岔了。他杵著等我起身幫他開門。

現在，我知道他們的沉默是為了結束話題。但在當時，這次談話反而激起了我對基因遺傳的著迷。我從圖書館借了書，書背都還沒來得及留下凹痕，母親就從我房裡把書拿走，急忙還了回去。但在學校，她就監視不了我了。只要一有空檔，我就跑去圖書館，囫圇吞棗一番。我一定是把同一本百科全書反覆讀到摸熟了分子、染色體、細胞和基因相關的一切。到十二年級上生物課時，我早就對慣用手、眼睛顏色、下巴凹痕、耳垂緊貼等遺傳特徵瞭如指掌。我的眼睛是棕色的，跟父親一樣。我們三人都是右撇子，但他倆的耳垂緊貼臉頰，我則不然。那顆小肉球跟我的臉頰分開，鬆鬆地垂掛著，而且，不管我怎麼吵著要戴耳環，還是沒有打耳洞。

「茱恩阿姨？」我縮在我們用來放第二台電話的走道壁櫥裡，不想讓母親聽到。就算她在睡午覺，我也認定她看得到我的一舉一動、聽得到我說的每一句話。

「諾瑪？為什麼要講悄悄話？出什麼事了？」

我聽到背景裡愛麗絲在問是否一切都好。

「沒出什麼事。我只是想問你一個問題，但我不想害母親頭痛。」

電話那頭沉默下來。

「愛麗絲跟我一起在線上聽喔。」

「好，沒關係。」是真的沒關係。「我只是想說，我的耳垂沒有貼著臉頰。」

除了我在這世上最信任的兩個女人的呼吸聲以外，電話那頭就靜悄悄的。

「這樣啊，你打來就是為了跟我說這個嗎？」

「不是……呃，是也不是。你聽我說，耳垂緊貼臉頰的兩個人，生出耳垂跟臉頰分開的寶寶，這是很罕見的情況。」

「很罕見，但不可能嗎？」她也悄聲反問道。

「不是不可能，但不太可能。」

父親在隔壁咳了一聲。

「我不懂你的問題在哪裡，我的耳垂也沒有貼著臉頰啊。你在這方面或許比較像我。」

我聽得出來她捂住話筒和愛麗絲說話。接下來換愛麗絲出聲了。

「諾瑪，你為什麼在想這件事？」她的聲音還是那麼令人安心。

「不曉得。只是覺得有趣吧。」

「但為什麼是跟我們聊，而不是跟你父母聊？為什麼要講悄悄話？他們說不定也會覺得很有趣，甚至說不定有你要的答案。」

「我不想再惹母親難過了。」

「我們談過的，你不是你母親頭痛的原因，記得嗎？你得多信任她一點。你都快成年了，是時候跟母親說心裡話了。她說不定會很感激，你們說不定會成為好朋友。如果寫日記有幫助，你也可以在跟她聊之前先寫下想說的話。」

我不忍心告訴她，前三年的耶誕節，我都把她送我的日記本轉送給珍奈特了。而且，我已經不再寫日記了。舊的日記本，就是封面上印了花朵的，一直放在我房間的書櫃上。出於一個少女向母親隱藏祕密的努力，書櫃上的日記本用牛皮紙包了起來。就我所知，多年來沒人碰過。

「是啊，好吧，我或許會吧。為這種事打電話還真傻。茱恩阿姨，不好意思啊。」

「別不好意思，我喜歡聽到你的聲音。明天上學愉快。愛你喲，寶貝。」

說完她就掛斷電話了，留下我坐在黑漆漆的壁櫥中，手裡拿著話筒，嘟嘟嘟的撥號音沒入鬼魅般掛在我頭頂的厚外套裡。

5 喬

「搞不懂你們為什麼都跑到林子裡找。她不在那裡。」媽媽坐在火塘邊，把腳上的鞋子踢到一旁。穿了好多年的鞋，鞋底都磨薄了。她把腳趾伸進火塘外圍鬆軟的泥土裡，一手拿著馬鈴薯，一手拿著削皮刀。「在這邊找來找去只是浪費時間，她在外面某個地方。」她舉起拿刀的手揮了一圈，把全世界都涵蓋進去。

露絲失蹤後的幾年裡，媽媽漸漸認清了事實，但她對事實自有一套比較和緩的解釋。她會盡最大的努力不要傷心。無論一星期穿上那雙鞋走去鎮上的石頭大教堂幾次，都無法保證她發自內心快樂起來，或再也沒有絲毫憤怒，但她會拉住那頭悲傷的野獸。她會馴服牠、駕馭牠，要牠別動、別吵。而她駕馭悲傷的方式，就是相信露絲還在這世上的某個地方，長大、吃冰淇淋、讀書，還有想念媽媽。我們就由著她去。但我們還是會找。找遍那些樹林、那片湖岸，看遍任何一個與露絲年紀相仿的陌生女孩的臉龐。找了又找，但從未找到。

「喬，過來跟我坐。」她朝我揮揮手中的馬鈴薯。班、查理和我剛回來，我們又沿著莓果田後方搜了一輪。我撓著後頸蚊子新咬過的地方，晃過去在她身旁坐下。她伸出沾滿馬鈴薯澱粉的手，揉揉我的後頸，冰涼的手撫平了蟲子叮咬的灼痛。我不會說我取代了露絲，但她失蹤之後，我成了年紀最小的孩子。身為老么有身為老么的責任。我從來不曾善盡那份責任，因為，跟我媽一樣，我深信露絲還在外面某個地方，就等我們找到她。對媽媽來講，在找到露絲之前，我就是她退而求其次的選擇了。所以，我過去坐在她身邊。有時，我陪她走去教堂，盡我所能聽她傾訴。悲傷偶爾冒出頭時，我在她掉淚時握著她的手。

我不是個明智的人。我想，過去幾十年，我的所作所為也證明了這一點。但一路走來，我也學了點東西。從失去露絲到永別緬因州之間的那些年，令我沒齒難忘的一課就是：要找到一個不知所蹤的人很難，要取代這個人在一個母親心中的位置又更難。不是說我不想再見到露絲，我當然想，但我傾向於站在媽媽那一邊。露絲不在那些樹林裡。就算我想的不對，就算她小小的身軀還在荒郊野外，只有日月星辰作伴，我也不想找到曝屍荒野、只剩骨骸的她。所以，找她是一件很艱難的事，但我們反正還是會找。繼續找下去似乎意謂著我們還愛她、在乎她。直到那年八月上旬，我們再度懷著悲傷離開的那一天，吃完晚餐之後，我們還是藉著夏陽的最後一抹光芒，找遍了灌木叢，翻遍了倒下來的樹木，但我們不再呼喚她的名字了。畢竟，除了我們就不會有人聽見。

「我們人愈來愈少了。」晚餐煮好之後，媽媽啜著茶。除了她的說話聲，周圍只有蚊子細微的嗡嗡聲和火塘的劈啪響。「再這樣下去就忙不完這些田地了。」

爸點點頭，彎身靠近火塘去看他筆記本上的字跡。「大伙兒在老家那裡就找得到更好的工作，不想跑大老遠來這一趟吧。」他從腰帶上抽出一把刀，把鉛筆削得又尖又利，再繼續檢查當天其餘的紀錄。箱數、每箱的重量、採莓工的姓名，一欄一欄整理得整整齊齊。

到了我們從此揮別緬因州的那年夏天，我們只剩一小撮人。營地上都是老面孔。班從波士頓過來，查理也請假來幫忙，因為莓果田這裡賺得比較多。再來就只有老傑洛德和茱莉亞、寡婦艾格妮絲和她三個孩子，另外三個已經長大離家，有自己的家庭和工作。當然，還有法蘭基。這麼多年來，我很訝異一再看到法蘭基還活著，還是醉醺醺的，還在同樣的幾塊田裡採藍莓，蒼老的臉布滿風霜，一口牙幾乎掉光。如果靠得夠近，他的口臭會熏得你一屁股跌坐在地。但他還是同一個法蘭基，在難得清醒的時刻，他是其中一個還記得露絲的人。

那年夏天，我十五歲。酷熱的白晝像是拖拖拉拉地來到濕涼的夜晚。我渴望長大，渴望去艾倫山的火塘派對，渴望喝班瞞著媽媽買回來的啤酒。但就像採莓工現在都不來了，生活的樂趣也似乎枯萎消逝了。我倒是記得自己很期待週末。即使山上不再有派對，湖中還是有人游泳。穿黃色泳衣的女孩名叫蘇珊，趁她父母不注意的時候，會偷偷朝我這裡看過來。那年夏天也還有園遊會。

我在我那一排的尾端，等著看爸爸開卡車來告訴我們收工時間到了。如果讓我說實話（對瀕死之人而言，說實話容易多了），我沒採多少藍莓。班和我依舊是同一組，但他在那一排的另一頭，看起來像在工作的樣子。天氣很熱，而我們知道園遊會要來鎮上，就在沿著九號公路過去兩哩的地方。我照媽媽教的，用一根小樹枝清著指甲底下的汙垢，這時腳下就傳來震動。地面本身在震動。我丟掉小樹枝，一手遮在眼睛上，站起來看那些卡車載著遊樂設施和帳篷、怪胎[5]、魔術師、算命師，以及我只在書上看過的動物經過。我幾乎能聞到棉花糖的味道。最後一輛卡車開過時，班已經在我旁邊了。

我們沿著負責的那排莓果樹往回走，班說：「跟我們家那裡的園遊會不一樣。」

「什麼意思？」

「他們這裡的遊樂設施很厲害，不只是那些小火車啦、迷你馬啦，還有轉得很快的摩天輪和空中鞦韆，速度快到你可能會把午餐吐出來。」

「我沒問題的。」我其實不知道自己行不行，只是想趁這個機會買棉花糖給蘇珊，或許還能得她一吻。

那是個清朗的週六夜晚，班、梅、查理開玩笑說很適合犯下第二天一早要懺悔的罪。我很期待見識一下那些罪，就彷彿我心裡有一條繩子拉得很緊，一股股扭曲的繩線亟欲鬆開。而且，我們需要脫離一下。脫離那些樹影，脫離幽靈般的呼喚聲，脫離我們自己對露絲的聲聲呼喚，脫離我時時擔心可能會在某個地方發現她的恐懼。在噩夢中，有時我真的發現她了，她的骨頭被太陽曬得褪了色，小小的洋裝蓋在僅剩的殘骸上。這些夢令人難受，第二天我就會拚命工作，盡量把自己累到忘記昨夜的夢。有時，我會哭著醒來，流下百感交集的淚水。因為，雖然我從不相信露絲死了，但有個確定的答案會不會比較好呢？如果知道露絲不在了，媽媽是不是就能把那雙靴子扔了呢？

那是一個溫暖乾燥的夜晚，輕柔的風吹在身上很涼爽，又不至於冷得發抖。我們聽得到園遊會的聲音，看得見霓虹燈打在天空中的青紫色。尖銳的鈴聲不斷劃破黑夜傳到我們耳裡。我記得我那雙又細又長、瘦骨嶙峋、在夏天曬得很黑的腳走得飛快，彷彿它們有自己的意志，拖著我奔向棉花糖的甜味、遊樂設施的機油味和公廁的騷味。

查理跑上前，走在我旁邊，捶了我手臂一拳。「慢點，喬。不然還沒到那裡，你就沒體力玩了。」我回敬他一拳，拔腿狂奔起來。班和梅跟了上來，他們的鞋子踩在碎石地上的沙沙聲漸漸消失在黑暗之中。

之前我從未獲准去園遊會。其他人滿十三歲就可以去了，但媽媽擋了我兩年，因為露絲不見的事。我看不出其中的關聯，但我也沒多問就是了。今年，遭到爸爸斜眼之後，她終於讓我去了。爸爸把我們賺來的錢藏在他的卡車座位下面。每個不滿十六歲的孩子（那時只剩我一個）都有自己的信封，爸爸以凌亂的字跡在上面寫下每個孩子辛勤的成果。這些錢先收起來，預備用來買鞋子和上學要用的筆記本。即使我已經不上學了，爸爸還是不讓我全部拿走。他說，如果我想當個大人，那就必須開始分攤家中的帳單。但在那天晚上，他讓我取了一筆錢。在我們出發之前，在太陽落下之前，他塞了兩張鈔票到我手裡，拍了拍我的背。

「花錢要明智。在我們回家之前，你就只能拿到這些了。」

鈔票摸起來濕濕的，我塞到口袋最深處，時不時就摸一下，確認它們還在。查理從兩個帳篷間的繩子底下鑽過去時，我才剛確認過口袋第十次，也說不定是第一百次。我緊跟在後。我們躲在暗處，一直等到附近都沒人了。我們都不想把辛苦賺來的錢浪費在入場券上。我正要踏進霓虹燈的人造光之中，腳就絆到了，地面猛然向我撲來。我兩手一伸，身體一扭，屁股著地摔了下去。入夜後，草地變得濕濕涼涼的。我一骨碌跳起來，拍掉褲子上的草和土。查理笑彎了腰。

地上有個人呈L形躺在我旁邊，一隻空酒瓶脫離他的掌握，倒在他的髒手指一旁。是法蘭基。

「見鬼了，法蘭基，你在這裡幹麼？」

「你吵醒我了。」他掙扎著站起來，倒下去兩次才終於站直了。

「你絆倒我了。」

「我才沒有。」他含糊不清地說著，轉身繞到帳篷後面，把褲子一脫，對著我們剛剛鑽過的繩子撒尿。我搖搖頭，轉身面向查理，他還在笑。

「滾啦。」我說完就轉身走進人群。

你永遠不知道你對某個人說的最後一句話會是什麼，而當一切已成定局、這個人已經不在了，你就很難對自己的所作所為釋懷。多年來，我總想著當時有沒有可能對查理說別的話，一些能讓他知道我有多崇拜他、多愛他的話，一些他從來不曾從我口中聽到的話。但四十年來，我始終記得，我的哥哥最後從我口中聽到的不是愛與鼓勵的話語，而是惱羞成怒的氣話。我最後對露絲說的甚至算不上是一句話，只是一根手指豎在嘴脣上，「噓」一聲要她幫我保密。語言是強大而有趣的東西，無論說出口與否。

園遊會裡人潮洶湧，男女老幼、高矮胖瘦都有。一個大胖哥擠到摩天輪的座位上，坐他旁邊的是個大胖妹。我納悶鋼架夠不夠牢固，能不能在半空中支撐他們。小騎士抓住旋轉木馬脖子上的鐵桿，鐵桿上的粉彩塗料隨之剝落。我瞥了一眼偷喝稀釋威士忌的當地少年。籠子裡或圍欄後的動物有的走來走去，有的倒頭大睡，有的輕聲叫，有的大聲吼。我東逛西逛，眼花繚亂地看著這一切，呼吸著夏日汗水的味道、空氣中飄盪的糖味。炒菜油嗶嗶啵啵滋滋響，象徵勝利的鈴聲和興奮的叫喊此起彼落。戰利品有玩偶和氣球，也有廉價的手表和塑膠珠串。我偷聽著旁人的對話，人生第一次吃到酥炸熱狗棒。班和梅跟幾個從莓果田來的朋友跑去坐在露天看台上。查理跟上我，輕輕捶了我手臂一拳。我但願自己向他道了歉，說我不該叫他滾，但是我沒有。我們在巡弋飛椅那裡轉彎，朝算命師的帳篷走去。就在這時，我們聽到一排流動廁所後面傳來阿奇・強森的聲音。

「婊子養的，還我錢來！」

查理循著蓄勢待發的打鬥聲轉過頭去。我感覺自己的胃抽了一下。阿奇・強森是個大塊頭，年紀只比班大一點，隨時隨地都在發火。聽說，他呱呱墜地的時候，就是從媽媽肚子裡邊揮拳邊罵髒話出來的。在遊樂設施的黯淡光線下，我們看到法蘭基癱在地上，阿奇一腳踩住他的脖子，法蘭基的嘴角冒出白沫。

「阿奇，放他走，少在這邊耍流氓！」查理朝他們走了過去。我伸手要拉他回來，但他已經離得太遠了。

阿奇的幾個兄弟幾乎跟他一樣魁梧，他們用族語交談——就是我們的爸媽沒教的那種語言，我幾乎一個字也聽不懂。但從他們挑釁的站姿和眼神，我看得出來他們說的不是什麼好話。他們來自離我們老家那兒兩小時車程的地方。那一帶很亂，爸媽早在我們出生之前就頭也不回離開那裡。每年夏天，只要他們又在緬因州作亂，媽就會說：「強森家的人在我小時候就不是什麼好東西，現在還把這種劣根性也傳給小孩了。」他們要麼跟當地人打架，要麼從我們買東西的那家店順手牽羊，主要是偷香菸和威士忌。他們好像總是在找人打架，但反正沒人理會他們。多數時候，大家就讓他們把暴力宣洩在彼此身上。星期一早上，看到強森兄弟至少一人臉上有黑眼圈或指關節有瘀青，早就不是稀奇事。但在這天晚上，他們找到了兩個受害者，一個是爛醉如泥的倒楣鬼，一個是理想主義的年輕人。阿奇的其中一個兄弟（我不記得是哪個了）從暗處站出來，伸出長了厚繭的粗手，往查理的胸口猛力一推。查理絆了一下，摔倒在地。阿奇還是踩著法蘭基的喉嚨，這下查理又更氣了。

「放開他！」查理站起來，直勾勾盯著阿奇走過去。

「不要。」

「放開他。」

「你他媽想怎樣？印第安人很跩嘛。」阿奇譏諷道。

就算一片漆黑，我都能看到查理的臉氣得脹紅。他又走上前去，幾乎跟阿奇胸口貼著胸口。唯一隔在他們之間的，就是地上那個喘不過氣的醉漢。

「他只是個無害的醉漢。放他走。」

阿奇朝兄弟們使個眼色，這些大塊頭的動作比我想的還快，其中兩人抓住了查理，把他的手臂扣在身後。阿奇鬆開踩著法蘭基的腳，往查理肚子上狠狠揍了一拳，我發誓我都能聽見空氣從他身體裡洩出來的聲音。我轉身跑去找班。我拚了命地跑，感覺我的腿都不是我的了。園遊會的燈光像一道霓虹彩帶般掠過。耳朵裡，血液搏動的聲音蓋過了鈴聲和尖細的音樂聲。我在露天看台上找到班和梅，他們正在跟我不認識的白人一起抽菸喝酒。梅的手放在一個瘦巴巴的金髮男腿上，他梳了個油頭，一口白牙亮晃晃。我喘得說不出話，只能猛拉班的手臂，直到他和梅站起來跟著我跑，邊跑邊要我解釋。我們繞過流動廁所，光線頓時退去，黑暗與寂靜令人不安。阿奇和他的兄弟們不見蹤影，法蘭基渾身是血坐在地上，查理的頭在他腿上。法蘭基邊哭邊前後搖晃著身體，口中喃喃念著〈主禱文〉。

「Nujiinene wa'so'q epin jiptek[6]……願人都尊祢的名為聖……」他停下來，抬頭看我們，抽抽噎噎地說：「我只是想喝一杯，錢從他口袋掉出來。梅，他們一直踹他。踹他肚子，踹他頭，對著他整個腦袋一直踹、一直踹。」法蘭基用襯衫的袖子擦擦鼻子，口齒不清地哭著說。他還在搖晃著查理，查理的血沾得他渾身上下都是。「他安靜下來，人都不動了，他們還是一直踹。」

「好了，法蘭基。」梅彎身貼在地上，剛剛在露天看台和她一起的男人過來站在她身後。「查理，查理。我是梅。醒醒。」但查理沒醒。查理沒動。金髮男把梅從地上拉起來，班彎下身去抬起查理。法蘭基還在哭哭啼啼。

「閉嘴，法蘭基！」我吼道。雖然一心想給法蘭基那張爛醉的臉一拳，但我只是轉身跟上哥哥。

班抱著查理軟趴趴的身體，一腳跨過帳篷之間的繩子，像那條繩子不存在似的。梅和我低頭鑽過去。夜很靜。躲在九號公路沿線樹林裡和水溝中的生物彷彿知道我們要來了，彷彿明白這一切的嚴重性。

「喬，出了什麼事？」梅盡量輕聲說。寂靜、黑暗與暴力令我們不禁放輕了聲音。

「是法蘭基。」我語無倫次地說。

「法蘭基幹的？」

「不是，梅。查理，他幫法蘭基出頭，法蘭基偷了他的錢。」

「誰的錢？查理的錢？」

我思緒混亂，說不清楚。班靜靜走在前頭，但腳步變慢了。班力氣很大，他是我們之中力氣最大的，但走得愈久，從粗喘聲聽得出他愈吃力。

「阿奇・強森。強森兄弟。是他們的錢。」

「我討厭他們一家，沒一個好東西。要是查理有個三長……」梅愈說愈小聲。

「梅，他不會有事吧？」

她沒回話。我正想再問一次，車頭燈劃破了黑暗，金髮男開來一輛大得像船的車。

「上車。剩下的路我載你們。」

我坐到後座，班讓查理的頭枕在我腿上，他則扶著查理的腳。梅坐前座。查理沒動。唯一的動靜就是他吸氣時喉嚨偶有一陣咕嚕聲。我們停進營地，車頭燈打在火塘上，爸媽站了起來。一時目盲之下，他們困惑地把手遮在眼睛上面。我們四人設法把查理癱軟的身體從車後座弄到工寮裡，媽的反應可想而知：從頭到尾尖叫不停。

「怎……查理？班，怎麼……」連爸爸都結巴了。

「他替法蘭基出頭，強森家的兄弟就拿他下手。」

梅已經拿著用來裝飲用水的水桶朝門口走去。媽就地坐在兒子旁邊，一遍遍摸著他的頭。我站在角落裡，感覺心中燃起熊熊怒火，燒著我的皮膚，燒得我肌肉緊繃，手指握成拳頭。我掉頭就走，決心找阿奇．強森決一死戰，就像他打查理那樣回敬他。我想像自己怒氣沖沖地擊出一拳又一拳，阿奇縮成一團，毫無招架之力。

「想得美。他會像對付查理那樣對付你，到時候我們怎麼辦？」多年後，班對我說。

我才走到火塘前，班就擋住了我。沒人顧的火變弱了。班攔腰抓住我，把我的雙臂扣在兩側，一語不發地箝著我。我想，他自認在做對的事，免得我也死在強森兄弟手中。我想，他認為只要把我留在那裡、擒在他懷裡，我就會沒事，我就會像個尋常青少年一樣度過這一關。我但願他是對的，但結果不然。我把熊熊怒火憋在心裡，而這股怒氣以讓我羞愧到死的方式宣洩出來。我永遠沒辦法原諒自己把查理丟給一個站都站不起來、別說還要打架的醉漢。我不明白自己為什麼沒跟他一起留在那些帳篷的陰影下，為什麼我沒站在他身邊，為什麼我不挨一點揍。如果我分攤個幾拳，或許我們兩個都能活著離開。少不了青一塊紫一塊，或許還有點難堪，但都活得好好的。

媽媽淚洗查理血跡斑斑的臉，日日夜夜對著他禱告，直到累得睡了個不安穩的覺。「別離開我，查理．麥克，不准你丟下我。你給我醒來。我是你的媽媽，我要你張開眼睛看看我。」

但是他沒有，我們懷著沉重的心情，憂傷地離開緬因州。爸爸用毯子裹住查理，再和班一起把他輕輕放在床墊上。床墊是我們從工寮拿的，媽媽用皮帶和麻繩將他固定在卡車的車底板上。我坐一邊，班坐另一邊，兩人一起牢牢扶住床墊，低頭看著腫得面目全非的查理。梅跟著上了車。我們在八月中離開莓果田，把工頭的工作讓給一個名叫胡安的墨西哥人。

我們沒去找強森兄弟算帳。但我們打包行李要離開時，有人說他們踹死查理之後就急忙逃向邊境，丟下他們的田不管了。艾里斯先生本來就很氣我們要提早離開，這下他又更氣了。幾年後，我在阿奇剛出獄後見過他一次。那天，我在路上，拋下了我所知所愛的一切，而他在路邊攔車，要搭便車回新布倫瑞克。我遠遠就從那副魁梧的身材認出他來。他舉起拇指攔車時，我把我那輛破卡車一偏，對準了他開過去，衝撞到路邊。他跳進溝裡。我失手了。我不知道自己是不是故意失手的，但反正就是沒撞到。如果我直接輾過他，或許我就能頭也不回地往前走，再也不用想起阿奇．強森這個人。無論如何，我希望他摔斷一根骨頭，或至少嚇得屁滾尿流也好。他總該為自己的所作所為付出一點代價。

查理在新布倫瑞克的某處斷了氣。我想像每一下顛簸與震動對他來講都是劇痛，即使他的表情看不出來。過了邊境二十分鐘後，他重重呼出一口氣。如果天上有雲，那口氣足以捲走滿天烏雲。然而那天晴空萬里，美好得殘酷。我看著他的胸口，等它再次起伏，但沒有等到。班敲敲前座的後窗。爸爸把車停到路邊，媽媽發出淒厲的哭喊。我們站在公路邊，她對著樹林嘶吼哀嚎。哥哥的死屍在車斗上，哀痛逾恆的媽媽揮打著路邊高高的雜草，兩隻手都割破了，手上一道道紅色的血絲縱橫交錯。我的母親，一個虔誠的女人，聲聲咒罵著上帝。

5　怪胎：西方早期的馬戲團或園遊會有畸形人物供人獵奇、觀賞，俗稱怪胎秀。

6　Nujinene wa'so'q epin jiptek：米格瑪哈語「我們在天上的父」。

6 諾瑪

隨著我愈長愈大，母親的頭痛愈來愈少發作。但那年夏天，在我收拾行李讓父母開車送我去波士頓上大學之前，她又頭痛起來。

「諾瑪，麻煩給我一條濕毛巾，敷額頭用的，另外放一條到冰箱裡，冰好了就拿來敷在我脖子上。」她躺在床上，腳尖向外、腳踝向內，整個人躺平。這麼久以來，我第一次認真看我母親。面對每天都會見到的人，你很少注意到他們的改變。我沒注意到她皮膚皺了，下巴長了一塊淺褐色的老人斑，小腹隨著更年期凸出來就沒再消下去。她看起來是那麼脆弱。轉身朝門口走去時，有那麼一瞬間，我想著自己該不該離她而去。

「沒問題，母親。」我去廚房弄了兩條濕毛巾，一條現在用，一條放冰箱。我望向窗外，看到父親在除草。割草機傳來夏日專屬的嗡嗡聲，聽著令人安心。

我把濕毛巾敷在母親眼睛上，轉身要走時聽到她低聲說：「我會想你的。」

她躺在那裡，一隻手臂高舉過頭，我彎身親親她的臉頰，幫她把窗簾拉上，再沿著走道溜回自己房間，完成打包的工作。

儘管母親千方百計將我藏在家中與世隔絕，當我說想去波士頓上大學，她似乎還是很高興。或許她覺得鬆了一口氣，不用再分分秒秒盯著我，時時刻刻擔心我會不會發現真相。現在，我不禁要去回想那一切，回想我生命中的那些時光，怎麼會連一點真相的暗示也沒有，就這麼度過了？現在，回想過去的蛛絲馬跡占去我大把的時間。

⧗

玩具娃娃在後院隆重下葬之後，我轉而尋求書本的陪伴，這也惹得母親不太高興。我想，她寧願我永遠當個小孩，但我卻在女巫與白兔、潛水艇和三劍客的幻想中悄悄長大。我整夜不睡，沉浸在跟我的世界截然不同的生動世界裡，看書看到陽光透過百葉窗射進來。我跟著神探南西一起辦案，讀愛麗絲送我的、從日文和西班牙文翻譯過來的童話故事集。我的家是想像的沙漠，放眼望去沒有色彩，只有暗沉沉的木頭牆板和永恆的寂靜。然而，多虧了書本，我的世界多采多姿。對一個被軟禁在家的獨生子女而言，書不只是夾在兩塊硬紙板中間的一疊紙，也不只是字母組成的單字印在紙頁上。

隨著年齡漸長，我可以稍微自由一點地在外走跳，我對書籍的依賴也減少了。我偶爾約個會或跟珍奈特出去。珍奈特是我認識最久的朋友，也是我唯一一個真正的朋友。學校裡的一些學姊已經在籌備婚禮，或準備去為她們的父親工作。她們未來的辦公室單調乏味，還有很吵的仿木百葉窗，打開的時候發出喀啦喀啦的噪音。我永遠也無法想像自己去過那種生活，每天朝九晚五，下班時渾身帶著汙濁的咖啡味和菸味回家，二十歲就結婚，從此安定下來。在我看來，那好像只是延續我已經在過的生活而已。我不確定自己要什麼，但我知道那不是我要的。至少目前還不是。

高中畢業後，有三年的時間，我住在家裡，在那一帶的超市工作。我知道我得離開父母家，但我想先確定自己有地方可去。他們的愛沒有那麼壓迫了，但我還是感覺受到監視。就算年紀大到可以開車，接著可以投票，最後也可以喝酒了，在我用一杯冰啤酒抹除童年最後的一點痕跡之後，我還是感覺他們守著我像守著一個祕密。珍奈特也選擇留在鎮上。她沒興趣上大學，便在蔭橡安養院找了個助理看護的工作，畢業第一天就去報到，服務於失智部門。還記得我在離家去波士頓之前幫她搬家，從她父母家搬到她自己的公寓。那是一間位於地下室的獨立套房，天花板很低，有一橫排窄窄的窗戶。我們把箱子堆在一起，開窗散掉霉味，吃著已經不新鮮的甜甜圈，那是我從打工的超市帶來的。

「你去城裡要幹麼？」珍奈特把最後一口甜甜圈塞進嘴裡，用啤酒大口沖下去。

「上學。交朋友。」我聳聳肩。

「交個男朋友。」她對我眨眨眼。「別挑我們鎮上那些失敗者。」

我打開一個標示了「廚房」的紙箱，把餐盤放到櫥櫃上。「或許吧。天知道。我只是很期待離開父母家。」

「楓樹街四一二號牢房。蘭諾監獄。」珍奈特取笑道，拿了標注「浴室」的紙箱，朝走道走去。

我竟然那麼快就跟珍奈特失聯了。我們互通了幾封信。我也在第一年耶誕節回家時見過她一面。最終，她連同家鄉一起被我這個離開的人拋下了。我們重逢那天，是我把車子停在蔭橡安養院的前門，留下我的母親、兩個行李箱、一盒照片、一本《聖經》。珍奈特來迎接我們，她已不復曾經的健美與苗條，發福的身軀占滿整個門框，眼周的皺紋又深又黑，鬢角的頭髮跟我一樣都白了。

出發去波士頓那天是個和煦的日子。我提早幾天離開，好跟茱恩阿姨住幾天。她想在我搬進宿舍之前帶我到處看看。她答應會有燭光晚餐、會為我導覽她愛的城市，還會有適合女大生的談話。我們過橋進城往南開，我搖下車窗，聞著各種氣味，有汽車廢氣，有草地剛割過的味道，有花香味，也有尿騷味。我先前來過波士頓，但只是來跟阿姨度週末，或來找愛麗絲聊一聊。這次感覺不一樣。接下來幾年，這裡就是我的家了。認識一個地方就像認識一個人，當你要親近它的時候，感覺就不一樣了。我想記住每一個角落、每一道裂縫。我的目光想要停留在每一棟建築、每一座橋樑、每一處公園和每一個走來走去的行人身上。

阿姨一個人住在牙買加平原區，養了條長生不死的金魚，名叫亨利。

「是i結尾，不是y喔！畢竟牠是一條法國魚[7]。」

從我有記憶以來，她就老說這個笑話。而我每次來訪，亨利看起來都有點不一樣。她說亨利會說法語，但是只會對她說。還有，牠只要興致一來，就能隨意改變全身顏色。小時候，我還真相信她說的。我愛看的那些書以及阿姨說的故事灌溉了我的想像力，為我提供了家中缺乏的養分。或許，我對故事的熱愛，就是我選擇走上日後那條職業道路的原因。

我後來體認到，有些人生來要讀偉大的作品，有些人生來要寫偉大的作品，兩者往往是不同的人。年輕時，我立志要當下一個偉大的美國作家。故事就在某個神祕的空間裡，等著對的人來找到它們、賦予它們形式，但多年來無論我怎麼努力，都拿不到進入那個世界的門票。在把想像化為筆墨的途中，我腦袋裡的故事不知在何處便化為烏有。愛麗絲建議我寫的日記滿是流水帳和前青春期的煩惱，偶爾提到兒時的那兩個夢，或我以為是朋友的男生或女生對我的冷落。我自認那些日記不值得寫成我想說的故事。我但願能回去找那個在日記裡寫兒時夢境的女孩，叫她多注意自己在寫的東西，多看看自己勾勒的畫面，直到她記起那一切。但我回不去，於是，我去波士頓學教書，學習如何教授由別人寫下的文字。

我們在那個和煦的夏日抵達時，茱恩阿姨坐在一棟黃色大房子的前廊上等。房子藏在一條大馬路後面，你看得出昔日曾有的輝煌。梯形窗、深色的木頭邊框、地板，都訴說著衣香鬢影的紳士淑女的故事，那些身著長禮服的女士、摘帽向行人點頭致意的男士。阿姨是屋主，她自己住在一樓，二、三樓租給別人。二樓住了名叫里奧納德的先生，他倆常在雨天一起喝茶。回想起來，我認識阿姨多久，就等於認識里奧納德多久。三樓住了一家三口，他們開了一間小麵包店，傍晚會把多做的麵包帶回來給阿姨和里奧納德。他們家有個小男生，名叫波伊德，頂多十二歲，我覺得他偷偷暗戀我。每次看到我，他就臉紅又結巴。很可愛。我承認我有點陶醉。

「也差不多該到了。我還以為你們永遠也到不了呢！」阿姨起身抱住我，裙子的布料沙沙響。「一定會很有趣。」她先對我耳語道，接著再去抱她的妹妹，並對我的父親點頭說：「好了，你們兩個可以滾了。」

我伸手到後車箱拿行李。

「天啊，茱恩，別這麼急著搶走我女兒。」母親試圖說笑，卻被自己說的話哽到了。

「那就進來喝杯茶再走吧。」阿姨眨眨眼，攬住我的腰，把行李丟給我父母，讓他們自己拖進屋。三小時後，他們含淚留下我，母親還帶著頭痛離開。有生以來第一次，我身邊真的沒有他們了。

第二天一早，天色很暗，眼看要下雨了，但到了近午時分，太陽驅散了烏雲，阿姨覺得正好帶我參觀一下她的地盤。我們走到附近的公園，沿著綠茵環繞的大池塘散步。公園本身變成臨時的營地，尼龍帳篷從池塘邊一路搭到樹叢間。坐在地上或毯子上的群眾共享食物，一起吞雲吐霧。釘在地上或掛在帳篷兩側的標語要求政府歸還他們被竊占的土地。黑皮膚的女人背後垂著黑髮辮，和黑皮膚的男人坐在一起，看似在談嚴肅的話題。

「這是怎麼回事？」

「示威抗議。」

「抗議什麼？」

「你何不去問問？」

我無法想像跟陌生人攀談，但我真的很好奇。老家那兒沒有示威抗議這種事，大家的想法都一樣，每個人都是另一個人的翻版。就算有不一樣的想法，那也是自己關起門來悄悄想。

「他們是印第安人嗎？」我耳語道，阿姨笑了出來。我只在電視上看過印第安人的樣子，也只在中學課本上讀過他們的事。在我狹隘的認知裡，印第安人的歷史和存在，都是以好戰的野蠻人、巫醫和寶嘉康蒂組成的。

「是，而且印第安人也是人，寶貝，你不用講悄悄話。他們知道自己是誰，還有，我想他們一定很樂意告訴你為什麼他們在這裡。」

我們轉身離開池塘邊，慢慢朝大馬路走回去。有個女人就坐在人行道旁一頂紅綠相間的帳篷門簾外，門簾的拉鍊半拉上。一個男人背對我坐著。他們輪流抽一根香菸，女人熱血沸騰地高談闊論，兩隻手的動作搭配臉上激動的表情，但我離得太遠聽不見。男人雙腿縮到胸前坐在地上，頭靠在膝蓋上聽女人說話。女人看到我在看他們，便停了下來。我本來鼓起勇氣要跟他們攀談，一旦四目交會，我又卻步了。她的眼神沒有惡意，但我沒了勇氣，只得轉身去找正在跟一名老婦交談的阿姨。其他示威人士魚貫經過，擋住了我的視線，我退到一旁的人行道上，看不見那個女人。隊伍中斷時，我看到她在看我，還揮了揮手。她指指我的方向，男人順著她的目光看過來。我舉起手微微揮了一下。一時之間，我們三人隔著舉牌經過的示威人士面面相覷，自製的標語牌高低起伏，鼓聲在人群中迴盪。女人又揮了揮手，我發覺她不是在對我揮手，而是在向那位老婦示意，要她過去加入他們，但老婦和阿姨聊得很投入。我尷尬得把手交叉在胸前，眼睛盯著一朵從水泥裂縫中努力鑽出來的蒲公英。研究完那朵蒲公英的每一個細節後，我抬頭看到那個男人正歪頭打量我，他的眼神很專注。阿姨跟她的朋友道別，我朝她靠了過去。

這時，那男人喊道：「露絲？」他一躍而起。「露絲！」

他朝我走過來。一時之間，我還以為他在喊茱恩阿姨的朋友，但他那銳利的眼神顯然是落在我身上，所以我知道他的目標是我。隨著他愈走愈近，我感覺胸口有一股沉重的壓迫感，視線的角落裡有飄飄蕩蕩的暗影。我覺得很不安。周遭的聲響就像在水裡。接著，阿姨抓住我的手，抓得很緊，緊到我的指尖都發紫了。我感覺得到阿姨的心裡起了變化。她拉著我走，一陣恐慌的電流從她的手傳到我手上。

「諾瑪，走吧。」她拉著我離開聚攏的人群，離開向我逼近的那個男人。

「阿姨，怎麼了？」

「我不舒服。我們得走了。」阿姨脹紅了臉，神情憂慮地蹙起眉頭。

「好，我們走吧。」

「露絲！等等！」

阿姨走到我身後，擋住那男人的視線。我們走得飛快。我聽到背後那名年輕女子喊道：「班，你要去哪裡？」

男人接近，阿姨加快了腳步，邊走邊側頭瞥向身後。我回頭看了最後一眼，看到他的棕色眼睛緊盯著我。就在他趕上來之前，我們穿越到馬路對面。沿著馬路中央行進的人群將他跟我們隔開，我才漸漸回過神來，發覺我們幾乎跑了起來。阿姨的手牢牢抓著我，我轉頭看那男人消失在一長排的示威群眾間，但他的呼喊蓋過鼓聲和嘈雜的人聲，我聽到他在喊：「露絲，拜託，露絲！」他的聲音迫切到我幾乎想停下腳步，讓他看清楚他認錯人了。但阿姨把我拉進一條小巷，也不管小巷兩旁擺滿了連棟排屋的垃圾桶。

「也太奇怪了，對吧？」儘管她擠出一個扭曲的微笑，也掩飾不了臉上的擔憂。「我們走回家吧！順路買點東西來喝。今天挺熱的。我請客。」

我們沿著小巷走了一半，阿姨停下來喘氣。我們就停在那裡，看著魚貫經過的示威人士，但都不見那個名叫班的男人。

我們停在離阿姨家幾條街的愛爾蘭酒吧。我口乾舌燥，眼睛因為從亮處來到暗處而刺痛，又在冷氣的襲擊下渾身發冷。阿姨爬上吧檯椅，我在她一旁坐下。店裡瀰漫著炸薯條和煎漢堡排的味道。阿姨點了一盤薯條跟我分食，還點了兩杯灰皮諾和兩杯白開水。她啜飲著葡萄酒，我則咕嚕咕嚕喝光了兩杯水。她一副坐立難安的樣子，就像母親在我作怪夢或放學晚了五分鐘回家時那樣。只要有人進來，她就不斷轉著椅子。門一關上，她就又放鬆下來。

「你還好嗎？寶貝？」

我點點頭，灌下第三杯水。酒保把薯條放在我們面前，阿姨跟他要了點醋來蘸著吃。

「我沒事，只是很奇怪，那男的好像認識我一樣。」

「可能只是長得像他認識的人吧。」她咧嘴一笑，但向來自信的聲音聽起來有點顫抖。

「是啊，可能吧。」我抿了一小口葡萄酒，酸味直衝喉底，我不禁縮了一下。「好酒。」

「乞丐沒得挑。付錢的人是我。」阿姨笑了出來，那天的壓力漸漸消散。她一放鬆，我的肌肉和下顎也跟著放鬆下來了。

「所以他們到底在抗議什麼？我還沒機會問呢！」

「不公平待遇。我們對印第安人一直不太好。」

酒保靠過來，偷聽我們談話。「我認為我們對他們太好了，不自助卻有人助。他們還想怎樣？」

「喔，親愛的，我認為你的工作只是為我們送上飲料。」阿姨把空玻璃杯放在吧檯上推過去，酒保聳聳肩，為她再添了一杯酒。我們吃了一下午的花生米，點了第二盤薯條，這次外加一個起司堡，切成一半分著吃。我承認不太記得第四杯酒過後的事，但我確實記得跟阿姨提起我的兒時玩伴，我一獲准跟珍奈特去夏令營就忘掉的那位玩伴。

我伸手去拿一杯水，含糊不清說著：「小時候，我有一個幻想朋友。」

「大部分的孩子都有。你母親的幻想朋友是一隻老鼠，她指控我們謀殺牠，因為我們坐在『牠的』椅子上。」說起這件往事，阿姨笑了出來，而我很難相信母親居然也有想像力。

「她叫露絲。」我啜了一口水，看著玻璃杯上的水珠滑下來。阿姨在吧檯椅上不安地動了動。「你不覺得奇怪嗎？我的幻想朋友叫露絲，那個男的也叫我露絲。」

「只是巧合罷了。」她用餐巾擦擦手。

「是啊，我想也是。」酒吧門開了，光線照進黑暗的室內。「有點不可思議就是了。」

「寶貝，我要請你幫個忙，你一定要答應我。」她又點了一杯酒。「而且，不要問我為什麼。打勾勾？」

「打勾勾。」我伸出我的小拇指，勾了勾她的小拇指。

「永遠也不要跟你母親提今天的事。」

「好……可是，為什麼？」我問得遲疑。

「我說了不要問我為什麼。你可是打勾勾發過誓的。」

我聳聳肩，將剩下的水一飲而盡。阿姨付錢給酒保，一口喝光她的酒，然後跳下高腳凳。我不記得走路回家的部分了，但我記得半夜醒來對著小浴室的馬桶大吐特吐。冰冰涼涼的磁磚貼在皮膚上感覺很舒服，阿姨在太陽出來前發現我倒在地上，把我扶回床上去了。我不是沒喝過酒，但那是我第一次喝醉。就像一切我該記住卻沒記住的事情一樣，那天的回憶被我收了起來。那個棕色眼睛、嘴裡喊著露絲的男人，在我的腦海深處一放就是幾十年。

兩年很快過去，時間似乎隨著年齡愈長而更加易逝。同班的人愈來愈少，學的也愈來愈專，每堂課上只剩同樣的幾個人：詩人安潔拉和安德魯，前者為後者神魂顛倒，但我很確定後者是同性戀，而且他愛的是華特斯教授；名字令我困惑的「三二」，她很迷馬奎斯，因此決定雙主修英國文學和西班牙文，期待有一天能用原文讀他的作品；還有來自喬治亞州的喬治雅，她覺得這名字很煩，所以都要我們叫她的中間名「德希蕾」。她愛美國南方歌德派文學，但沒能讓我也愛上福克納。德希蕾和我變成朋友。我們一樣喜靜，一樣愛獨處。

兩人在一起時沒有什麼聒噪的閒聊。我從沒問過是什麼讓她愛上安靜獨處，她也從沒問過我；我們反正就是合得來，靜靜的也不覺得孤單。但就跟珍奈特一樣，我和德希蕾淡如水的友誼最終也散了。畢業之後，我們就徹底失去聯絡。似乎除了家人以外，我就誰也留不住。

耶誕節過後，我在回城裡的火車上，失神地欣賞著窗外冬陽灑在雪地上的光輝，馬克來到我旁邊坐下。

「不好意思。」

我循著他的聲音轉過頭去，但在雪地的反光下，我只看到一團人影，輪廓很亮，但裡面黑黑的看不清楚。

「我可以坐這裡嗎？」

我一手遮眉，想把他看清楚。「當然。」語畢，我就轉頭回去對著窗戶。

「我叫馬克。」

我又轉頭看他。「我叫諾瑪。」

「很高興認識你，諾瑪。」

我不知該回去看窗外，還是就看著他。接著，他笑了出來，笑聲輕柔而低沉。

「嗯，這樣還挺不自在的。我們該不該繼續下去呢？」

我看了看窗外又看了看他。他的五官比較清晰了，頭髮是黑色的，眼睛卻是藍色的——我覺得很衝突，但也很令人好奇；臉上的鬍子刮得乾乾淨淨，頭髮剪得短短的，不是阿兵哥的小平頭，但是很清爽；身上穿的是藍白條紋的單排釦襯衫，底下配藍色牛仔褲。我看得出來他也一邊在上下打量我，一邊在揣測我會不會又回去看著窗外，但我沒有。

我們聊了整趟路。廣播宣布列車快到波士頓時，我還吃了一驚。

「或許改天一起吃個飯？」

「當然。我很樂意。」

馬克幫我從行李架上拿下包包，放在他剛剛空出來的座位上。我拿起行李，跟在他身後下車，來到月台上。

「現在如何？」

「現在？」

「有何不可？我不想看你就這麼離開，然後忘掉我多麼有趣。」他眨眨眼睛。

「好啊。」

我們就在車站下條街的小酒吧用餐，時間是下午三點左右，酒吧幾乎空無一人。我們坐在後面的小包廂，分吃一份炸雞翅佐乳酪醬。

馬克大我幾歲，任職於波士頓一家律師事務所的財會部門。他愛看書，週末愛踢足球。才認識幾小時，我就自在到拿他對奇科幻小說的偏好來取笑了。我們一起開懷大笑。我的人生向來缺少笑聲，笑得那麼大聲感覺既怪異又暢快。

計程車停在宿舍前，他特地下車來，把我的包包遞給我。

「我希望我們還有機會一起吃飯。」他說。

「我也是。」我給他電話號碼，他傾身過來吻我。我不喜歡老套的劇情，但我確定自己頭暈不是因為啤酒，而是因為他的靠近。

在馬克面前，我變成一個在公共場合大笑、在超市排隊時跟陌生人寒暄、幾杯酒下肚就在酒吧跳起舞來的諾瑪。我還是渴望圖書館的安靜，也還是很享受宿舍週二下午的清淨——這時大家不是在上課就是在念書。我還是會打電話給德希蕾，我們會一起去咖啡館看書。有時，我還是很怕人，但馬克明白，他只會輕輕把我從自我封閉的保護殼裡推出來。我喜歡他在派對上牽著我的手，帶我走進人群。我會臉紅，但他的手輕輕托著我的後腰，我就會放鬆下來和人互動，不當那個跟我母親很像的、性情古怪的諾瑪。

認識八個月後，我在一個週五晚上帶馬克去茱恩阿姨家吃晚餐。

我們一進門，阿姨就大搖大擺朝馬克走來。「嗯哼、嗯哼，我們終於見面了。」

「茱恩阿姨，你聽起來就像童話故事裡的壞人。」

她沒理我，逕自拉著馬克的手臂帶他到餐廳。愛麗絲和德希蕾在擺碗盤。一瓶紅酒已經打開，也已經喝了一半。

「好啊，不等我們就開動了。」我親親愛麗絲的臉頰。

「開胃菜而已，親愛的。」

「現在換你聽起來像童話故事裡的壞人了。」

那晚過得很快。回顧起來，我想那可能是我一生中最快樂的夜晚之一。我愛的人一起吃飯，喝酒喝到瘋瘋癲癲的。我們說說笑笑，馬克笑到我覺得他的嘴巴都要裂了。第二天，我才意識到自己絲毫不想念父母的陪伴，絲毫沒有但願他們也在的念頭。當我口乾舌燥地醒來，腦袋裡隨著昨夜的奇揚地紅酒嗡嗡作響，熟悉的罪惡感鑽進思緒，我不禁煩躁起來。脫離父母享受人生的罪惡感毀了我的快樂。我情緒惡劣了一整天，到晚上拖著馬克去安德魯的詩歌朗誦會時，狀況只是更糟而已。

我不喜歡安德魯的作品，但我還是基於同學之誼去支持他一下。我帶馬克去，心想有難同當。我們坐在後排搖搖晃晃的木椅上，安潔拉坐在馬克另一邊，我介紹他倆認識。他們像多年老友似的，立刻就打開了話匣子。看他們相處得那麼自在，我又羨又嫉又忿又怨。以剛認識的人來講，他們聊得也太自然了吧。他們設法拉我加入，但我覺得自己像侵入者，像偷聽枕邊細語的外人，儘管事實並非如此。他們聊到馬克的工作，我才知道他不喜歡他老闆——一個剛好也叫安潔拉的女人。接下來一小時，他們低聲讚美著台上的詩人。我坐在那裡，看著前方，馬克一手放在我膝上。我不是易怒的人，但當他們耳語來耳語去，我感覺得到自己愈來愈惱怒。我的胃裡彷彿有個堅硬的小腫塊，像藤蔓一樣擴散到上半身，又蔓延到臉上。而我知道這跟馬克無關，跟安潔拉也無關。

「我不懂你，諾瑪，你帶我來你朋友的詩歌朗誦會，難道希望我光是坐著擺臭臉嗎？」

「不，當然不是。」

「你是不是吃醋了？是不是？」我們丟下安潔拉走出咖啡館，他興味盎然地說著。

「我不是吃醋，只是不高興你們從頭到尾一直講話。」我快步走著。

「你吃醋了。」現在他樂得手舞足蹈起來了。他面向我倒著走。「說到底，你還是愛我的。」

「煩欸，就像正常人那樣走路可以嗎？」

「我要你承認你吃醋了。」

我瞪他一眼。母親會說我那樣瞪足以把人瞪死。但他沒被我瞪死。

「承認吧。」

他的聲音聽起來像在唱歌似的，我感覺自己的心牆一寸寸瓦解。

「承認就承認。我是有一點吃醋。那你能轉過來跟我一起走了嗎？」

「我覺得你愛我，諾瑪。」

「我跟你說過我愛你了。」

「是啊，但現在『愛』證確鑿了。」

「吃醋不是愛。」

「嗯哼，我認為是，而且，我要用吃醋來確認。」

「確認什麼？」

「確認我的選擇是對的。」

我們手牽手走著，我放心笑了出來，讓自己享受這完美的一刻，單純就只是跟馬克在一起。背負了一整天的罪惡感融化在八月溫暖的空氣裡。

三星期後，我在他家擺碗盤，準備吃晚餐。宿舍仍有我的房間，但我多半跟他在一起。我煮了奶油培根義大利麵。我們聊著無關緊要的話題，他突然將一枚戒指從桌面上滑過來，停在我的餐盤邊。我的叉子轉到一半，裹著乳酪和蛋液的麵條垂到碗裡。我看看戒指，看看馬克，又看看戒指。馬克露出微笑。

「所以，怎麼樣？」

「什麼怎麼樣？」我吞了口口水，回他一笑。

「你嫁給我怎麼樣？」

我放下餐具，伸手去拿戒指。那是一枚細細的金戒指，中間只鑲了一顆圓形的鑽石。拿起來的時候，鑽石閃閃發光。

「是要我自己戴上嗎？」

「如果你同意，我可以幫你戴上。」

「應該同意吧。」我笑了笑。

「那我就當你願意囉！」

馬克求婚幾週後，我提早一學期畢業，拿到了特別著重於教學的文學學位。我還在嘗試寫出美國下一部偉大的小說，但總是只寫幾段就灰心放棄。用字總是不對，用語總是顯得勉強。在授課的教室裡，我知道自己的作品派不上用場；我有數百年來的傑作可用，多數是由已故作家所寫的，而死者不介意我們緬懷他們，並將他們的故事流傳下去。馬克試著送我筆記本和高級筆來表達支持我寫作。直到現在，我還收藏著一堆有數百頁空白的筆記本。

我父母來波士頓參加畢業典禮。他們在茱恩阿姨家住了一個週末，也認識了馬克。那是他們第一次見到他，之前只聽我在電話上說。他給他們留下很好的印象，才一個週末，他們就同意我們訂婚了。我有一張珍貴的照片，就放在母親的海灘照旁邊。照片中，我、馬克、茱恩阿姨、愛麗絲和我的雙親站在樹下。他們再怎麼把我藏起來，母親再怎麼讓過量的罪惡感占據我的心，那時的我仍認為他們給了我美好的人生、穩固的基礎。

畢業第二天，我收拾了宿舍的房間，搬去跟馬克住。母親緊抿的嘴脣上寫滿無聲的反對。對她那個世代的女性來講，「女性主義」是貶義詞，同居仍是一個令她困擾的概念。但我很快樂，期待著未來打造一個溫暖明亮的家，鄰居路過時從敞開的窗口聽到笑聲都會不禁微笑。我決心住在窗簾拉開的房子裡，陽光灑進來，孩子們在院子裡玩，照片占去牆上太多的空間，壓低聲音的交談已成過去。而我選擇了馬克共赴這段旅程。

7 「亨利」一名的英文寫法為 Henry，法文寫法則為 Henri。

7
喬

我床邊的牆上釘了一本小月曆，是教會的贈品，上面標明了所有的天主教節日。每過去一天，班就在月曆上打個叉。那些以濃濃的黑墨草草畫下的叉，畫掉了我剩餘的日子。當叉叉占去的空間多過頁面上的空白，我變得只能局限於這個房間的這張床之後，就連最細微的動作也讓我很痛。止痛藥是有效，但也剝奪了我自己行走的能力。班和梅會幫忙，但我不喜歡成為別人的負擔，所以我就躺著，透過昏昏沉沉的雙眼看白晝來了又去。到了中午，灼熱的陽光從窗戶射進來，我會猛盯著光線看，直到不得不閉上眼睛。等光線在我眼皮上留下的印子褪成乳黃色，我就張開眼睛再來一次。有時，我看著看著就睡著了，醒來時太陽已溜出窗框外，只留下愈來愈黯淡的光線。聽到莉亞沿著走道走來，我會試著躺得舒服一點。她每週二下午三點半過來。她對我遠比我對她不離不棄多了。如果有得辯解，我會說我做了自認對她們最好的選擇——離開。

但正如我媽老愛說的那句話：空有好意不做好事也沒用。

「進來吧。」她還沒敲門，我就先說。

「嘿，喬。」她讓門開著，坐到梅和班輪流睡的那張單人床上。她從沒叫過我一聲爸爸，我覺得很心痛，但從沒告訴過她。梅說我配不上這個頭銜，而她可能是對的。莉亞遺傳了我的眼睛，但其他的一切都像她媽媽。她的膚色也是淡棕色，不像我們其他人是深褐色。我想，這樣對她比較好吧。莉亞的身材就像運動員，她自己很討厭這一點。高中時，大家總是要她參加體育競賽，但她比較愛看書、拉小提琴。她過世的祖父把小提琴留給了她，那時我不知還在哪裡流浪，反正不在這裡。我非但不在我該在的地方，甚至也不知道這世上已有自己的骨肉。她告訴我，她沒有音樂天分，小提琴拉得不好，但我聽不出好壞。在我聽來，她拉得很好。

「你媽還好嗎？」

「很好。她星期天玩賓果贏了四百塊，所以晚點她要帶傑佛瑞和我去吃大餐。」

我從沒見過這個傑佛瑞。梅跟我說他對莉亞很好。關於莉亞的事，梅是不會說謊的。不過，我們連面都沒見過，他就不喜歡我，說我不曾照顧過莉亞，不配得到一個女兒對父親的愛。他可能就跟梅一樣是對的，但我真的很喜歡莉亞來看我。每一次開口，我都很小心不要說出可能讓她遠離我的話，否則在疾病要了我的命之前，我恐怕就活不下去了。

就算是在溫煦的陽光下，我也抖個不停。莉亞起身去衣櫃拿備用的毯子。說來，我不信神，至少不像媽那樣，即使失去一切也堅信不移。但當莉亞將毯子蓋在我的竹竿腿上，又伸手到我腦後豎起枕頭、讓我靠好，午後的最後一抹陽光剛好就落在衣櫃上的一雙小靴子上時，我不得不相信神蹟。

「看哪！」

莉亞轉頭去看我在看的東西。

「幫我把那雙小靴子拿過來好嗎？裡面塞了襪子娃娃的那雙。」

莉亞伸手拿下靴子，遞給我，一縷塵埃也跟著過來。襪子娃娃的頭垂在靴子外，鈕釦眼睛也鬆了。

「這是我妹妹露絲的。他們跟你說過露絲的事嗎？」

莉亞點頭。「最小的妹妹。失蹤的那位。」她平鋪直敘的語氣，彷彿只是念出史書上的史實，不帶一絲個人情感。我想，人沒辦法愛一個素昧平生的人吧。對莉亞來說，露絲只是一張畫質粗糙的老照片上的一個小女孩，拍照當時，甚至還沒人想過會有莉亞的存在。

「沒錯，失蹤的那位。」我拍了拍滿是塵埃的柔軟皮革。「他們有沒有告訴你，最後看到她的人是我？」我深吸一口氣，覺得呼吸不順暢，就用力咳了咳，或盡力咳了咳。

「沒有。梅姑姑只說她失蹤時你還小，在緬因州那邊失蹤的。Kiju[8]說她還活著。」莉亞從我床邊的紙盒抽了張面紙，擦了擦我嘴角的唾沫。

「媽媽從未放棄。」我輕聲說道。

「你呢？你相信她還在嗎？」

「以前信，現在我不知道了。你可別覺得奇怪，但即使這麼多年過去，我還是很想她。」

「我不覺得奇怪。」

我把靴子還給她，她把靴子放回衣櫃上。

「大伯有沒有跟你說過，他覺得在波士頓看過她？」

「沒有。你覺得他看到了嗎？」

「直到現在，他還發誓說真的看到了。不然你問他，他會告訴你的。」

「何不就由你來告訴我呢？」

⧗

查理死後，我們就離緬因州遠遠的，離那些莓果田遠遠的。第二年夏天，我們沒有一個人南下，爸爸管理的田地轉給了胡安。艾里斯先生寫過信來，請爸爸帶我們回去，但媽媽堅決不肯。那地方已經奪走她兩個寶貝，她不要再冒一點風險。坦白說，拋開那些田地，我覺得大家都鬆了一口氣。十六歲時，我接手查理的工作，在鎮上油漆房屋。梅則在計程車招呼站，賣漢堡和薯條給嘻皮笑臉地叫她土著妞的男人。她多半不予理會，但有時會在他們的咖啡裡吐口水。

我們家的人少得不能再少了。梅和我只能眼睜睜看著爸媽老去，看著媽媽的肩膀又垮了點，看著爸爸拿斧頭拿得很吃力。除了刷油漆，冬天我也在伐木場工作，從日出到日落。春天，還沒暖和到能油漆房屋之前，我就暫別伐木場，搭便車到緬因州找露絲。像這樣的日子，我只過了幾年，但還是太多年了。我一個人住，因為忘記繳房租被趕出來就回老家，或因為把自己鎖在外面而必須破窗進屋。自從查理死後，這些小事都為我更添怒火。梅沒在工作的時候，就跟遇到的每個男人打情罵俏。不過，她至少是靠自己的本事住在鎮上的公寓，即使浴室發黴又有老鼠，但房子是她的。像受到詛咒似的，梅和我都找不到愛的人，或願意留在我們身邊的人。

班是握著查理的手坐在車斗上和我們一起回家的。他留下來跟爸爸在伐木場工作了一陣子，但那非他所好，所以他辭掉工作，拿著最後一筆薪水和爸爸給他的幾塊錢，跟幾個朋友搭便車去波士頓。結果他很喜歡，就決定留在那裡了。我覺得是因為他在那些示威遊行中認識的那個尼普慕克[9]女孩。失去露絲和查理的事，除了我們就沒人在乎，班因此有一段時間投身政治。一九七九年，他整個夏天都和那女孩在波士頓一座池塘邊的帳篷裡生活。他和一票來自國界兩邊的印第安人，要求白人履行承諾。

我愛我的哥哥，但我還是覺得他做的事有點殘忍。九月底某個安靜的傍晚，那時我又跑回家住了，就在空氣涼下來、太陽快下山的時候，一輛卡車停上車道盡頭，班跳下車。在菜園裡拔最後幾根紅蘿蔔的媽媽是最先看到他的人。她喊我過去的時候，我正在屋後劈柴。媽媽還是把孩子回家當成一件重大、神聖的事情。我轉過屋角時，她正捧著班的臉，喃喃念了一串禱詞，然後拉過他的頭，輕輕在上頭親了一下，才嘮叨起他寫信寫得不夠。

媽媽一放開他，我就實實在在抱了他一下。

「班，見到你真好。」

「我也很高興見到你，你好像長高了。」

「沒長高，年紀更大了而已。」

他伸手過來揉揉我的頭髮，我們三人朝屋內走去。

「你要在家裡待多久？」媽媽問。

「不確定。媽，我認識了一個女孩，是個好女孩。她在等我回去。」

「你應該邀她來這裡。蘋果收成時總是見新朋友的好機會，就趁那時帶她來吧。」

那天的晚餐很平靜。爸爸滿意地看著桌邊所剩的家人。唯一的聲響是刀叉的摩擦聲、唏哩呼嚕的喝水聲，還有水槽上方吹過窗簾的風聲。稍縱即逝的美好時光。在一口接一口的食物間，班欲言又止了兩次，兩次我都看著他話到嘴邊又吞了回去。我看得很難受，像是喝到餿牛奶似的。我們在聊蘋果採收工的到來，媽媽正要起身收碗盤，他才終於說出口。

「我看到露絲了。」

我頓時安靜下來，連自己吞嚥的聲音都聽得到。我們不約而同轉頭看著班。

「真的。我在波士頓看到的，她跟一個白人女士走在一起。我努力追上她，但還是跟丟了。我跑了又跑，可是人太多了。媽，我一直都有在找她，沒停下來過。我們之前都在緬因州找，但她跑到波士頓去了。我希望能找到她，把她帶回來，我想帶她回到你身邊。我想親口告訴你，一直以來，你都是對的。她還活著，我看到了。她長得還是跟你很像，媽，我發誓。」班開始語無倫次了。

爸清了清喉嚨，輕輕把餐具放在桌上。「班……」

「她健康嗎？她看起來怎麼樣？」媽打斷爸問道。梅按住媽的手，但媽把手抽走，目不轉睛地看著班。「怎麼樣啊？班，說話啊！」

「她看起來還滿健康的。有點瘦，但健康。」

爸又清了清喉嚨。「班，你沒辦法確定那是不是露絲。」

「我知道是她。」

我望向媽媽，只見她眼睛濕潤，眼裡充滿希望地看著她最大的孩子，盼著她最小的孩子。「希望」是多麼美好的東西，直到它變成一種折磨為止。自從露絲失蹤而查理喪命以來，媽媽努力壓抑的悲傷眼看就要在此時此刻、在這張餐桌上潰堤了。我看得出來，梅看得出來，爸看得出來，班卻看不出來。他看不見他一手摧毀的平靜。他以為自己在做對的事，直到今天他都這麼認為。我頓時對他一肚子火。怒火來得又快又猛，在我的肚子底下蓄積、發熱、翻騰。一樣的憤怒在查理死後不久就逐漸占據我的理智，變得毒辣，變得灼熱。

「我覺得她也認出我來了。我在牙買加平原區的示威活動上看到她。她穿得很體面。我覺得她不是來參加示威的，只是剛好路過而已。看到她的時候，我就坐在帳篷前面的地上，跟妮娜討論要不要搭火車或攔便車去華盛頓，加入全國大遊行。我那麼用力盯著她看，她一定感覺到了。當她看著我，我知道那就是露絲。」

班停下來喘口氣。他說得又快又急，激動得都喘不過氣了。梅又按住媽媽的手，媽媽又再次抽手，十指支在桌子邊緣，彷彿立刻要站起身來。

「她轉身要走的時候，我大聲喊她的名字，她就停下來看著我。我發誓是真的，就跟我此時此刻坐在這裡一樣真。她就是露絲。」

「你跟她說上話了嗎？」我聽到自己都破音了。

「沒有，跟她在一起的女士把她拉走了，她們一起鑽進人群。我跟丟了，但我看到露絲了，媽，我還要再回去，試著找找看。」

「我不相信。」我的語氣盡量冷靜，但班說得愈多，愈是努力說服我們，媽媽愈是相信他，我就愈生氣。我跟他們一樣希望露絲還活著，甚至可能比他們更迫切。我也想相信班，真的，但他又沒帶她回來，說這些幹麼？他為什麼要告訴我們他看到她了、卻沒把她帶回來讓我們也能看到？

「喬，管好你的嘴巴。」媽媽責備道。

「你不會相信他吧？」我每說一個字就更大聲一點。「如果她還活著，如果你看到她了，那你應該要更努力追上她、帶她回來啊！班，你滿嘴屁話。」我的腿在餐桌下狂抖，我的手在空盤子兩旁握緊了拳頭。

「喬瑟夫，在我對你發飆之前，請你立刻離開這張餐桌。」媽現在站了起來，雙手張開撐在盤子兩側，彎身對著我，以一樣的憤怒回敬我道：「**離開、這張、餐桌**。」她的嘴唇抿成一條粉紅色的細線。

我沒把椅子往後退就一骨碌站起來，弄倒了水杯，水灑得到處都是。我的椅子往後倒，砰一聲撞在牆上，但我才不管。我得在忍不住出拳揍我哥之前到外面去。

「喬，我發誓……」

但我只顧衝出前門、用力把門甩上，沒聽到剩下的話。我重重踩在泥土地上，踩得地上掀起陣陣塵土。重踩在地的力道反彈到大腿，直上脊椎。我不知道要去哪裡，但我想遠離我哥。太陽漸漸西下，很快就要天黑了，但我得走一走發洩發洩，不管需要發洩掉的是什麼。憤怒喜歡不動聲色地向我襲來。我似乎對激怒一般人的大事沒反應，但一些芝麻綠豆大的事、一些不值得生氣的事，卻會點燃我的怒火。而且，憤怒來得又急又快，我都來不及懸崖勒馬。我撿起一顆石頭，用盡全力朝車道盡頭的樹上一丟，然後轉身走向鐵軌，一路沿著鐵軌朝鎮上走去。我經過蘋果採收工紮營的田地，經過那棵相傳用來保佑米格瑪哈寶寶順利出生的老樹，經過那座淺塘，平靜的池水映照出黃昏的天空，水黽輕快地在水面上滑行，挑戰我對這世界的一切認知。到我站在大馬路和鐵軌的交會處，看到鎮上的燈光時，天色已黑，我感覺得到憤怒漸漸消退，我開始盤算要怎麼跟媽媽道歉。我列出所有要說的話，想著要照什麼順序說。我步下鐵軌，走上馬路。卡車司機沒看到我。我聽到輪胎尖銳的急煞聲、看到一道光，接著就陷入黑暗。

⧗

「媽跟我說過你出車禍的事。」莉亞盤腿坐在另一張床上。夜幕悄悄在她背後的窗口落下，我知道她快要離開了。

「是嗎？」

「是啊。說你差點沒命。」

「是吧！我自己什麼都不知道。」我試著哈哈一笑，但只微弱地嗤了一聲。「不過，我今天感覺不錯。想幫忙扶我到樹椿那裡嗎？」

「當然。」

我們在外面的椅子上坐下，中間放了兩杯薄荷茶，兩人都裹著毯子，抵擋夜裡的寒氣。一安頓好，我就試著回憶那起事故，設法拼湊來龍去脈，但只覺一團混亂。事故發生後，我的第一個記憶就是在黑暗的房間裡醒來，聞到消毒藥水的味道，聽到機器的嗡嗡聲。我記得自己醒著，但眼睛睜不開，眼皮像是被膠水黏住了，掀不上去。我感覺到從一場沉睡中醒來的虛脫。那是一種深入骨髓的沉睡，身體放棄反抗，屈服於睡魔的威力之下。

「很痛嗎？那時候？」

莉亞的聲音嚇了我一跳。我專心在想三十多年前的事，幾乎忘了她還在。

「我想是吧。都過這麼多年了，很難記得所有的細節。有些事情很清楚，有些事就算別人記得一清二楚，我卻毫無印象。何況，那可不只是幾年前而已，從那之後又發生了那麼多事，占據了我的記憶。」

她點點頭，把茶遞到我手中，確定我拿得住才放開，讓我捧著茶杯取暖。有時我虛弱到什麼也拿不住，在那樣的日子裡，我覺得自己比廢物還不如。

「我倒是記得他們問我那天星期幾，而我只記得那天是班回家的日子。每一天，我在醫院醒來，他們就問我一樣的問題。一開始是在老家這裡的醫院，就是你出生的那間，但後來他們把我轉到哈利法克斯，重新學習使用四肢。這下好啦，看看現在的我！」我只是想說句玩笑話，說完便轉頭對她一笑。但旁人有時很難幽默看待死亡，尤其當他們就坐在兩步之外。

「現在的你看起來很好。」

那台熟悉的藍色馬自達開上車道，我們雙雙轉過頭。開車的是傑佛瑞，他把車停好，但人沒有下車。我朝他點點頭，他只是坐著，等莉亞過去。

「要我先扶你進去嗎？」

「不用了，我想在這裡坐一會兒。梅下班回家會來找我的，不然班也會來找我，如果他還記得我在外面的話。」這也是一句玩笑話，這次我成功把她逗笑了。

「下週見？」

「一言為定。」她彎身親親我的臉頰，再拿起皮包。「晚餐愉快。」

他們倒車出去時，她從前座揮著手。接著，車子就開走了。又剩我獨自一人，就像我在醫院裡醒來的那晚一樣，困惑不解、動彈不得。

⧗

我第二次醒來時是白天，爸爸坐在床邊的椅子上翻著《讀者文摘》，邊緣泛黃的書頁有著歲月與使用的痕跡。這次，我的眼睛張開了，但無法言語；有一條管子從我嘴裡伸出來。我試著開口說話，卻咳了起來，而且痛得不禁閉上眼睛，抵擋白日的光線。接著是一些熟悉和陌生的聲音，跟機器的嗡嗡聲混在一起。

「喬，你知道自己在哪嗎？」

一個不同的聲音說：「喬，你知道自己出了什麼事嗎？」

一個熟悉的聲音說：「喬，醒過來，我的寶貝兒子，媽媽要你好好的。」

我睜開眼睛，看到一張張陌生的臉孔。他們把管子換來換去，又把各種按鈕按來按去，還忙著量我的體溫。印象中，從來沒有這麼多隻手同時在我身上摸來弄去。我不喜歡這樣。我想躲開，但身體不聽使喚。我搜尋著爸爸的身影，但我的其中一隻眼睛似乎萎縮了。第二天，我才知道我有一邊眼窩撞到了，那隻眼睛腫得幾乎睜不開。我也得知我一頭撞向柏油路面再彈起來，所以顱骨骨折了，骨盆、手腕、左胸十二根肋骨中的十根也骨折了。肺部刺穿，脊椎也可能有損傷，醫生得等我消腫了才能檢查。

「小伙子，算你命大。」

我正想咳嗽，就在這時，爸爸的臉映入眼簾。看著向來強大的人這麼害怕的樣子，感覺很不舒服。一開始，我以為他在生我的氣。但後來他告訴我，他不是氣，而是害怕，就這麼簡單。我們想的一直都是媽媽的痛苦，沒人想過失去孩子對爸爸的打擊，直到那場車禍，直到我透過鼻青臉腫的紅眼睛看著他，看到他的痛苦與擔憂。

「我不是要丟下你，我只是要回家一趟接你媽。先前我帶她回家小睡一下，但你跟我一樣心知肚明，要是我現在不去接她過來，她永遠也不會原諒我。」

在他轉身離開之前，我感覺得到他溫暖的手握了握我冰冷的手。我一定又睡著了，因為當我再次睜開眼睛，媽媽已經坐在病床邊的椅子上，手裡打著毛衣，棒針發出的輕響呼應著心臟監測儀的節奏。

我在本地的醫院住了六週，照了X光、拆了石膏、拆了線，呼吸慢慢回到平穩的狀態，媽媽從日出守著我到日落。其他守夜的家庭把書丟在候診室，她找到什麼書就念給我聽。我慢慢有了力氣，皮膚也從紅一塊、黃一塊、紫一塊恢復成均勻的褐色之後，她時不時就提醒我，這都是自從查理死後、在我心裡滋長的憤怒害的。她說得好像我的憤怒是獨立的個體，是一個必須擺脫、必須趕走的壞房客。醫生一判定我會活下來，爸和班就回到樹林，帶那些有錢人去打獵，順便從琳狄姑姑家的廚房帶來黑莓醬和燉鹿肉。

爸爸把燉肉交給媽媽，說道：「你姑姑要我告訴你，你最好乖乖的，快點好起來去看她。」

班打趣道：「你要是活了下來，卻被她的熊抱悶死，那可就太罪過了。」我想笑卻痛得縮成一團。我的身體還禁不起這麼劇烈的動作。媽媽反手打了班的大腿一下。

他們把我轉院到城裡的復健中心重新學走路，班和梅陪我一起搭救護車過去。我一消腫，他們就能確認脊椎受傷的程度。情況沒有原本擔心的那麼糟，但也不太妙。

「我們要做的，就是讓你的身體和大腦再次合作，而這是需要練習的。」新的醫生說。

班把我從輪椅抬到床上之前，梅先抽掉了復健床上沉悶的棕色毯子，換成從我房間拿來的阿富汗鉤針毯。做復健很痛、很挫折，也很孤單，但六個月後，我帶著一年份的處方止痛藥走出醫院。雖然腳步有點蹣跚，但我走出來了。這才是重點。

班從沒回到波士頓或妮娜身邊。因為我的緣故，他留了下來。我虧欠的人那麼多，我知道自己永遠也還不完。這些人情債沉重地壓著我。周圍的人把他們的時間、他們的愛、他們的身體、他們的祕密給了我，而我付出得那麼少。妮娜寄過幾張明信片給班，但她的來信愈來愈少，直到再也沒有為止。車禍後的夏天，媽媽不准我去工作。這是媽媽在我回家那天擅自做出的決定。直到她判定我可以重回這個世界之前，我都不能輕舉妄動。不管醫生說什麼，她的決心都不會動搖。那年夏天，班和我在屋外的火塘邊共度了許多時光。他一週有六天在一座新農場工作，回家途中就順路過來看看我。我們會拎著啤酒出去，坐下來看著火焰。有時梅會加入我們，但她已經開始和一個名叫詹姆斯的白人交往。詹姆斯跟人合夥經營鎮上一家五金行，週末就私釀各式各樣的自製酒，他從來不曾和我們一起圍坐在火塘邊，即使在他們結婚以後。梅說他一次只應付得了那麼多印第安人，我們一大群人在一起搞得他很緊張。她對這件事一笑置之，但我總覺聽起來不太對。

「別跟詹姆斯生氣。他就是個蠢蛋，而你老姊專愛蠢蛋。」班灌了一大口啤酒。「管好你的脾氣。我們不想再看到你氣得跑出去被卡車撞。」班被自己的笑話逗得很開心，還嘻皮笑臉地舉起啤酒罐向我敬酒。「上一次，你差點把理查森先生嚇出心臟病，還毀了他的卡車。」

理查森先生擁有三座加油站。他就是那個撞到我的倒楣鬼。我從暗處冒出來跑到馬路上時，他正要趕回家吃遲了的晚餐，恰好開著卡車經過。受傷初期，他來醫院看過我，我好轉之後，他還提議要給我一份工作。

如今我已習慣了安靜，但在那時，陷入沉默還是令我不太自在。有時我什麼都說，只為打破沉默。

「班，跟我說實話，你真覺得那是露絲嗎？」

班靜靜坐著，大概在估量我會不會又暴走吧。「或許不是吧，或許。但你如果問我相不相信，那麼答案是肯定的，我到死都會相信那天我看到露絲了。我叫她名字的時候，她回過頭來的樣子；那雙跟媽媽一樣的眼睛看著我，就那麼一瞬間。是的，喬，我相信那是露絲。」

我們坐在黑暗中，面前的火光劈啪響，星星當空高掛。後面的樹林裡有野獸的動靜。

「那我會試著相信你。」

班伸過手來拍拍我的肩膀。「那我們要怎麼辦呢？」

「你知道媽不肯越過那條國界，所以，就看我們了吧。」

我們就此決定不要放棄露絲。她還在某個地方，而我們要找到她。班只要有時間，就會南下去波士頓；等我好一點，我也會去。我們會去班看到她的那個公園，在附近的商店買東西，在附近的酒吧喝東西。我們達成的最後一項共識，就是沒必要跟媽媽說這個尋人計畫。我們不想給她更多的希望，而在我出車禍、她差點失去第三個孩子之後，她就隻字未提班透露的消息。如果她還抱有找到露絲的希望，那她也沒流露出來。她將所有的精力都放在保住我這條小命上。

⧗

薄荷茶涼了，秋天的寒意籠罩，但我不想進屋。我想坐在這裡看星星。我想看它們畫過天際，消失在樹木後方。班到家的時候，我正靠在折疊椅的椅背上，抬眼望著天空。他早就放棄伐木場和帶著白人在樹林裡瞎晃的工作了。現在，我們老了，這裡痛、那裡痛，沒辦法像以前那樣賺錢了。他後來到教堂去當管理員，做些打掃和鎖門的工作。星期二，他在讀經班結束後下班，差不多八點到家。媽和梅已經吃過飯，留了兩盤晚餐在流理台上，蓋上蠟紙和茶巾防蟲。透過敞開的窗戶，我勉強聽到電視上的新聞。班出來點燃柴火，沒問我為什麼還在這裡。他拿著兩盤晚餐和兩罐啤酒出來時，柴火剛剛燒旺，火塘邊溫暖起來。我好多年沒嘗過啤酒的滋味了。

「現在喝也不會有什麼壞處了，對吧？」班說著拉開啤酒罐，放到我旁邊的樹樁上。顯然梅已經告訴他了。上一次檢查的結果很不樂觀。還剩幾星期，或許一個月。他們對好心的上帝會讓我好起來的信念不復存在。

「我想是吧。沒幾個像這樣的夜晚好享受了，不如及時行樂。」我慢慢伸手過去，拿起啤酒罐。罐子重得我發抖，啤酒還沒來得及送到嘴邊，就灑了一點到毯子上。嘗起來很冰但很苦，在我嘴裡留下口乾舌燥的感覺。班把冷掉的燉肉放在我腿上，遞了湯匙給我。我只灑出來一點，他迅速幫我擦掉。

「你跟莉亞怎麼樣？」

「很好，很好。她是個很棒的孩子。有我這種爸爸，對她來講太不公平了。」

「如果不是她自己願意，她也不會認你這個爸爸。」

「這麼多年來，你都沒跟我說過她的事。我覺得我應該對你發火。」

「這麼多年來，有一半的時間我們都不知道你在哪，就算知道也輪不到我多嘴。而且，蔻拉交代我們別說。你做了壞事，把爛攤子丟給我們，我們起碼能為她做這點事。何況梅一有機會就馬上告訴你了，她從不擅長保密，你那時就可以回家來。」

「我差點就回來了。」班進屋時，我悄聲說道。他拿著第三罐啤酒回來。酒精和止痛藥放鬆了我的舌頭，我說：「如果她還在世，我想在死前見她一面就好。」

「我也是，喬，我也是。」

8　Kiju：米格瑪哈語「祖母」之意。

9　尼普慕克（Nipmuc）：歷史上居於現今麻薩諸塞州中部的印第安族群。

8 諾瑪

婚姻是一件耐人尋味的事情。世上有那麼多人，而你決定接下來的人生和情感就傾注在這一個人身上。你假設冥冥中將你們綁在一起的那條線不會斷。一條神祕的線。一份靠不住的情。可能就跟那些還沒誕生的故事一樣，感情的羈絆也存在於一個神祕的空間。一個讓你放下懷疑的空間。婚姻假設你們會各自調整、互相適應、彼此磨合。婚姻假設你們的想望與渴求將永遠透過手指上的一枚金飾相連。對許多人而言，婚姻確實如此。我羨慕那些有辦法深入挖掘、找回初衷的人——那份讓他們相信能一輩子睡在同一張床上、日復一日對坐在餐桌前的初衷，那份之所以要共組家庭、無論好壞都要攜手共創回憶的初衷。茱恩阿姨說我是懷疑論者。但我也不是一向如此。我很願意為了馬克放下我的懷疑。但接著出了一件事。來自遙遠的過去的鬼魅又回來糾纏我，馬克對我用來擺脫過去的手段沒有準備。我不怪他。

我們在茱恩阿姨家的後院舉行了小小的婚禮。父親母親都出席了，也給了我們祝福——我父親的祝福多一點。會計不是醫生或律師，但也夠體面了。阿姨勸我別把這件事放在心上，只要慶幸他們願意接受就行了。於是，一九八三年八月，我嫁作人婦。我還在找工作，而父母親希望我們搬去他們附近，阿姨、愛麗絲和德希蕾希望我留在波士頓。馬克不介意我們住哪，他在哪都能找到工作。所以，我應徵了從波士頓到緬因州與加拿大邊界的每一份工作，但都出師不利。直到九月中，就在奧古斯塔城外的一所小學校，有個英文老師在看新聞的時候心臟病發，死在扶手椅上。我接到電話，立刻打包行李，到阿姨的朋友家借住，直到找到房子為止。耶誕節前，馬克也找好工作，我們都回緬因州來住。我的父母很高興。日子安定下來，有了規律。上班、回家、偶爾在家中聚餐或在後院烤肉。星期五晚上出去吃。馬克和我在奧古斯塔結交了一小群朋友，有幾位是馬克的同事，有幾位是我的同事。母親懇求我上教堂，多認識一些「好人」，遭到我反問的時候，她卻拒絕或沒辦法定義何謂「好人」。在我小時候，我們一家也上過教堂，或至少母親都去了。我一滿十四歲就拜託她讓我星期天在家睡懶覺，父親和我只有節慶日才跟著去。我離家後，教堂就彷彿母親的第二個孩子。直到她再也沒辦法上教堂為止，她都從那裡得到莫大的安慰。她參加週二晚上的讀經班和週三下午在教堂地下室的編織社。她教主日學。年滿五十五歲，她就去「常青團契」，跟一群長輩一起做三明治和棗泥方塊、喝很淡的茶、抱怨子女不孝，偶爾讀讀《聖經》。她甚至加入合唱團。一個難得公開說話、人生有大半時間都躲在家裡的女人，竟然唱歌給觀眾聽。有點走音，但我以她為榮。

「你是老師，諾瑪。」

「我知道啊，母親。」

「那就想想你來教主日學或帶領青年團契該有多好。」母親遞給我一碗清蒸四季豆，我端到餐桌中央放好。

「我看還是免了吧。」每週日下午，我們在我童年的家一起準備晚餐時，都要重複一次一樣的對話。我的年度入學照已經換成馬克和我旁邊站著我父母的結婚照。

「哎呀，就考慮一下嘛。」

「事實上，母親，我接下來恐怕會有點忙。」

她背對我，雙手泡在洗碗水裡。「再忙也要服侍主。」

「媽，你可以消停一下嗎？我有事要跟你說。」

她用擦碗巾擦了擦手，靠在水槽上。我深吸一口氣。

「馬克和我有寶寶了。」

她站在我面前，雙手扭著擦碗巾，沉默不語。

「母親？」我走過小廚房，她哭了起來。我將她抱進懷裡，她的手還在扭毛巾。

「母親？你還好嗎？」

「喔，我只是高興。有點意外，但很高興。」

「好，那就好。我一下子分不清楚。」我笑著放開她。

她把毛巾放在流理台上，兩隻手抓著我兩邊手臂，看著我說：「我真的好高興。」

我知道她內心深處是真的高興，但她的眼裡也有一抹憂懼。

「沒事的，母親，寶寶很好。」

她放心笑了出來。「嗯，看來我要當外婆了。請告訴我，我比你茱恩阿姨更早知道。」她咧開了嘴，笑著抱住我。

「是的，你是第一個知道的。」

她抹掉眼角的幾滴眼淚，回過身去繼續洗碗。

「你覺得是男孩還是女孩？」馬克坐在我旁邊的沙發上，撫著我鼓起來的腹部。我們剛從又一次的週日晚餐回到自己家，此時距離我告訴母親並讓她轉告父親，已經幾個月過去了。

「我跟你說過了。是女孩。」

「你怎麼能確定？」

「我們女人就是知道。」我伸手到他腿上的碗裡拿了幾顆葡萄，丟了一顆含在嘴裡滾來滾去。待我終於咬下，葡萄汁衝破葡萄皮，嘗起來冰涼又清甜。我轉頭吐了一顆葡萄籽到馬克頭髮上。

「好極了，諾瑪，希望你能把這種用餐禮儀教給我們的女兒。或兒子。」他舉起手，將葡萄籽彈到碗裡。

「女兒。」我笑著又對他發射一顆葡萄籽，但這次沒射中，飛過他肩頭去了。「你明天要陪我去產檢嗎？」

「我認為你自己就能搞定。母親大人。」他朝我眨眨眼。「我有會要開，晚餐再帶你去外面吃好吃的。」

診所離學校幾分鐘而已，我在下午三點四十五分準時抵達。我記得負責叫號的小姐喊了我的名字，對我投來一個對孕婦特有的微笑：甜中帶苦、近乎同情。

「諾瑪，今天感覺怎麼樣？」

「很好。有點累，有點反胃，肚子有點重。」我不自在地笑了笑。和一個身穿白袍、看過我裸體的陌生人共處一室，難免不自在。

「可想而知。小傢伙有什麼動靜？」

我永遠也無法確定，但我想就是在這一刻，一股寒意竄上脊背，我的舌頭乾了，我的視線邊緣暗下來，我的世界縮得很小。「事實上，這兩天都沒什麼動靜。」

他從潦草寫著的紀錄上抬起頭來。「好，我們來檢查一下，順便聽聽心跳。」

我清楚記得的最後一件事就是那份安靜。醫生的呼吸聲，走道上經過的人嘈雜的交談聲。手按在聽診器上，聽診器按在我裸露的肚皮上，找來找去，觸感冰涼。我渾身寒毛直豎、皮膚緊繃，感覺彷彿四面牆壁都壓了過來。我身下鋪的紙墊沙沙作響，聽在耳裡有如雷鳴。

「諾瑪，你先生在哪？」醫生將聽診器繞回脖子上，拉起我的手，把我從內診檯扶下來到椅子上。我拉好襯衫，蓋住我那靜止不動的肚皮。

「他在上班。」

「或許我們該打個電話給他。」

「為什麼？怎麼了？」

「我要送你到隔壁醫院做超音波。你能把他辦公室的電話號碼給我嗎？還有，請提醒我一下，你懷孕幾週了？」

我背出馬克辦公室的電話號碼，接著說：「三十三……三十四週？」

他的助理，也就是稍早對我笑的那個女人，陪我一起走到醫院。從頭到尾，她都扶著我的手肘。在這段短短的路程上，她不停對我說話，但我什麼也沒聽到。我們穿過大門，經過急診室，來到一個冰冷的房間。床邊擺了一台灰色的機器，固若磐石地立在那裡。我還來不及看清周遭的一切，就有人擠了冰涼的凝膠在我的孕肚上。一個表情嚴肅的女人拿著一支看起來像滾珠瓶的精密儀器在我肚子上測來測去。周遭又是一片安靜。我記得自己心想：只要我深吸一口氣，這世界就會碎成千萬片。

接下來幾天至今始終一片模糊。一切陷入黑暗。黑暗中散布著黯淡的光點。破碎的聲音。破碎的色彩。我很高興自己不記得所有的細節。我想，是我的大腦要我這麼做的。是我的大腦要我暫時失憶，免得我瘋掉。我被挪到一個房間，只有我一個人。為了讓我舒服一點，他們把光線調暗了。我不知道我一個人在那裡躺了多久，但感覺像是好幾小時。我撫著肚子，哼著催眠曲。

「馬克！」

馬克走進來，停在離床邊五步的地方。他拉長了臉，比那天一早看起來更蒼老了。

「諾瑪，我的心肝寶貝，醫生要跟我們談談。」

我沒注意到醫生就在他身後，只專注在我熟悉的面孔上，只看到一個可能跟我一樣害怕的人。

即使房間裡只有我們，醫生也像講悄悄話般低聲說：「諾瑪、馬克，寶寶恐怕已經沒有生命跡象了。」

馬克過來握住我的手，我呆望著醫生，等他把話說完，等他告訴我要怎麼樣才會有生命跡象，等他解釋什麼叫做沒有生命跡象。他說的可是我女兒！她真真切切地活在我的夢中、我寫給她的字條中。她身上流著我的血。我唱歌給她聽。我愛她。

「我們要幫你引產，讓你把胎兒排出來。」

把胎兒排出來。取出我的女兒。我死掉的女兒。我所記得的下一件事，就是在另一個房間看著一根針，刺進手肘彎曲處的細嫩皮膚裡。我沒感覺到針扎的刺痛，沒感覺到液體流進我的靜脈，沒感覺到護理師把我的雙腳抬到腳架上。我沒有疼痛的記憶，儘管那一定是會痛的。我聽說女人生產時會分泌一種化學物質，這種物質有助母親忘記疼痛，建立母嬰相連的愛。我在想，如果是死胎呢？那些化學物質去哪兒了、發揮什麼作用了？這麼多年後，我閉上眼睛還是能看見馬克低頭看著我，他的頭上罩著醫院的藍色小帽子，而我感覺得到他任由自己落下的淚水。他的淚水落在我唇上，我記得那股鹹味。不曉得他記得什麼。

她不聲不響地來到這世上，足足兩千三百二十五公克。我懷過她，唱歌給她聽過，為她裝飾了一個房間，為她買了精美的小衣服。我把那盞諾亞方舟桌燈放在用來裝那些小衣服的櫥櫃上。我的心軟化了。我在黃色的小日記本上寫下給她的話語。等她大一點，在她嫌我丟臉之後，到她離開我獨立之前，我希望我們能一起讀讀那些文字。還有，我對自己和馬克發誓，我要給她的是充滿光亮的愛。我要給她的愛裡沒有沉重的壓力。她是我缺了的那一角，彷彿總是空著的那一角，我期待用她的笑聲和哭聲來填滿。

但到頭來，我甚至沒辦法抱抱她。他們問過我了，但我用力閉上眼睛，用力到星星在一片黑暗中跳舞。我受不了生著一張臉的鬼魂，尤其那張臉看起來可能跟我很像。所以，他們把她帶走了。他們為我注射了幫助睡眠的東西，我祈求從此一睡不醒，但我沒有如願。

醒來的時候，我回到自己的噩夢中。「我好好吃飯，定時散步，什麼也沒做錯。」我兩眼灼痛，馬克將一張面紙湊到我鼻子前面。我幾乎喘不過氣。我的肚皮消了，排出胎兒的事情是那麼真實。哭泣間，我設法為自己辯解，為一件不需要辯解的事情辯解，為馬克不曾怪過我的事辯解。「他們叫我休息，我就休息。維他命也吃了啊。」

「噓——諾瑪，這不是你的錯。有時難免會發生這種事。」他摟著我的肩膀，將我拉近一點。我把頭靠在他的胸口。他身上有他習慣搽的古龍水味，清爽而熟悉。直到今天，當我從陌生人身上聞到一樣的味道，我都會瞬間回到失去女兒的那一天。味道這種東西能避開理智、躲開時間。

他們把她放進一個不該是棺材的小箱子裡。她下葬一個月後，馬克告訴我，他們幫她穿了我買的黃色小洋裝，外面罩上我母親織的毛線外套，再用教會編織社編的毯子裹起來。我拒看，所以這件事就交給他了。小寶寶莎拉埋在離我們家一哩外的墓地邊緣。多年後，我將她的外公外婆葬在她旁邊。

我教作文。如何把文字組合起來，創造出美感或恐懼或懸疑。如何把長長的句子串在一起，帶你到海上一艘尋鯨小艇上，帶你坐在女巫身旁，聽她說白人的故事，聽她將這個白人說得活靈活現。我教的文字能帶你到只存在於想像中的地方，介紹你認識稀奇古怪的人。那些人事物有趣得離奇，不可能是真的，但卻真的存在於書頁上。這就是為什麼我覺得很奇怪，竟然沒有一個字眼用來指稱失去孩子的父母。失去父母的孩子叫孤兒，喪妻的丈夫叫鰥夫，但喪子喪女的雙親沒有一個稱呼。我後來體認到，這種事太龐大、太可怕、太衝擊，沒有文字能夠表達。沒有文字足以形容那種感覺，所以我們就不訴諸言語了。

她無聲無息的生與死跟著我們。跟著我們上車回家。黏在我的衣服上、頭髮上。鑽進我的指甲底下，棲居在馬克的嘆息裡，睡在我們中間。讓我變回一個安靜的人。那學年剩下的時間，校長准我請假休息。我可以在八月回去工作。於是，我待在家裡，一心只想靜一靜。我坐在窗邊的椅子上，一坐幾小時，就只是發呆。沒有收音機，沒有電視機，只有一片安靜。我遠離自己親手幫她布置的房間。我關上門，去廁所時躡手躡腳地經過那個房間。沉默的晚餐只有叉子的刮擦聲。起初幾週，馬克一直默默承擔著我的沉重。我大概以為有一天醒來，一切就會恢復正常了吧。餐桌前又會有歡聲笑語，星期五照樣出去吃晚飯。夏天快到了，所以接下來也會去海邊玩，還會在院子裡烤肉。但隨著白晝變長、天氣變暖，那份安靜落了腳、生了根。我想要回到失去她之前的我，但我不知道怎麼做。

我回娘家住了一星期，但沒有幫助。那屋子裡向來瀰漫著的壓力現在更是不堪負荷。每次我想談，母親就頭痛。即使她無法分擔，但在所有人當中，我以為就屬她最能幫助我理解這件事。有生以來第一次，我們有了共同點。在傾訴之中，在哀悼之中，我們本來有可能更靠近彼此。但母親不想談。「我已經哀悼夠了，沒辦法再來一次了。」

不談，那就蒙頭大睡吧。我縮在小時候的房間裡，想念有馬克在身旁的安慰。我重讀小時候愛看的神探南西。在一排黃色書脊當中，我伸手要去拿其中一本時，注意到那些用牛皮紙包起來的日記。我從書櫃上抽了一本下來，掀起多年塵埃。我摸著愛麗絲送我的第一本，以指尖勾勒著我小心翼翼用色鉛筆畫下的彩虹和粉紅愛心。我像個愛書人那般，把日記本打開，湊到鼻子前面，聞著多年受到冷落的氣味。拿遠一點看，我不禁為自己幼稚的字跡莞爾。大大的字，無視日記本上的線條。我畫了一顆有著藍色光暈的月亮。還有一輛卡車，粗略地畫在一棟房屋旁邊。房屋的樣子就是小朋友的畫法，窗戶歪歪扭扭。父母從沒開過卡車，我們家沒有這種東西。彎彎曲曲的黑線是小鳥。沒什麼不尋常的，一切都很普通，但讀著我的文字、設法找出意義，感覺很奇怪。而且，這麼久以來，我第一次想起那些夢，那份在記憶定型之前的混亂。房子不是我家的房子。母親不是我的母親。我聽到母親沿著走道走來，不知道為什麼，我慌忙闔上日記本，放回書櫃上。母親一如既往，沒敲門就直接開門進來。

「你的午餐好了。」她環視一下房間，我的胃裡有一股小時候懷疑自己做錯事的時候會有的感覺。

「來了。」我跟著她穿過走道，去吃蛋沙拉三明治和原味洋芋片。

下一個週六，馬克就來接我了。他把車停上車道時，我頓時如釋重負。

「我們離開這裡一陣子吧，諾瑪。」此時是六月底，我們坐在屋後的露台看日落。

「聽起來不錯欸其實。」連我自己也嚇了一跳。

馬克本來準備跟我爭論一番，見我一口同意，不禁鬆了口氣。他爬下椅子過來吻我。我披了條保暖毯在肩上，他幫我拉了拉毯子，嘴脣就停留在我脣上。那晚，我們做了愛。自從失去她之後，那是我們第一次做愛。他很溫柔，動作前所未有地輕巧，深怕我會碎掉似的。我不但沒有碎掉，第二天一早還覺得有點恢復正常了。有些傷痛是無法修復的。有些傷口永遠不會合起來，永遠不會結痂。但創傷過去得愈久，就愈容易展露笑顏。

「我們該去哪裡呢？」我從烤麵包機拿出吐司，他在一旁倒咖啡。

「我不知道。你挑吧。我只想離開這裡。」我抹好奶油，將吐司放在我們中間的餐桌上。

「我同事在新斯科細亞有一棟度假小木屋。照片看起來很美。水面落日，農場，一些不錯的博物館。我們可以從巴港搭渡輪過去。」

「聽起來不錯。」

「好，我來安排休假，請好假我們就走。」

聽到他愉快的語氣，我不禁微微一笑。當天一早用過早餐，我們就開車去巴港，拿了一疊新斯科細亞的旅遊傳單。接下來兩週，馬克上班的時候，我就用規畫行程、打電話給小旅館訂房間、安排每天的活動來填滿我的時間。而且，在跟茱恩阿姨和愛麗絲講了一通電話之後，中學以來第一次，我又寫起日記來了。

「我們倆都在線上，寶貝，怎麼了嗎？」

「沒什麼。只是想告訴你們，馬克和我要去新斯科細亞度個小假，透透氣，清醒清醒。」

「嗯嗯，不錯啊，會……」愛麗絲才開口就被我打斷。

「會很棒的。馬克的朋友有間小木屋，我們要去那裡住幾天。看看風景。傳單上的照片很美。」

「你一定要寫點東西，好的、壞的都記錄下來，但尤其是好的。」愛麗絲以她那令人安心的嗓音說。

我們在七月中旬出發。我把行李搬上車，馬克檢查門窗，並將鑰匙交給幫忙澆花和收信的鄰居。此行將是我目前去過最遠的地方。馬克小時候去過亞利桑那州和加州，我的足跡卻不曾越過緬因州到麻州的九十五號州際公路。駛向巴港的車程平淡無奇。因為道路工程的緣故，我們停下來幾次，但抵達時還有充裕的時間上渡輪。我坐過船，但只是波士頓港的小舟和觀光船，從沒坐過像渡輪這麼大的船，也從沒到過回頭看不見岸邊的地方。我在渡輪的肚子裡下車時，汽油味和海水的鹹味撲鼻而來。船殼門一關，汽車停放區微弱的黃光和尖細的回音就顯得很陰森。當我們從樓梯頂一腳踏進陽光中，我不禁深吸一口氣。

天氣很好，碧海藍天，風平浪靜。航程六個鐘頭多一點。我們在餐廳吃了晚餐、喝了幾杯，然後到外面走走看看。大海的遼闊令我讚歎，儘管我們離陸地沒有太遠。放眼望去是各色的藍，水天之間細細一條地平線是唯一不是藍色的東西。在海灘上，就算雙腳泡在水裡，陸地總是在你身後；你有一個參照點。但這裡不存在任何參照點，我們把自己交託給工作人員，讓他們來確保我們不會在一片湛藍裡迷途。

馬克去參加船艙導覽，我在交誼廳的假壁爐前找了張椅子坐下。我帶了書去讀，但我沒看書，只是看著人，猜想著他們的人生。這些人從哪裡來的？早餐吃了什麼？有什麼噩夢糾纏他們？我看著一對老夫妻吃軟食、喝紅茶。他們在一起多久了？生了幾個小孩？此行是要回家還是出遊？一名年輕男子獨自一人在看書，一臉緊張的模樣，我想偷瞄一眼他在看什麼，但他把書往後捲，看不到封面。正當我要低頭打開為這次假期帶的書，我看到一對年輕男女推著嬰兒車經過。一、兩個月大的寶寶蓋著一條粉紅色的毯子在睡覺。滾燙的淚水還沒湧出來，我就感覺到那股灼熱了。我感覺淚水在喉嚨底部蓄勢待發，預備從眼角奪眶而出。馬克回來時滿面笑容，興致勃勃地想跟我分享渡輪內部的運作，我卻哭得一塌糊塗。我把面紙留在車上了，又沒有力氣起身去找餐巾紙，就用針織外套的袖子拭淚。

「天啊，諾瑪，怎麼了？」

「沒事。」我啜泣著說。而我沒說謊，確實沒發生什麼事。

「一定有事。」馬克去吧台拿了一疊餐巾紙回來給我。

「反正很蠢。」

「說說看。」他坐在我旁邊的地上，一手按著我的膝蓋。

「有一對夫妻，帶了個寶寶。我不知怎麼就哭了出來。他們看起來好幸福。」

他什麼也沒說，只是坐在那裡，等我的眼淚流乾。有時我忘了他也很傷心。我試著抹去悲傷，試著用笑容取代淚水，試著嚥了嚥哽咽的喉嚨，但馬克可不買帳。他不停拉我過去，直到我終於讓他把我牢牢抱住。

剩下的航程很平順，我們在雅茅斯靠岸時，天空還是很藍，儘管天氣涼了點。我們開車下船，迎向新的國度。馬克說：「該不會每次看到一個寶寶，你都要哭吧？」

我轉頭看他，他竟然在笑。

「真的假的？你現在是在調侃我嗎？」我的聲音帶著怒氣。

「不不不……」馬克結巴了。

「我沒辦法啊，馬克，去你的！我的孩子沒了。原諒我沒辦法當你想要的那個幸福小女人。」

「不是的，諾瑪，不是這樣的。我很抱歉。我只是想開開玩笑。」

「還真好笑啊，馬克，真他媽的好笑！」

聽說罵髒話能讓人感覺好過一點。的確如此。但只是暫時的。我們把車停在渡輪碼頭旁的加油站，馬克一言不發下了車。我的氣消了，隨之而來的是內疚。我下車跟著他走進加油站。他在櫃檯付帳，我拿了兩條巧克力棒，丟到櫃檯上，趁機湊到他耳邊說：「對不起。」馬克笑了笑，只不過笑得有些勉強。

櫃檯後面的男人看著我。「你有印第安福利卡嗎？」

我回頭看看他在跟誰說話。

「就是你，這位小姐，你要用你的印第安福利卡嗎？」

「不好意思，我連那是什麼都不知道。」

「喔，不好意思，我還以為你是印第安人。」

我低頭看看自己一身七月天的膚色。「據說是義大利血統的緣故。」

「你說是就是囉。」

他收了馬克的錢，我們朝車子走回去。

「怪了。」我說著打開其中一條巧克力棒的包裝。

「你的皮膚本來就黑，到夏天又曬得更黑。」

我們駛出加油站，我拿著巧克力棒，讓他咬一口。「可能只是無心之過吧。」

新斯科細亞很美。我們用了兩週開車到處參觀。在迪格比，我們停下來品嘗當地聞名於世的干貝，接著驅車穿過安納波利斯山谷，欣賞迷人的農莊和豐富的歷史。我們參觀了重新修復的古老堡壘。這些堡壘曾經對法國和英國都有戰略上的重要性，經過多年爭奪，最終全部歸英國所有。過去受到殖民的小鎮承襲了維多利亞時代的風情，我們經過這些小鎮，也經過無邊無際的蘋果園和玉米田。馬克同事的度假小屋坐落在一個叫做金斯波特的小地方，我們給自己時間慢慢來，住在小屋裡，看綿延數哩的海潮來來去去。新斯科細亞人對他們的漲潮奇景是很自豪的，一天兩次的潮起潮落著實壯觀。我想，這裡就是我最愛的一站，有鹹鹹的海風，有新鮮的在地食物。我們吃了各種時蔬和草莓派。金斯波特的鄰居邀請我們去社區的草莓祭。我們各自付了五塊錢，嘗到了什錦奶油燉菜（用奶油和牛奶燉的新鮮蔬菜）和草莓小蛋糕，還有各式各樣無限暢飲的茶和咖啡。社區上的人很保守，但也很友善。我對這地方有種似曾相識的感覺，不是對這些人，而是對這裡的景物。道路兩旁的樹木、磚造的市政大樓和那些小鎮，我好像都很熟悉。那是一種說不上來的感覺，馬克開玩笑說我上輩子一定是本地人。我們都笑了。如果我相信有前世今生，那我可能會覺得他說對了。假期快要結束的一個傍晚，我沿著退潮的沙灘散步，呼吸著鹹鹹的空氣，看著天空由藍轉為粉紅和粉紫，色彩柔和的雲朵冒出來，小海鳥的低鳴聽得我如痴如醉。

有一段木造階梯從海灘通往上方的山崖。海潮已退，所以我坐在階梯上，看著月亮從濕泥灘上升起。朝岸邊寸寸進逼的海浪彷彿在對我耳語。海灘某處傳來孩子們玩耍的聲音，但月亮升得不夠高，沒能照亮他們的身影。我欣賞著冉冉升起的月亮，周遭的空氣卻隨著那些孩子的存在瞬間降溫。孩子們笑著，柔柔的風刺痛我裸露手臂的皮膚。我低頭看山崖和枯樹高低不平的剪影，但沒看到小孩。月亮大放光明，幽靈般的聲音靜了下來。或許他們也停下來欣賞月亮，或許他們被叫回家睡覺了。或許他們就是當地人津津樂道的鬼怪。鬼故事在這裡代代相傳，大家深信不疑。當月亮升到水面上隨著海潮漂浮，我抱住自己的腰哭了起來。我母親和嬰魂生活在一起。她失去那些孩子的時候，他們多半都還沒成形。我就生活在那棟幽靈占領的房子裡。在那片黑暗的海灘上，在一個離家那麼遠卻感覺那麼熟悉的地方，我明白了我的母親，明白了纏著她的心魔，明白了我不能把孩子帶到這世上，既然我已經知道自己會做出一樣的事情。我會在孩子小小的五官上看到他們死去的姊姊。我會用我無法為莎拉付出的愛壓得他們喘不過氣。我呼吸著鹹鹹的空氣，轉身背對月亮往上爬。每爬一階，上方的陸地就愈來愈近，我的心情也愈來愈輕鬆，幾乎是如釋重負。我明白自己該怎麼做了，就算知道馬克會心碎，我還是笑了——這麼久以來第一個真心的笑容。

我們覺得哈利法克斯很迷人。酒吧很迷人，好像人人都會唱的船歌也很迷人。我們喝得有點多，徹夜跳舞到天亮，回旅館後只睡了幾小時就退房。

「看來你玩得很開心。」馬克遞給我一顆頭痛藥。我頭痛得跟我母親有得比。

「我是很開心。」我啜了口咖啡，吞下止痛藥。

「太好了。有什麼事要告訴我嗎？」

「什麼意思？」

「是什麼不一樣了？」

「沒有啊。」

「沒有？」

「沒有。」我轉身坐進租來的車，戴上太陽眼鏡遮住眼睛，免得靈魂之窗洩露我的祕密。

南岸很壯觀。沿岸點綴著直接從明信片上走出來的小漁村和燈塔。我認為這裡鹹鹹的空氣功不可沒。我知道緬因州也有一樣的空氣，但我相信遠離熟悉的一切、浸淫在北方鹹鹹的寒冷空氣中，撫慰了我的靈魂。馬克也感覺到了。我們手牽手看日落，像我們剛認識時那般做愛。以結局而言，這樣算是不錯的了。

我們把車開上雅茅斯渡輪，準備啟航前往巴港時，我告訴他了。我們還坐在車上，等候准許人員下車上到船艙的指令。昏暗的光線為我不願啟齒的談話更添陰森。

「馬克……」

他轉過頭來，等我說下去。

「我愛你。」

「我也愛你。」

「很抱歉自從寶寶的事情以來，我跟你這麼疏遠。」

他伸手過來，牽起我的手。「沒事的。是很難，但我們還能再試試。」他靠過來要吻我臉頰，但我退開了。

「到此為止。」

「什麼到此為止？」

「我不想再試了。」

「你還很傷心。等過一陣子，我們再看看。」

「不，馬克，我是認真的。我一輩子都跟寶寶的鬼魂生活在一起，我看到他們讓人付出的代價。他們吸走每個房間的愛；他們把這個世界變得安靜又可怕。我不會對自己做這種事。我不會對你做這種事。」

馬克鬆開手，我的手也垂落回大腿上。他握緊方向盤，像是要直接衝出渡輪去，但他哪兒也去不了。

「你不能擅自做出這種決定。我們有過計畫的。」

「計畫是會變的。」

一名身穿油膩制服和反光背心的男子示意我們可以下車了。馬克步出車外、甩上車門，我還來不及追上去，他就消失在樓梯上。

我為馬克難過。真的。我從來沒有這麼難受過。我得讓他知道我的心情。我想跟他談、向他解釋，但他不見蹤影，消失在偌大的船艙裡。我想哭。我想和馬克一起站在甲板上，對著海風大叫。我想讓海風將悲傷與憤怒帶到那一片湛藍之中。一切都會煙消雲散，我們就自由了。但馬克走掉了，不知跑哪兒去了。

渡輪緩緩駛離碼頭，我登上樓梯，來到吧台。船上的人多半是三五成群的親友，我是唯一一個坐到吧台前的。

「請給我一杯白酒。」

「六盎司的，還是九盎司的？」酒保問。她有一頭金髮，髮根處是黑的，看起來曾經是個身材苗條的人。

「九盎司的，麻煩了。」

酒很酸，一路酸到我的耳後。我縮了一下，硬是把酒吞下肚。酒保很訝異我要了第二杯、第三杯。

我敲敲檯面，將酒杯推給她，準備再來第四杯。她問：「小姐，你還好嗎？」

「好極了。好得不能再好。我女兒死了。我剛剛又親手毀了我的婚姻。」我聽到成串含糊的氣話脫口而出。話才剛出口，我就想收回去了。「抱歉。對不起。我太可悲了。」

「要不要來杯水呢？」

「不要，我還要一杯酒。我會乖乖坐著，誰也不打擾，我保證。」我從凳子上稍微滑了下來，正要伸手扶住自己，就感覺有隻手托住我的腰，把我拉回凳子上。「我還要一杯酒。」

「給她吧。我來照顧她。給我一杯啤酒。」馬克在我旁邊坐下。

「你說的喔。她吐了，你要負責清乾淨。」她對馬克眨眨眼，我想給她一拳。

我沒跟馬克說話，只是讓他坐在那裡默默傷心。到了該走的時候，他扶我爬下高腳凳，又一路扶著我走下樓梯坐上車。當我們駛出渡輪，在我人生中最快樂的幾天過後，我知道一切再也不一樣了，而這都是我的錯。我沒有時間後悔，也沒有力氣後悔，索性就聽天由命。有時，我很難從自己的遭遇中找到意義，但我假設宇宙知道它在做什麼。或許我就該背負這份悲傷，背負另一個女人未必擔得起的悲傷。我失去一個孩子，又摧毀我的婚姻，好讓別人能找到幸福。母親總說神不會給你超過你能承受的。雖然我不信那位帶給她這麼多安慰的神，但我明白那種心情。在當時，在我人生中的那個節骨眼上，我需要跟自己所做的決定和解，為自己開創一份新的生活。

9 喬

好起來很不容易。我整個右半邊從早上醒來的那一刻痛到夜裡躺下的那一刻。即使到了睡夢中，身體的疼痛也纏著我的睡眠、鑽進我的夢裡。我的夢境充滿輪胎的急煞聲和醫院裡的機器聲。那是一種根深柢固的痛，再怎麼運動、再怎麼吃藥都沒用。無論餵它吃多少藥，無論喝多少「迷你杯」琳狄姑姑牌威士忌，我都很確定今後的人生只能一直痛下去，確定到我非得竭盡所能證明自己沒救了不可。一個人下定決心是一回事，一個二十四歲就很厭世的人下定決心厭世到底又是另一回事。前者往往是好事，後者則從來不是什麼好事。身體的疼痛只是讓我更暴躁。媽媽設法用愛化解，爸爸和班設法帶我去樹林裡散心，梅設法用罵髒話罵走我的憤怒，但都沒有用。我下定決心要讓疼痛和憤怒毀了我。

車禍後，我在哈利法克斯的復健中心待了好幾個月。一個人關在那小小的房間裡，只有散發霉味的書跟我作伴。我亟需找個人來怪罪，而我決定怪在理查森先生頭上，就是那個開車回家吃晚餐剛好碰到我從暗處走到他卡車前的倒楣鬼。

「沒道理對他生氣。」媽媽坐在我的病床旁，從一個舊的奶油盒裡拿出麵包，說：「他怎麼看得到你呢？」

「開車要看路啊！」

「在星期天的夜裡，看路上有沒有一個小伙子從暗處冒出來？他要怎麼知道你會走到車子前面？」她把麵包放在窄窄的病床桌上，推到我面前，再淋上黑糖蜜。「拉斯奇[11]，吃吧。」

麵包還熱呼呼的，黑糖蜜滴了下來，在底下積成一攤，我伸出手指蘸來吃，不小心滴了一點到下巴上。媽媽伸手要來擦，我把她的手拍掉。

「這種行為，下不為例！」她又伸手過來，把濃濃的黑糖蜜從我下巴上擦掉，這次我乖乖讓她擦。「別以為給你老媽一掌不會怎樣，你的傷沒有重到可以為所欲為。」

情況好的時候，當運動舒緩了疼痛，當冬日放晴而我可以出來坐在太陽下，我就稍微能原諒理查森先生一點。他沒有要我原諒，我也沒資格原諒他，但反正我還是原諒了——在情況好的時候。情況不好的時候，當天氣跟我作對，當天降大雪冷入骨髓，即使壞天氣被擋在外頭而我被關在室內，運動非但沒有幫助，反倒讓我更痛，藥效又不夠強，我的憤怒就會滋長、茁壯。困在哈利法克斯的病床上看著不聽使喚的腳愈久，陷在這種自作自受又不由自主的處境中愈久，我就愈是怒上加怒。或許多年前緬因州那間雜貨店的人說得對。或許我們印第安人真的很酸。也或許就我那麼酸。

我花了六個月復健。漫長的六個月，等我的身體重新學會我要它做的每一件事。我懷念跟爸爸一起去獵鹿。我想念耶誕節。冬天降臨時，我的家人被迫待在家裡，而就算在天氣好的時候，從我家來復健中心也要三個鐘頭。等我康復到能離開了，太陽已經重回大地。我還是得拄著枴杖走路，一天到晚渾身僵硬又痠痛。為了麻痺自己，我偷喝起爸爸的威士忌來了。

「你已經悶悶不樂坐在那裡幾小時了，再不快點動一動就要變成化石了。」梅手扠腰高高在上地俯視我。

「別管我，梅，我很累。」我往椅子裡陷得更深一點，視線設法掠過她去看客廳的大窗，但她站在那裡不動。

「醫生說你要多活動。抬起你的屁股來，走到車道盡頭再走回來。別以為我沒發現你偷喝酒，我注意到了。」

「少煩我，我現在最不需要的就是聽你說教。」

「少在那邊自憐了。」

我移開目光，設法繞過她去看，但她隨著我移動，擋住我的視線。她伸手要拉我起身，但我揮開她的手。到頭來，我在家就跟在復健中心一樣陰沉又彆扭，熟悉的聲音和味道對改善我的脾氣沒有絲毫幫助。我只是一直折磨愛我的人。

「你覺得人人都有錯，就你自己沒有錯。」火塘在四月的涼夜裡很溫暖，梅坐了下來，我們中間隔著那截老樹樁。

「閉嘴，梅，你什麼也不懂。」

「我不要閉嘴，而且我懂的比你多。我看那場車禍是把你撞昏頭了。是你衝到人家前面的，你卻怪那個倒楣鬼。你搞不好嚇得人家魂都飛了，他還是個老人家。因為自己做的事去怪別人，這是最差勁的一種自憐了。」

「去你的，梅。」

「喲，是個男人了，會說髒話啦？」她冷笑道。

對梅說髒話就像對著火堆澆油。

「你成天把時間花在自憐，卻不用這些時間努力好起來。你想把我們全家都拖垮。你傷透媽媽的心了。她不會告訴你，但她很傷心。」

「我沒傷她的心。」

「她很害怕，怕她又要失去一個孩子。而你卻卯起來助長她的恐懼。成天坐在這裡鬧彆扭。不做你的運動。臉色陰沉得像死掉的木乃伊。」

「白痴，木乃伊都是死掉的。」

梅哼了一聲。「你以為你很聰明，實際上卻像笨蛋一樣坐在這裡。什麼都不做，不想好起來，也不知道慚愧。」

我感覺自己臉上發燙，心臟從胸腔跳到喉嚨，快從嘴裡跳出來了。

「我很慚愧，梅。」我沒有用吼的，但也差不多了。

「你是該慚愧。」

「我是最後一個見到露絲的人。是我把她搞丟的。我很慚愧。梅，少在那邊說我不知慚愧。或許不是對你認為我應該慚愧的事情慚愧，但我確實很慚愧。」

梅安靜了一下。她看著自己的手捲菸絲。火塘劈劈啪啪濺出火星。她舔舔紙邊，捲起紙來固定菸草，然後深吸一口氣，說出不吐不快的大實話。

「你抱著你的罪惡感，像抱著什麼徽章似的，像你很特別似的。」她拿那根沒點燃的菸指著我說。「你是最後一個見到她的人，不代表你有什麼特別的。就好像查理死的時候你在現場，也不代表你有什麼特別的。」她停下來，像是設法在想別的話來說。「你沒什麼特別的，喬，只是這些事情發生的時候，你剛好在那裡罷了。」

「梅……」

她舉起手來制止我，我就住了嘴。她把捲好的菸往火裡一丟，抽都沒抽一口。

「最後一個看到露絲的罪惡感是你沒有權利霸占的東西。這件事我們都有分，你自以為的特別只是讓其他人更難過而已。你不特別，喬，我受夠了在你身邊都要小心翼翼，深怕你會碎掉似的。去你的，早點斷奶吧！」

我聽說智慧是修來的，多半我也認同這種說法，但梅的智慧是天生的，沒有華麗的詞藻包裝，也沒被人寫在書上；非但不優雅高貴，還很粗魯直率，可是很有效。或許不是在當晚立即見效。那天夜裡，我氣得睡不著覺，就躺在數十年後我現在睡的同一張床上，翻來覆去生悶氣。梅則跟我打起了冷戰，但我才不要當那個破冰的人，我才不要讓她稱心如意。幾星期後，爸媽都上床睡覺了，又是我們倆獨自在屋外，圍著同一個火塘。藥吃完了，我背抽筋站不起來，試了兩次都摔回椅子上。我們默默坐著，半哩外公路上的車聲混雜著樹蛙的叫聲。柴火慢慢燒成灰。餘燼開始變黑時，梅站起來走到我這邊，攬住我的腰把我從椅子上拉起來，扶我回床上睡覺，我一路靠在她身上保持平衡。

趁她扶我上床，我說：「梅，我很抱歉。」

她彎身脫掉我的鞋子。「不要抱歉；要有用一點。」

雖然我從沒跟她說過，但就在那天夜裡，我設法要躺得舒服些的時候，我想通了。梅是對的，如果不能恢復到跟車禍前一樣，至少我要聽從她的忠告，有用一點。於是，我跟爸和班去樹林。三個月後，理查森先生來我們家，再次提出要給我工作，我就接受了。

直到現在，汽油的味道還是會帶我回到那座加油站，回到我知道幸福是什麼的時候。露絲失蹤前曾經存在的那種幸福，我的家還很完整、我的憤怒還沒萌芽的那種幸福。我還是能聽到油表上數字在跑的滴答聲，還是能感覺到收銀機按鍵上積得又厚又黑的油垢。工作人員忙著換油、輸入數字。熟客只顧聊天待得太久，簡直在破舊的人造皮革椅上住下來了，聊天聊到忘了抽的香菸在菸灰缸上飄著煙。我在秋末天氣剛變冷時開始上班。天氣一路冷到冬天。兩扇庫門常年開著讓車進出，也給了冬天一個家。你會看到我週一到週五從下午兩點到晚上九點都坐在一張高腳凳上。

我的脾氣還是一觸即發。很小的事情，別人都不在意，我卻會氣到血脈賁張。一個話很多、耳朵又聾的老頭總是把車丟在加油機前，擋住其他要加油的顧客。十一月的某一天，等著加油的車都排到大馬路上了，他還站在那裡講他已經講過一百萬次的老故事。我大步走過他身邊，上了他的奧斯摩比，把油門催到底，狂燒車子的輪胎，搞得整個地方都是燒胎味。最後，我把他的車停在草地上，砰一聲甩上門，還踹了車子一腳，再爬回我的凳子上。全場目瞪口呆、鴉雀無聲，直到老頭默默轉身離開為止。從那之後，他就改成早上來加油。

接著，蔻拉開始輪七點到兩點的班。我來上班的時候，她剛好要下班。沒多久，我就開始提早一點來，藉機跟她說話、看她爬下凳子數鈔票。她大了我快十歲，身材嬌小，頂著一頭發亮的紅髮，鼻子和顴骨散布著雀斑，豐滿的嘴脣每天都塗成粉紅色，看起來就像童書裡的人物。當然，我知道蔻拉。這座小鎮不大，沒有誰是你完全不認識的陌生人。但我從沒真的跟她說過話。就在耶誕節前，十二月一個寒冷的下午，我們幫她過了三十四歲生日。趁她在收拾剩下的蛋糕和我們合資給她的禮物卡時，我竭盡所能向她施展我的魅力。

「喜歡你的蛋糕嗎？」我問。

「很好啊，我喜歡。」

「很好吃。」

「是啊。」

她等了一下，或許是在看我有沒有別的話要說，但我腦中一片空白，肺裡也像沒了空氣。我從來不是個健談的人，但那天以及接下來幾個月的每一天，我的沉默真是尷尬出全新的高度。

到了夏天來臨時，琳狄姑姑的迷你杯威士忌換成了市面上便宜又大碗的廉價威士忌。很難喝，喝起來也很傷。但幾口下肚，我的腳就能彎了，我就不會痛得縮成一團了。我能蹲下去撿東西再站起來。年紀輕輕腿就廢了很不公平。一切的一切都不公平。止痛藥早就吃完了。有時我痛得受不了。疼痛的感覺像是從骨頭輻射出來，侵入我的肌肉。但就算成天痛得唏哩糊塗又醉得恍恍惚惚，只要蔻拉一進門，我總是會停下來。一天下午，在威士忌的助陣下，我鼓起了一點勇氣。

「你想來我家玩嗎？星期六晚上，我哥哥班會回家一下，我們要吃燒烤大餐。」

「你是在約我出去嗎？」她低下頭，嘴角帶著笑意微微上揚，紅髮散落下來，遮住她的眼睛。「你幾歲？二十一？二十二？」

「二……二十五，快二十六了。」我結結巴巴地說。

「看不出來耶。你保養得很好。喬，假設我答應你，那我們約會時要做些什麼呢？」

我分不清她是不是在開玩笑。

「我不確定。燒烤大餐就只是一家人圍著火塘，坐在那裡吃東西、喝啤酒。」

「如果鎮上的人知道我跟一個土著在一起，他們會怎麼說？」

這年頭再也沒人叫我們土著了，至少不會公開說。但在那年頭，沒人覺得這種說法有何不可。小鎮偏見根深柢固，沒什麼需要抱歉的。

「他們會說你很幸運。」

「那我就去囉。」這回她咧開了嘴笑，小巧的鼻子上雀斑都撐開了。

「我來接你怎麼樣？星期六的四點左右？」

「我想可以吧。但你也得載我回家，所以，不准你碰我看到你偷喝的那些東西。」

「很合理的要求。不碰威士忌。反正也不需要，因為我有你。」

她哈哈大笑著拿起皮包，從其中一扇庫門離開了。技工羅傑拍拍我的背。

「好啊你，喬，姊弟戀。姊姊會知道怎麼調教你的。」

跨年夜，我們在浸信會教堂完婚了。我可憐的媽媽很慶幸我還活著，寧願對蔻拉那一套浸信會的作法讓步。我從來不是什麼虔誠的信徒，信上帝主要是出於習慣，所以對我來講在哪結婚無所謂，但對蔻拉來講很重要。教堂裝飾了爸和班砍來的松枝、蔻拉和她的姊妹們從水溝裡採來的野生冬青。蔻拉從二手婚紗店買了禮服，她媽媽幫她改得剛好合身。

教堂地下室很涼，灰塵味很重，咖啡和教堂方塊的味道也很重。教堂方塊是一種甜死人的手作甜點，裹了糖漬椰絲和甜膩的焦糖。因為宗教信仰的緣故，蔻拉那邊的家人都不喝酒。所以，爸、班和我就偷溜出去幾次，用老爸特地為這個隆重場合買的上好威士忌敬酒。

「來吧，喬，我很為你高興。」爸在教堂外的陽光下舉起一隻小酒杯，身後襯著教堂墓地上屹立不搖的墓碑。

「是啊，真有你的，老弟。找到一個像她這麼可愛的人，甘願下嫁給你。」班拍拍我的背。

「謝啦。蔻拉是個好人。我還是不太相信她居然嫁給我了。」我把全身的重量挪到左腳，讓右腳休息一下。天氣一涼，骨折過的地方還是到處都很難受。

「我們沒有一個人敢相信。」梅關上身後的門，先伸過手來抓起酒瓶，再把身上的披肩裹緊一點。她灌了一大口濃濃的酒液，極力掩飾想要咳出來的衝動，說了聲：「暖和！」

「梅，你永遠都不要改變。」爸伸手把她拉進懷裡抱了抱。教堂裡，有人彈起鋼琴來了。

「看來是時候去跟我老婆跳舞了。」我舉起酒瓶倒過來，灌了最後一口酒，再把酒瓶還給爸爸。

地下室很溫暖，迴響著談話的嗡嗡聲和輕輕的笑聲。大家跳著舞。回顧起來，我想那可能是我人生中最幸福的一刻。那個十二月的傍晚，在一間教堂的地下室。

「來跟我跳舞吧！」蔻拉牽起我的手，把我拉到正中央。我攬她入懷，蔻拉的媽媽一時拋開浸信會教徒的拘謹，用卡式錄音機放了一首情歌。

新年第一天，我們搬到鎮上一棟兩層樓公寓的套房去住。蔻拉在新開的中餐館找了份服務生的差事，辭掉了加油站的工作。這天，她帶了中國菜回家當晚餐，我則在家修了修我的破車，然後跟我愛她更甚於愛自己的女人做了愛。我們沒有淋浴間，只有一個老式的四腳浴缸。我學會享受泡澡的樂趣，尤其是蔻拉跟我一起泡的時候。星期六晚上，我們去我父母家吃飯、玩牌。星期天下午，上過教堂之後，我們則去她父母家吃飯、聊天。

一個星期天下午，厭倦了有關早就過世的家人的話題，也聽膩了教堂裡的閒言閒語，我提議大家一起玩牌，她解釋道：「禮拜天玩牌是在跟魔鬼打交道。」[12]從那之後，星期天下午，我多半都跟她的爸爸和弟弟在外面穀倉，三個剛結為親家但不知從何認識起的男人一起靜靜地修東西。星期五，我偶爾跟還有聯絡的老同學出去。有幾次，我搖搖晃晃地回到家，勉強爬上樓梯進了公寓。我們第一次真正吵架是在一個星期六早上，我整夜都沒進家門，她出門要去上班時，才發現我倒在樓梯底下。

「你不能一直生我的氣。就這麼一次而已，而且我從頭到尾都在這裡。」我坐在餐桌前，面前擺著一杯黑咖啡和一罐阿斯匹靈。

「我很擔心。你不懂嗎？我昨晚完全睡不著。」

「你睡不著又不是我的錯。」

「我睡不著是因為我很擔心你，混帳東西！」她很少罵髒話，我完全措手不及。「你真的很自私。」

「蔻拉，只是開心玩玩而已，沒什麼大不了的。不會每次都這樣。我保證。」

她抓起流理台上的包包衝了出去，砰一聲甩上身後的門。我吞下阿斯匹靈爬上床，渾身酒氣和衣而睡。

我每逢星期五就喝過頭。有點腦子的人都看得出來我在摧毀自己人生中最美好的東西，而我可以拍胸脯跟你保證我沒腦子。又或許我是那種非得搞得自己很慘才高興的人。或許我的悲慘為我帶來了莫名的滿足感。要是在少不更事的時候明白這些道理，對我會有莫大的幫助。可惜等我們老了、明白了，這些道理也用不著了。

「你會失去她的，喬，我告訴你，你最好放聰明點。」爸爸曾經跑來加油站警告我。他站在口香糖販賣機旁邊，等一位開別克的女士結帳離開。終於等到只剩我們倆的時候，他沒浪費時間兜圈子。「大家都知道你又喝酒了。」

「大家都該少管閒事。我沒事，爸。偶爾喝一點，稍微止痛一下。」我垂著頭，兩隻手忙個不停，假裝在數收銀機的鈔票。

「偶爾喝一點？你或許還記得，我認識菸酒行的傑克。他告訴我你有多『偶爾』。」

我從沒對父親生過氣。失望是有的，但從沒生過氣，我也不想生他的氣，所以，我很慶幸這時剛好有人來加油。我徑直朝加油機走去，掠過他身邊，沒看他的眼睛。他離開了。他想說的話說完了。老天在上，我如果是個男人就會把他的話聽進去。

我跟蔻拉在一起的最後一天是個星期五。我們結婚一年半了，人人都看得見我對自己的婚姻做了什麼，我卻看不見。到那個星期六，我徹底意識到自己幹的好事。不可能不意識到，因為我在蔻拉身上留下了證據。

樓梯間很黑，我找不到電燈開關。我搖搖晃晃地往上爬了幾步，結果只是失去重心，往後倒了下去。我躺在那裡，想著自己是不是又摔斷了更多骨頭。這時，電燈亮了。我抬起頭，看到蔻拉站在樓梯上方，身上裹著睡袍，面無表情。

「過來扶偶起來。」我口齒不清地說。

「你自己起來。」她轉身回屋裡。我感覺左手手指發脹，但除此之外，我就什麼都感覺不到。

「靠，蔻拉，給我滾回來！」我知道自己會吵醒樓下鄰居，但我不在乎。迷糊間，我看見蔻拉回到樓梯平台上，朝我丟了條毯子，還把電燈關了。那個小小的舉動，我應該要體會到這或許代表她還在乎，卻只是激怒了我。我頓時氣得清醒過來，一鼓作氣爬上樓梯穿過大門，跌跌撞撞地來到廚房。蔻拉在洗碗槽前，倒了杯水來喝，一副淡定的模樣。我可憐的母親希望我能學學她的冷靜，但我看了卻只是更氣。

「搞什麼鬼？蔻拉，你要把我丟在那個烏漆抹黑的地方嗎？」

「現在是夏天。你死不了。」

她拿著水杯從我身邊走過，目光對著臥室門口，看都沒看我一眼。接下來的事情，我就記不清楚了。不是因為我不記得，而是因為我不想記得。我這輩子做過的一切，包括把露絲搞丟、把查理丟給強森兄弟，都沒有那天接下來發生的事更令我後悔，更令我對自己倒盡胃口。

我一掌打掉她的手，玻璃杯飛了出去，摔在油氈地板上碎成片片。蔻拉尖叫一聲，她臉上的驚恐卻又更激怒我。她還來不及躲開，我就一手抓住她的手腕，另一手握拳，不偏不倚往她臉上揍下去。揍她第二拳、第三拳的時候，我的手感覺到她熱呼呼的血。我聽到她的鼻樑骨斷了，也感覺到她的門牙咬破了我指關節上的皮膚。我放開她，她摔了下去，一手捂著臉，一手撐在地上，玻璃碎片扎進她的手和膝蓋。我停下來，靠在流理台上穩住重心。如果她咆哮著還手，或許我還招架得住，但是她沒有。她只是弓著身體坐在地上，血從她的鼻子和嘴巴湧出來，四周都是玻璃碎片。她哭了。她輕聲啜泣著，沒有看我。但我看著她，像看一部電影似的看著她。這不是我們。這不是我會做出的事。這不是真的。

「蔻拉？」樓下鄰居站在敞開的門口。從他臉上的表情，我看到自己是個什麼怪物。

蔻拉轉頭去看他，而我推開他衝出去，跌跌撞撞地跑下樓梯，最後兩階都踩空了。我衝進溫暖的八月夜裡，朝鐵軌走去。我沒能走到我父母家。我在池塘那裡停下來，大吐特吐，吐到只剩酸水燒灼我的喉嚨。接著我喝了口冰涼又骯髒的池水，再把髒水吐掉。我躺在泥土地上，狂捶地面洩憤。我哭到自己暈過去。醒來的時候，天色已經亮到我能看見自己腫起來的手腕和還留在手上的血。我用池水洗掉手上的血，但衣服上的血漬弄不掉。我索性脫下襯衫，丟到池塘裡。

我溜進家裡，從洗衣籃拿了件爸爸的髒T恤。爸媽還在睡。爸的皮夾放在流理台上，我拿了二十六塊錢和那輛舊卡車的鑰匙。我沒留字條。沒什麼好說的。他們不會通報卡車失竊，也不會來找過我，而我不能說我怪他們，我也不會怪他們。我對自己的人生和婚姻捶出的裂痕，演變成我親手製造的大地震，破壞力大到我無從修復起。除了離開，沒有別的辦法。

11 拉斯奇（Luski）為米格瑪哈族傳統的一種免發酵快速麵包，對米格瑪哈族人來講有著親友齊聚火塘邊用餐的聯想。

12 對浸信會教徒來講，星期天是上教堂做禮拜的日子，在這天打牌或從事任何帶有賭博性質的休閒活動是大不敬的行為。

10 諾瑪

穿過我和馬克同住的房子時，屋裡迴盪著我的腳步聲。曾經掛著畫的釘子和空在那裡等灰塵落下的書櫃，是我們曾有的生活唯一的證據。流理台上擺滿了從櫥櫃拿出來的碗盤，準備包起來裝箱收走。影子在空無一物的地上來去自如，沒有東西擋住它的腳步或扭曲它的形狀。變動的混亂之後是一片平靜。有種怪異的接受和默認——變了就是變了，在最後的道別之前，現在要做的是好好度過中間這段尷尬的時間。馬克和我是有愛，只不過沒有未來。再怎麼難接受，兩人心裡都有數。我們不急著正式分開，之後再找時間簽該簽的文書。我們想靜靜邁入各自要為自己開創的新生活。

返家幾星期後，馬克就搬回波士頓。他還是不確定，還是在質疑我的決定。看著他從困惑轉為怨懟是很難受的事。

「反正你不能自己做這種決定。」他在走去備用客房的途中，站在走道上說。

「馬克，我不知道要怎麼跟你解釋，我就是解釋不了。」

「我們可以一起面對，諾瑪，『我們』，為什麼你老是以為你只有自己一個人？」

同樣的老調彈到再也不新鮮為止。一天，他徹底不問了、絕口不提了。我能做的就是走開，低喃著道歉的話，哭到睡著。我不知道如何用言語表達，如何才能讓他明白，這個決定是天注定的。在時間的回聲裡，宇宙決定了某種幸福不屬於我，我得去別處尋求生命的喜悅。

最後，馬克拿了他要的東西、他的衣物、他祖母的古董婚戒、我們結婚六年收藏的幾幅畫，離開了。我查看了用來放結婚紀念品的裝飾盒，所有的東西都還在裡面，原封不動，留給我憑弔，留給我處置。只在當天打開過的婚禮簽到簿。用紅色緞帶綑起來的多餘請柬。但我沒有權利心碎，所以我合上盒子，把它和其他東西堆在一起，準備帶到人生的下一階段。至今我還留著這個盒子，就塞在備用房間的衣櫥後面。

快要收拾好的時候，茱恩阿姨和愛麗絲突然不期而至，把車停進了我家車道。她們要去租來的海邊小屋，我家就在路上。我沒有告訴任何人分居和即將離婚的事，心想沒人能接受我的理由，而我向來不擅長說謊。不如不要告訴任何人，拖到不能再拖似乎比較容易。當然，她們聽了很錯愕。馬克和我一直很幸福。沒有人在場目睹莎拉死後沉重的悲傷。在眾人同情的目光過後，在烤盤[13]都洗乾淨還給它們的主人之後，悲傷依舊，久久不散。

阿姨提議她去買些吃的回來，我們再坐下來一起編一套我母親會接受的說法。她把車子開出去時，愛麗絲拉起我的手，帶我回到屋裡。光禿禿的牆壁顯得房間小了點、光線亮了點。

我對她和盤托出。

「噢，親愛的，不。」愛麗絲低聲說。

「我以為你會懂，你是會站在我這邊的人。」

「沒有什麼站在哪一邊，諾瑪，我要你得到你想要的。」她把沙發上一盒相簿挪到地上，過來坐到我旁邊說。「你不能讓你母親的過去決定你的未來。你們是兩個截然不同的人。」

「是嗎？」

「是的，你們不一樣。你有一種安靜的力量是她所沒有的。不管遇到什麼打擊，你都能重新振作起來。」

「或許吧，但我不想重新振作。明明一開始就能避免，何必自找罪受呢？」

「你不想念馬克嗎？這樣就不受罪了嗎？」

「是很受罪，當然了。但不像失去一個孩子，我受不了再來一次。或許母親比你想的堅強多了。或許我才是軟弱的那個。」

愛麗絲安靜下來。我凝望窗外，看著一隻蜜蜂跌跌撞撞地從一朵凋零的紫丁香飛到另一朵，找尋早已乾涸的花蜜。我愛春日裡盛開的紫丁香，紫意盎然，滿室甜香。我羨慕新的屋主可以像過去三年來的我，推開窗戶就迎來撲鼻的花香。

「你知道葬禮上的紫丁香是用來掩蓋屍臭的嗎？」我的目光從窗口回到愛麗絲身上。

「離題了喔。」

「說得累了。我已經沒有開心事可說了。」

「那屍臭算得上開心事？」

我們都差點笑出來，我開始覺得輕鬆了點。

阿姨帶回足足十人份的中國菜。太陽漸漸下沉到紫丁香花叢後，我們坐在地上大吃特吃。白飯撒了一地，麵條吃得唏哩呼嚕，阿姨編了一套謊話。

「就說馬克不忠。」她邊吃邊說：「或者不舉。」她哈哈大笑起來。我心想愛麗絲的鼻子一定會噴出水來，但她勉強忍住了。我等著她們擦乾眼淚、緩過氣來。

「阿姨，第一個說法對馬克很殘忍，第二個說法可能會害母親又頭痛發作，這一發作可能永遠好不了。」

「我想你說得對。但你以為實話實說她就不會頭痛嗎？太天真了吧。」阿姨把最後一點炒飯吃完，我們收拾一地的狼藉。接著，她們幫我一起打包剩下的東西，準備明早交給搬家師傅。

失去孩子之前，每年夏天，馬克和我都會在緬因州鄉間租一棟湖畔小屋，住上兩星期。我們的房子賣掉以後，我拿了我那一半薄利，付了小屋的頭期款。在那裡，我可以遠離一切。坐在露台上看著太陽從水面落下，世界上的一切彷彿都很美好。夜裡，除了星星就幾乎一片漆黑，只有針孔般的小光點刺穿黑幕。萬籟俱寂，唯一的聲響來自大自然本身：風吹樹葉的窸窣聲，偶有動物穿過樹林的細微動靜，潛鳥的鳴唱。我知道等我把馬克的事告訴父母，他們一定會很失望。我心想這地方的平靜或許能沖淡他們的情緒，所以，我邀請他們過來度週末，連同茱恩阿姨和愛麗絲一起。夜裡，我們可以坐在火爐前吃東西。母親會抱怨十月的寒冷，父親會靜靜啜飲他的威士忌。阿姨會惹惱母親，愛麗絲會跳出來當和事佬。

驅車前往湖邊的一路上都很平靜。我開車時喜歡關掉收音機、搖下車窗，這麼做有種沉澱的作用，能放鬆緊張的情緒。我提早出發，在路上買了食材和清潔用品，想著先去把小屋打掃乾淨，免得母親整個週末只想在洗洗刷刷中度過。我從班戈下了州際公路，沿著九號公路行駛。如果開得夠遠，這條路最終會連到加拿大，但我在馬柴厄斯下了交流道，朝湖畔道路駛去。我喜歡緬因州這一帶的荒野，化為樹沼的朽木，行經莓果田時的色彩。這裡也瀰漫著一股傷感，廢棄的房屋，秋日裡焦黑的田地。一片孤寂的野性大地上只有幾抹難得的色彩。

我停車時，湖水在大放光芒的太陽下閃閃發亮。我沒立刻卸下行李。我得先到水裡泡泡腳。於是我拎著裙襬，走到水深及膝處，石子扎著腳底，微微的水波或者碰到小腿蕩漾開來，或者掠過我流向岸邊。一座小小的半島延伸到湖中，提供了我所酷愛的隱私。我聽到另一頭傳來孩子們的叫喊。偶有一隻小舟漂過，但一般只有不受打擾的孤獨。夏天，如果起得夠早，我喜歡裸體走到湖中，仰躺著浮在水面，看上方的霧氣蒸散，兩耳浸在水裡，聆聽水下世界靜悄悄的自然律動。但在這天，我只是站在那裡，面向渾圓的太陽，一時忘了我很快就得解釋馬克缺席的原因。

我父母把車停進來時，我已打掃得一塵不染，清潔劑的味道從敞開的窗口飄出去。父親下車伸了伸懶腰，母親把馬鈴薯沙拉、火腿冷盤和她的行李箱陸續拿下車。他們還在卸貨，茱恩阿姨和愛麗絲就把車開進來，停在他們後面。四人彼此之間或僵硬或自然地抱了抱。

「馬克人呢？」母親衛生檢查完畢，從小屋裡走出來時問道。我很高興自己似乎通過檢查了。

「他這週末在波士頓。」我說。

阿姨看了我一眼，但我迴避她的目光。我決定等到他們圍著火爐喝得酒酣耳熱時再說。屋裡的冰箱塞滿食物，流理台上堆滿了等會兒要用的法棍、餅乾和棉花糖。我們在做菜、吃飯、談天說笑中度過一天。阿姨要爬上皮艇時，腳一滑掉到水裡，渾身濕透地從水中冒出來，嘴裡呸著水，母親甚至捧腹大笑起來。阿姨沒受傷，看我母親抱著肚子笑彎了腰，笑到飆出眼淚，她也忍不住笑了。

「多虧了我，你才能笑得那麼開心。」阿姨說著抱了抱她的妹妹，抱得她渾身濕透、喘不過氣。「我好多年沒這樣笑過了。開這一趟過來是值得的。」母親說。

我很少看她這麼快樂。縱情大笑太不像她了。我頓時為了自己不得不丟出的震撼彈一陣內疚。父親忙著顧烤肉，母親和我忙著布置野餐餐桌。阿姨和愛麗絲裝了些冰紅茶到保溫瓶裡，沿著蜿蜒穿過樹林的環湖小徑散步去了。兩人回來時都走路走得雙頰紅通通，晚餐已經就緒。

夜幕降下，湖面平靜下來，月亮爬上樹梢，我知道我得告訴他們了。母親一直在問馬克的事，問他的工作怎麼樣，問他好不好。上次見她時，我撒謊說他感冒了。她問我準備好要再試試了嗎，她很期待當外婆。我含糊其詞地岔開話題，別過頭去不看她那張期待的臉龐。我們圍坐在火爐前，五個人都有點微醺。談話停頓了一下，一隻潛鳥在湖上鳴唱。

「馬克和我要離婚了。他這週末在波士頓，因為他現在住在那裡。我們把房子脫手了，我住在一棟很不錯的公寓。」我連著說了一長串，一氣呵成沒有停頓。潛鳥又叫了一聲，但所有人的目光都集中在我身上。在橘紅色的火光照耀下，他們的面容有一半陷入黑暗。我頭暈目眩，他們困惑不解的表情看起來很邪惡。阿姨和愛麗絲都低頭看自己的手。母親看著我，父親看著母親。

「好啊……」她說。

「蘭諾？」我父親等著看她要作何反應，一副準備起身拉開她的樣子。

「你做了什麼？」

父親站起來，但我揮揮手，他又坐了回去。

「我什麼也沒做，母親，這是雙方共同的決定。我們要的不一樣。如此而已。」

「是因為寶寶的事嗎？」

我心跳加速。我知道她會問，但我心裡還是一陣刺痛。我啜了一口酒才抬眼直視她的眼睛說：「某部分而言，是的。馬克想再試試，但我不想。我不想經歷你在我出生前經歷過的那一切。」

「你是在怪我嗎？」她把身體向前傾，看似快要掉進火爐裡了。父親一手按住她的肩膀，將她推回椅子上坐好。

「不，當然不是。」我不確定還能說什麼。天底下只有我母親會把我的悲痛解讀成針對她個人的攻擊。但我沒料到會這樣嗎？就算料到了，也未必能避免意料中的結果。

「蘭諾，我想她的意思是她看過你受苦，她不想受一樣的苦。她只是在為自己做出明智的選擇。」愛麗絲隔著火焰輕聲說道。火堆的劈啪聲在我耳裡迴盪，我起身走向水畔。夜裡樹林的聲響帶走了他們的聲音。幾近滿月的月亮缺了一角，但它的光亮在水面上反射出來，周邊還有一圈藍藍的光暈。我回頭看到愛麗絲傾身說話，茱恩阿姨起身倒了另一杯酒。火光照出一家人的輪廓。再回頭看著湖水時，我頓覺被燒柴和煮馬鈴薯的味道淹沒。我發誓我聽到附近有個小孩的笑聲，還有大人靜靜交談的喃喃聲。不是我家人的聲音。這些聲音帶有我不熟但認識的口音。我感覺得到自己的小腳丫底下冰涼的草地，還有自己身上那件縫縫補補的洋裝粗糙的質料。布塊接縫處摩擦著我的腿。我看到自己小小的手抓著一隻鈕釦眼睛的襪子娃娃。我抬頭看看月亮，再看看火堆，恍惚覺得看到我母親招手要我過去加入他們。或許是光線造成的錯覺。或許是一場夢，半睡半醒之間迷迷糊糊的未竟之夢。

「諾瑪。」

我嚇了一跳，剛剛的感覺消失得就像來時那麼快。一切像是一場白日夢，甚至像回憶中的一個片段。有時很難分清兩者的差別。

「她不是有意的。」父親握住我的手。「你知道她自己也不想這樣。」

「但她偏偏就是這樣。」我決意不要哭出來。

「請給她一點時間吧。」

「但是你懂，對嗎？」我看著他的臉龐。在微弱的火光和黯淡的月光下，他的五官模糊難辨。

「我懂。而且我不怪你。看你母親受苦很難過。我自己受到的打擊也很大。失去孩子的悲痛讓人做出反常的舉動。你和馬克能夠和平分手是好事。你不讓自己步上一樣的後塵是好事。」

我站在湖邊，沉浸在月亮勾起的回憶中時，阿姨和愛麗絲已經跟他們談過我們分手的事了。

「你記得我小時候作的夢嗎？」我說。

我感覺到他的手僵在那裡。他握我的手握得更緊了一點點。

「記得。我沒想到你還記得。」

「我剛剛才記起來的，因為月亮的緣故。」

他放掉我的手，摳起拇指指甲一角的皮膚來。

「給你母親一點時間。她會想通的。還有，我們就別提你的夢了。」他抱抱我，抱了很久，抱得很緊，抱完了才回到火爐那邊。我最後再看了月亮和水中的倒影一眼。

阿姨已經扶我母親上床躺下了，父親跟了過去。他輕輕關上身後的紗門。

「坦白說，比我想的還順利，雖然我懷疑她跟你還沒完。」阿姨放了另一塊木柴到火堆上。

「我得再來一杯。」一股強烈的感覺襲來，說不上來是什麼感覺，我只知道我想澆熄它。

「喝酒無濟於事。」她說著去野餐餐桌上開了另一瓶酒，用馬克杯裝了半杯給我，又傾身過來單手抱了抱我。「事情剛發生的時候總是最難過的。時間向來會沖淡一切，這次也一樣。」

「謝謝你。」我把頭靠在她身上一下。接著，她繞過火爐走到愛麗絲那邊，在她身旁坐下。愛麗絲抓起她一隻手，握在她手裡。我們待在黑漆漆的室外，添著柴火、喝著葡萄酒，直到深夜。阿姨開始給我的酒摻水，當天稍晚睡醒時，我不禁感激她的先見之明。

整個早上，母親都避免和我獨處，我們雙方都知道自己可能說出會後悔一輩子的話。所以，當父親告訴我他們要提早一天離開，我鬆了一口氣。他們走了才好。我們之間太安靜了。安靜得很不自然，伴隨著許許多多沒說出口的話。他們從車道上倒車出去轉上九號公路時，父親按了按喇叭以示道別，我只覺如釋重負。

感恩節很安靜，耶誕節也很安靜。到了復活節，母親開始跟我說話了，七月四日的美國國慶帶來了一點歡笑。從前，我不一定會跟父母共度假日。但那年，我都去陪他們一起過，算是補償他們不能含飴弄孫的遺憾。我母親只提起過一次，就在施放國慶煙火後，她比平常多喝了點威士忌，最後還來了一杯薄荷朱利普。

「你知道吧，你可以去領養一個。撫養不是你親生的孩子很有意義。教會裡的詹妮絲．霍爾和她先生就領養了一個可愛的小男孩，很健全，什麼毛病也沒有。」她揮著手中的酒杯，話說得含糊不清。「我會學著去愛你領養的小傢伙。」

「不用了。學校裡的學生就是我的孩子。對我來說，這就夠了。」

「那好吧。你就別聽你母親的話。倒也不是說你聽過。」

她喝醉了，而且她終於願意跟我說話了，所以我決定不跟她計較。我一直是個聽話的小孩，整個童年除了聽我母親的話就沒做別的。

「但單身不是快樂的辦法。」她說。

然而，我終究還是快樂起來了。一切都需要時間。有時，悲痛像是無邊無際、深不見底。但最終，無所不在的悲痛也慢慢沉澱下來，化為有用的東西。我把時間用在當志工老師、練跑、跑半馬、去波士頓看茱恩阿姨和愛麗絲。四十歲的生日，我強迫自己走出舒適圈，領了存款出來，跳上飛機，飛到義大利和法國，在看閒書、逛古城中度過一個夏天。我是交過男朋友，但從沒找到一份夠深的感情。我很滿足，即使其他人都不能理解。不會寂寞嗎？當然會了，但寂寞來得快也去得快，我總是能從獨處中找到安慰。愛麗絲告訴我，這是很多人都沒有的一種力量。人對群體的需求和受人關愛的渴望可能導致悲慘的一生。我知道我在學校的同事有一半都不是真的活著，只是行屍走肉而已。所以，我就由著他們對我指指點點，而我對他們也自有評斷。

我父親在一個週六下午與世長辭。母親去參加她的其中一個教會活動，回家才發現他癱倒在割草機上。草坪已經割過了，所以，他想必正要把割草機收回車庫裡。想到他最後的感覺可能是滿足，我心裡有一絲安慰。父親喜歡割草。在母親回到家、丟下她的皮包、抱著他的頭、罵他怎麼可以丟下她之前，在鄰居注意到他們、幫忙叫救護車之前，他早就斷氣了。

電話響起時，我才剛走進門，剛把皮包放在流理台上。是愛麗絲打來的。阿姨已經趕往緬因州了。她請愛麗絲聯絡我。就連她那令人安心的嗓音也無法為我抵擋突如其來的悲痛。我背靠碗櫃癱坐在地，難以置信的感覺將我淹沒。沒錯，父親是老了，但在我心目中，他還是死得太年輕了。

我埋怨著他們倆，我的母親和父親。他們沒為我做過迎接死亡的心理準備啊。在我年輕的時候，沒有什麼姨婆、叔公或祖父母給我練習過喪親之痛啊。沒有一個循序漸進認識死亡的過程幫我做這種準備啊。悲痛的感覺是那麼絕對。我掛上電話，接著就打給學校請了幾天假。我還知道要打包一點行李、給我唯一的盆栽澆水，再把門鎖好，前往父母家。只不過那裡現在不是我父母家，而是我母親一個人的家。

我在車道上坐了幾分鐘，欣賞割過的草坪上一道道完美的線條。幫忙叫救護車的鄰居從屋前的窗口朝我揮手。窗簾難得打開來，陽光可以照進去了。屋裡傳來新鮮現煮的咖啡香。

「你母親在床上。她頭痛。」鄰居遞給我一條濕毛巾，她本來拿著毛巾要穿過走道。「她要了條濕毛巾。」

我把行李放在門邊，從她手中接過毛巾，再用冷水沖了沖，多降溫一點。

「謝謝你做的一切。接下來就交給我吧。」鄰居點點頭，轉身走出去，輕輕關上了門。我擰掉多餘的水，沿著走道走去。臥房門沒關，我悄悄溜進去，脫掉鞋子躺上床，把溫毛巾換成比較涼的這一條。

「我來了，母親。」我耳語道。

「諾瑪，我該怎麼辦？」她啜泣起來。

就像小時候我作夢她哄我一樣，我將她抱在懷裡搖啊搖。她抽抽噎噎地啜泣著，麻雀般嬌小的身軀一起一伏。我摸摸她的頭髮，親親她的額頭，輕聲細語地哄著她，直到她睡著。茱恩阿姨抵達時，我們還一起躺著。母親枕在我的臂彎裡，睡得很熟。而我呆望著牆壁，看牆上的陰影隨著外頭西沉的太陽落下。

接下來幾天一陣忙亂。父親在遺囑裡交代了一切。他同意教堂那一套儀式，只要事後有烤肉活動。他把房子留給媽媽，另外留了一筆錢給我，夠我還清所有債務，還能去旅行一下。他甚至留了一點錢給茱恩阿姨，謝謝她為我們所做的一切。他葬在小寶寶莎拉和他自己的父母旁邊；我的祖父母早在我出生前就過世了。他們將他降到墓穴裡時，在一旁看著母親和我為他悲痛的，多半是些陌生人，而我突然注意到一件事：把義大利人的膚色傳給我的那位曾祖父，有個很不義大利人的名字叫布朗。我愛的人對我說了那麼多謊話。其他人一一從墓前走過，在我父親的棺木上留下一撮一撮的泥土和一朵母親拋下去的玫瑰花。我盯著家族墓碑，一個個排得整整齊齊的名字暗示著一脈相承的白皮膚。

「你要撒一撮泥土到棺木上嗎？」

現場只剩我一個人，禮儀師遞給我一個馬口鐵小桶子，我伸手進去抓了一把土，撒在父親的棺木上。這時，我已經把列祖列宗名字的事拋到九霄雲外了。

母親在葬禮上沒哭。她把所有的眼淚都留到回家的車程上了。愛麗絲得把車停到路邊，好讓我爬到後座和茱恩阿姨一起陪著母親。我們倆各自抓住她一隻手，母親盡情抒發她的悲痛，哭得呼天嗆地，哭得醜態百出。然而，她看起來是那麼小、那麼脆弱，滿溢著我以為她沒有的情感。

以九月而言，那天還滿冷的，但我們保證過葬禮後會有戶外烤肉。馬克聽說了父親的死訊，獨自一人前來致哀。見到他真好，但他匆匆來去，只跟茱恩阿姨和愛麗絲抱了一下，並請母親和我節哀。我知道母親很感激他的努力。大家在屋裡走來走去。家中有這麼多從來不受歡迎的訪客感覺很奇怪，無形中的壓力表現在我母親的焦躁不安上。她一下子去擦玻璃杯的水珠，一下子去擦一塵不染的書櫃，一下子又去擺正並沒有歪掉的畫。最後，我扶著她的手肘，帶她到父親最愛的椅子上坐下。她的手裡拿著一杯幫助自己鎮定情緒的威士忌。父親留了一本書在椅子旁邊的架子上，她拿起那本書，說道：「他向來是比較理智的那一個。」

「母親，你也很理智。」

她輕撫書封，沒有回話。

我從桌上拿了個盤子要給她。桌上擺滿了熱狗、切成三角形的三明治、幾乎整塊都是糖的糖漬櫻桃椰絲方塊，有個我不認識的男人伸手越過我去拿花生醬餅乾。他開口說話時嚇了我一跳。

「我還記得有一次令尊跟我說的笑話，別跟別人說喔……」他停下來看看四周，彷彿準備揭發什麼天大的祕密。「那可是個不該在工作場合說的笑話。但你也知道你父親，好傢伙，就愛開玩笑，很風趣的一個人。」他咬了口餅乾，朝我母親點點頭。「請代我向令堂致哀。」他邊說話邊噴餅乾屑。換作平常，我大概會很反感，但此時此刻，我沒有反感的力氣。

我對父親的回憶不是什麼充滿笑話的回憶，甚至僅限於窩在椅子上看書、割草、跟我母親一起喝威士忌三件事。如果很努力回想，我大概能看到他在海灘上，一手拿著偵探小說，一手拿著啤酒。或者，我也能看到他在烤肉架前，察看牛排熟了沒、把漢堡肉翻面。但我再怎麼有想像力，都想像不出他講笑話的樣子。我們一起清水管準備過冬時，他會跟我講故事。那是唯一一件母親不在場、只有我們倆一起做的家事，或許那也是為什麼他只在這時跟我說故事。母親會在屋內望向窗外，每次我爬上梯子去幫忙，她都要擔心一下。

「我有沒有跟你說過你爺爺的事？第一次世界大戰期間，他的胸部和背部各中了一槍，我不記得是哪一場戰役了，但我知道他在法國一個靠海的小鎮養傷。」我在他旁邊的梯子上，伸出戴著手套的手，挖起一把樹葉丟到地上。「他還好嗎？」

「好得很。一輩子從沒抱怨過一聲。至少沒抱怨過他的健康狀況。」

「真希望我能見見他。」

「我也希望。很逗的一個人，老愛跟我們說他怎麼躺在法國那張病床上，對著護士吹口哨，吹完又趕緊假裝自己在睡覺。」我父親笑了出來。「很好的一個人。」父親安靜下來，雙手扶著梯子，眼睛望向天空。

「你還好嗎？」我問。

「喔，我很好，只是在回憶往事，人老了就愛想當年。說個笑話給你聽：褲子為什麼不准進學校？」

我聳聳肩。

「因為褲子被掛起來[14]了。」父親哈哈大笑起來，我看不出哪裡好笑，但還是跟著一起笑。他的笑聲讓我想笑。「這是你爺爺最愛的笑話之一。」

太不公平了。我和父親一起笑的時候那麼少。我們的對話主要都是我在抱怨母親，而他幫她緩頰。我巴不得能有更多機會和他一起笑，但他從沒給過我這種機會。我有點惱怒，覺得自己被擺了一道似的。

「說什麼傻話。你又想太多了。你什麼事都想太多。」阿姨和我隔著家中的餐桌而坐。愛麗絲已經先回波士頓，留下阿姨陪我們幾天。「你父親愛你和你母親。他只是……比較放不開。」

我啜了一口茶。「顯然他很放得開。」

「大家都會說死者的好話，尤其在他的家人面前，搞不好說的都是假話。」

「那你怎麼說？」我伸手拿了一塊剩下的椰絲方塊，舔了舔黏在包裝紙上的糖霜。

「這個嘛……早在你來到這世上之前，我就認識你父親十多年了。雖然我從不覺得他有什麼風趣的，但我知道他愛你。」她聽起來像是還有別的話要說，但她忍住了；我從那雙藍色的眼睛看得出她腦袋裡打轉的思緒。母親喊頭痛，已經躺上床了。為免母親明天一早看了又要頭痛，阿姨和我把一切都收拾乾淨，或至少收拾妥當，母親不至於太過頭痛。老公過世再加上滿屋凌亂，我恐怕會一連失去雙親。

我總愛玩味著死者帶進棺材裡的祕密。有些不是故意不說，而是沒機會說，例如「我很抱歉」或「錢藏在衣櫥後面的鞋盒裡」。有些是很黑暗的祕密，最好不見天日保密下去。就連陽光開朗的人也有黑暗的祕密。有時，藏在內心深處的謊言已經根深柢固，連自己都信以為真，直到死亡將它抹去，留下一個有點不一樣的世界。祕密和謊言可能幾經扭曲和竄改，像脫韁野馬般失去控制；也可能在某個人開始失智時，從她口中蹦出來公諸於世。

13 美國習俗中，喪宴上常有焗烤馬鈴薯（俗稱 funeral potatoes），左鄰右舍也常以烤盤盛裝焗烤馬鈴薯送來慰問喪家。

14 此處為英文 suspend 一字的文字遊戲。suspend 有懸掛之意，也有勒令停學之意。

11 喬

模糊的意識還沒轉為鮮明的夢境之前，我漂浮在介於醒與睡之間的地帶，身體沒有重量，世界沒有色彩，聲音穿過睏倦的睡意傳來，闔上的眼皮另一邊的世界感覺又近又遠。昏昏沉沉間，我聽到兩個人的聲音接近我的房門。其中一個我知道是莉亞，另一個聲音熟悉得令人心痛。我蓋了三層毯子卻不由得發顫，但不是因為冷。門開了，莉亞探頭進來。

「我帶了一個人來見你。」

「哈囉，喬。」蔻拉跟在我們女兒身後走進來。我透過吃藥吃得迷迷糊糊的雙眼將她看進眼底。她的腰還是很細，身材依舊嬌小，兩條腿很結實，臉上掛著一抹微弱的笑容。歲月在她的嘴角和眼角留下了痕跡，曾經的一頭紅髮冒出幾縷銀絲，而她的鼻子，我必須很慚愧地說，她的鼻子有點歪。

「蔻拉。」她的名字從我嘴裡脫口而出，令我無法呼吸。我試著坐起來，羞愧的感覺熱辣辣地襲上凹陷的臉頰。我虛弱無力地倒回枕頭上。蔻拉彎身碰碰我的手。我將自己的手挪過去，輕輕蓋住她的手。我看著我們手上的皮膚，曾經緊繃、年輕的皮膚，曾經陷入熱戀的皮膚。因為老化的緣故，她的皮膚鬆鬆軟軟的，軟得像融化的冰淇淋，但還沒薄得像紙。她就讓我們的手疊放在一起，過了一會兒才抽出她的手，坐到床尾去。

「見到你真好。」她說著將我腳邊的毯子塞好。我很訝異自己湧起一股欲望，就跟那天我走進加油站、看到她在收銀台後面、坐在我那張椅子上時一樣的欲望。對行將就木的人來講，欲望是殘酷的惡作劇。

房裡陷入一片令人不安的沉默。莉亞背靠牆壁，翹著腳，坐在另一張床上。她沒看我，只看著她媽媽，等候著。蔻拉捏起我毯子上的小毛球。

「我從沒跟你說過對不起。」話雖沉重，但還是說出口了。在我心裡，我已道歉過千百次。無眠的夜裡，我搜索枯腸，想著怎麼求她原諒、怎麼把話說對。我現在知道了，沒有所謂對的話可說。「真的很對不起。我對你做的一切都不是你該受的。」

「的確不是。」她把手放在大腿上。「但都過去了。」

「我不知道為什麼。」我咳了咳卡在喉底的痰。「我問過自己好多次，但我沒有答案。」

「你稱之為朋友的那些傢伙，他們在鎮上到處說你敗給了印第安人的劣根性，控制不了自己的酒癮。」她深吸一口氣。「你爸爸很傷心。他覺得這裡的人……變壞了吧。我告訴他們，這跟印第安人沒有關係，全都怪你的壞脾氣。」

「謝謝你幫我說話。」

「喬，我不是在幫你說話，我只是澄清事實。你的所作所為沒得辯解。」

「嗯，總之還是謝謝你。」

莉亞坐在另一張床上，生平第一次看到她的父母對話。

「我不懂的是你為什麼再也沒回家。這麼多年過去了，就算梅跟你說了莉亞的事，還有你爸過世那時，你都沒回來過。」

「我總覺得莉亞沒有我比較好。」

「我想這很難說吧。但你應該回家來的。」蔻拉說。

「你沒錯，蔻拉。」事隔多年再喊她的名字，熟悉的感覺很好。

⧗

偷了我爸的卡車又差點輾過路邊的阿奇．強森之後，我繼續往前開，開過一座座鎮名源自大洋彼岸的小鎮：特魯羅、倫敦德里、阿默斯特[15]。我行經通往紅土峭壁的坡道；在海潮的拍擊侵蝕下，那些紅土峭壁都退縮了。我開過新布倫瑞克碧綠的樹林，除了加油和吃東西就沒停下來過。我偷拿的錢和我自己皮夾裡的一點錢撐不了多久，但我不擔心錢的問題。有別的事情盤據我的思緒。我的牛仔褲上還留有血跡，每次低頭看到，我就踩油門踩得更用力。

快到新布倫瑞克和魁北克的省界時，我停進休息站，花二十五分錢沖了個澡，又花五分錢買了條毛巾和一小塊肥皂。肥皂的刮傷效果比清潔效果好，我的皮膚上留下一道道細細的紅色刮痕。我試著洗掉牛仔褲上的血漬，但頑強的血漬始終留在那裡，見證著我的愚行。身上洗得乾乾淨淨，牛仔褲上還留有暗紅色的印子，我駛出海洋三省[16]，來到陌生的土地，一路向西，就像那些想要追尋什麼的人一樣。我橫越魁北克，只停下來加油兩次，還有一次是到路邊撒尿。我經過一座座城市。這些城市或許是搞失蹤的好地方，但我尋求的是另一種失蹤。我要自己身上那個口口聲聲說愛卻又出手傷人的部分消失得無影無蹤，而我必須獨自完成這件事。

⧗

蔻拉挪了挪重心，上半身越過我細瘦的腿，斜倚在床尾。「你可以回家來面對自己的所作所為。或許我們不會長久，但你可以當一個爸爸。」

瞬間，我感覺到那股遙遠但熟悉、醜陋又凶惡的憤怒。瞬間，我想對她大吼：要是我早點知道自己當爸爸了，或許我就會回家來了！但我沒出聲，只是閉上眼睛，等我沒有權利發出來的怒火消退。畢竟，離開的不是蔻拉，不是她決定我不能當父親。我唯一有權生氣的對象就是我自己。

「有一次，我差點就回來了。在安大略某個地方，警察發現我睡在卡車上。我心想，他們大概知道那是贓車，所以他要把我拖出去，戴上手銬送回家。」我停頓一下，回憶起警察敲我車窗、把我從沉睡中吵醒時，我的心臟跳得有多劇烈。「但他只是想確認我沒死，叫我把車開走，所以，我就照做了。爸從沒通報卡車失竊，這是我不配得到的好意。」

「想想還滿奇怪的。如果你爸通報卡車失竊，如果他們真把你送回家，不知道會怎麼樣。」蔻拉說。

我看了看莉亞。她只是靜靜微笑。

「爸，你為什麼不回家呢？即使在知道我的事之後。」

聽到她喊我一聲爸，我差點哭了出來。「爸」這個字，她說得幾近耳語、莫名神聖，或許是只說給我一個人聽的。蔻拉似乎沒注意到，而莉亞只是看著我，等我給她一個答案。我嚥了嚥哽咽的喉嚨，話在舌尖變得濃稠又沉重。

「我也想，而且我試過了。但我對你媽和我家人做的事……我不配。不是因為我不愛你。梅把你的事告訴我的那一刻，我就愛你勝過世上的一切。」我停下來喘口氣，就連說話都變得很費力了。「但如果我又搞砸了、又逃走了呢？只要你不認識我，你就不會想念我。不像媽媽，她認識露絲、認識查理，她為她認識、她深愛的人悲痛。如果你不認識我，你就不會為我傷心。我簡直是滿口歪理吧？」

莉亞聳聳肩，遞了杯水給我。

「所以，我就做了我唯一知道怎麼做的事：離你們遠遠的，寄錢回來。」

「金錢不能代替父親或兒子的角色。」莉亞就跟梅一樣有智慧。

「你說得對，確實不能。除了對不起以外，我對自己的所作所為無話可說。」

一路來到安大略省的蘇聖瑪麗時，我已經三天沒吃東西，只靠百事可樂和洋芋片果腹。我需要吃一頓有飽足感的熱食，但我沒錢了。我停進位在城市邊緣的加油站，希望能找到一份臨時的工作，夠我吃頓飯、洗個熱水澡就好。

我進門時，門上的小鈴鐺叮噹響，靠在櫃檯上的男人直起身，站在那裡打量我。

我稍微站挺一點，雙手插在口袋裡問：「你知道這附近有什麼我能做的工作嗎？」

櫃檯人員看了看我的衣服和一臉倦容，收走我的錢，皺皺鼻子說：「沒有適合你的。」

「我給你工作。」

我回頭看到一位老先生，皮膚就像我一樣黝黑，比我高了足足一個頭。他站在門口，等著結帳。

「會油漆房屋嗎？」他說。

「我可以。」

他伸手越過我，付錢給櫃檯人員。「跟我來。」

我跟著他來到加油機前，一輛嶄新的藍色雪佛蘭皮卡停在那裡，車窗掛了一串羽毛造型的珠串。相形之下，爸爸的舊卡車在一旁顯得寒酸。我緊跟著他的車往前開，經過修得整整齊齊的草坪，經過一個又一個冰淇淋攤，最後停在一棟兩層樓的房屋前。屋子坐落在巷尾，有漂亮的草坪，屋後是一片不毛之地和長得很高的雜草。我爬下卡車，注意到屋簷下方的草地上有著斑斑點點的白漆。鷹架已經搭好了，但沒看到油漆工。

「我花錢請了個小伙子來做工，本地人來著，他把舊漆刮掉，拿了第一個星期的工資，從此就不見人影。」

車庫裡有一座裝備齊全的槍架、一台越野沙灘車和一頭掛起來準備處理的鹿。他指指地上的油漆桶。「你覺得全部刷完要多久？」

我走出去，繞著房子走了一圈。

「上兩層漆，一天一面牆，其中兩面牆比較小。現在是夏天，所以我可以工作得晚一點。大概六天吧。」

「很好，明天開工。」他戴上一雙很厚的皮手套，抓起一把剝皮刀。刀柄很寬，刀刃甚至更寬。他轉身對著那頭鹿。鹿的舌頭垂在外面，雙眼黯淡無光。

「我本來是想今天就開工。」如果真有上帝存在，那祂就在那一刻顯靈了，我的肚子適時發出咕嚕叫。他先瞇起眼睛，接著嘴角揚了起來。

「我先付你第一天的工資，明天一早就開工，如何？」他脫掉一隻手套，伸手到皮夾裡，拿了十五塊錢給我。我拿了錢，朝卡車走去。我很感激，但他不用知道。我不想一副受他施捨的樣子。

「明早見！」我扭頭喊道。

稍早，我路過了一家快餐店，此時正湧入來吃晚餐的人潮。我把車停進店家的停車場，地上的坑洞差點撞飛我一個輪胎。店內告示寫著「自行入座」，告示一角還用鉛筆畫了張笑臉。有個小金屬架上放著一疊明信片，我隨手抓了一張。服務生來幫我點餐時，我要了一枝筆，點了起司堡、炸薯條和百事可樂，接著就把明信片翻面，寫了起來。

「爸、媽：對不起。」我還想多說一點，但話語消散在快餐店油膩的空氣中。我把明信片翻過來，有圖案的那一面朝上，把我的歉意蓋在底下，獨留在黑暗中。

現在，食物嘗起來可不像那天一樣美味了。打從接受治療以來，不管吃什麼都帶有一股金屬味。剛開始，那些療程的目的是把我治好，後來變成讓我再活久一點。幾星期前，我放棄治療了。要是知道反正再怎麼治也沒用，那我就會拒絕打針、拒絕化療，至少還能像以前一樣嘗到食物的味道。但在那天，那顆起司堡是我嘗過最美味的東西。一口咬下去的時候，漢堡肉滲了點油出來，燙到我的嘴脣，留下一個小小的紅色水泡，但我不在乎。我吃得乾乾淨淨，之後就拿著那張明信片，問人郵局的方向，寄了明信片。那是許許多多用來代替我的明信片的第一張。即使我都半死不活地躺在這裡了，媽到現在還會提醒我，我從沒打過一通電話、從沒回家看過她，傷透她的心了。

「我的孩子全都離我而去。失蹤的失蹤，死的死，逃家的逃家。有時我真的不懂，我到底做了什麼要受到這種報應。」她現在老了，也喝起威士忌來了。「反正其他的一切都沒救了，也不必挽救肝臟了。」她老愛把這句話掛在嘴上。

日頭從屋後的田地緩緩升起時，我出現在那位先生家。

「很高興你回來了。」他把手中的菸往地上一丟，踏在靴子底下踩熄，指了指那一堆的油漆桶。我花了七天半漆完整棟房屋。天很熱，蟲子很煩。到了第四天收工時，我把水管舉在頭上沖涼，他兩手各拿著一罐瓶酒，從屋裡走了出來，想塞給我一罐。

「不了，謝謝，我一喝酒就暴怒。」

「那好吧。我就自己多喝點囉。但你要不要至少留下來沖個澡？我從屋裡都聞得到你的味道。」

我試著推辭，但他很堅持。我承認熱水的感覺很舒服。我看著腳邊的一攤髒水順著排水孔流走。趁我沖澡時，那人從馬桶座上拿走我的髒衣服，放了件睡袍上去，接著把我的衣服丟進洗衣機。我大喊著表示抗議，他不予理會，所以我別無選擇，只能繫好睡袍的腰帶，跟著他來到後院烤漢堡肉。他用鹽和醋醃的涼拌小黃瓜片當配菜，做成漢堡請我吃。

「你有什麼故事嗎？」他遞給我一杯水。剛從烘衣機拿出來的乾淨T恤穿起來還暖呼呼的，我在T恤外面罩上一件他說再也穿不到了的舊襯衫，把袖口的釦子扣好。

「人人都有故事。」

「你看起來太年輕了，不像有什麼有趣的故事。」

「我是沒什麼有趣的故事。」看得出來他還想多知道一點，但我不想多透露一點。「謝謝你做的一切。我明天早上會再回來。」

他都在次日結前一天的工資給我，所以我能在晚上吃一頓熱飯、第二天啃洋芋片配可樂。每天夜裡，我都停在一個不同的停車場，後腦勺靠著卡車後窗，雙手抱在胸前睡覺，但也不會不舒服。每天忙完，我都累到顧不得舒不舒服。但在最後一天，空油漆桶整整齊齊堆在車庫，淺藍色的房屋看起來又新又亮，他想給我一百塊。一張張十塊錢的鈔票在桌上像個扇子般攤開。

「不了，先生，你已經付了一些工資給我。我們說好是一天十五塊。」

「這個嘛，你做得很好，而且全部漆完了。」

我伸手要去拿錢，他一掌拍在那面鈔票扇上。

「你說人人都有故事。我想知道你的故事。」他說。

我感覺得到那把小小的憤怒之火在我胸口燃燒。

「一個小伙子出現在離家這麼遠的地方。」他的手還按在那裡，我的手則像個要糖的孩子般舉在半空中。「一定有什麼事搞得你整個人陰沉又彆扭。」

「六歲把我妹搞丟，十五歲放著我哥去死，兩星期前撇下滿臉是血、鼻青臉腫的老婆。這就是我的故事。」

他緩緩點頭，舉起按著鈔票的手。我拿了錢，迴避他的目光。車庫門還開著，成堆的油漆桶旁放了一箱啤酒。我隨手拿了一罐，放在我旁邊的副駕駛座上，繼續往前開，離我熟悉的人事物更遠一點。

⧗

我把兩隻手伸到身後，撐在床上挪了挪身體，想要躺得舒服一點。「那筆錢讓我又往西走得更遠一點。錢花光後，我停下來在農場上幫人做了幾天工，拿到的工資又讓我再前進了一點。」

「你要去哪裡？」莉亞歪著頭，一手托著臉頰。

「不知道，反正就一直往前開。」

⧗

在草原三省[17]，據說你能看著你的狗一連跑上十天。這我相信，那片土地綿延不盡，天底下沒有另一個更平坦、更無趣的地方了。我本來可以一天就穿過草原三省，但我的老天爺，沒有風景可看真的很難保持清醒，再加上肚子裡的啤酒作祟，我整顆腦袋都昏昏沉沉的。我翻遍了偷來的一箱東西，看能不能撐到離開安大略；在溫尼伯城外，我又偷了點東西。一個沒穿鞋子的女遊民攥著一張兩元鈔票，在啤酒店裡大吵大鬧，我借機塞了一瓶威士忌（塑膠罐大瓶裝的那種）到腋下。她用一種我沒聽過的語言對著店員飆罵時，我趁亂溜了出來，到隔壁的便利商店買了幾瓶可樂，然後輪著喝——喝威士忌喝得渾身發熱，再喝可樂消消火。

沒什麼特別的原因，我在斯威夫特卡倫特下了公路，朝美加邊境北邊的大草原駛去。長得很高的草卸下一身青綠準備過冬，一條泥土路切過這片草原。枯黃的莖隨風搖曳，彷彿大自然在用手指順著自己的髮絲。我開得離地平線愈近，地平線就似乎離我更遠一點。深深淺淺的烏雲開始在天地之間的分界線上聚攏。不知不覺間，烏雲愈積愈多、愈堆愈厚，直到一道閃電從一朵烏雲中劈下來，就打在我面前。我把車停到路旁，打開車門，呼吸著草原上濃重的空氣。那是暴風雨來臨前的空氣，飽含濕氣與電流。遼闊的土地一片靜悄悄，我可以想像天地之間只有我一個人。

「見鬼了，你在這裡幹麼？」

聽到另一個人的聲音，我猛地一抖，差點沒把全身肌肉都拉傷。

「暴風雨要來了。」

我轉身看到一個女人，顯然是印第安人，差不多我這個年紀，身穿亮黃色T恤和牛仔褲，臂彎裡抱著長長的枯草。我四處張望，看有沒有車，但只有一個女人，抱著滿懷的枯草，站在這個前不著村、後不著店的地方。

「你又是從哪裡冒出來的？」我問。

「跟你一樣，從我媽肚子裡。」她對我眨眨眼，倚在卡車上說。「先通知你一聲，免得你以為這片草原是對我下手的好地方——我跑得過你，而且我身上藏了一把鋒利的好刀，我拿刀的速度比你碰到我還快。」

「我無意傷害任何人。」我的心跳才剛開始放慢，雲堆裡又爆出一道閃電，接著是轟隆隆的雷鳴。「你叫什麼名字？」

她在離我兩步的水渠邊上坐下。「我可不會逢人就報上大名。知不知道我的名字有差嗎？」

「沒差吧。」

真是個怪人，但她有種令人放心的感覺。我們靜靜坐著，看雲，等雨。

「你想知道我的名字嗎？」我問。

「如果你想告訴我的話。」

「喬。」

「喬。」她舉起手，把幾縷散落的髮絲塞到耳後。「所以，喬，你開著一輛屬於國土另一邊的卡車，大老遠跑到這裡來幹麼？」她指了指車牌。

「我只是需要離開。」

「所以，你在逃。」

「我們都在逃。」

「嘖嘖，莫非你是印第安哲學王。」

「鬼才知道那是什麼東西。」

她什麼也沒說，只是坐在那裡看我望著草原。我打破沉默道：「你會批評我嗎？」

「見鬼了，我有什麼好批評的。我又不認識你，你只是看起來像那些跑來草原尋找自我的印第安人。」說到尋找自我，她自己都笑了出來。「依我說，總好過那些白人，他們是來這裡自我了斷的。」

又一道閃電劃破天際，緊跟著傳來一聲低沉的雷鳴。

「希望天空撐到我回家才下雨。這雙是新的，我可不想還沒穿慣就把它給毀了。」她抬起腳來炫耀新鞋，是雙繫著黑色鞋帶的白布鞋。

不像我幫他漆房屋的那位先生，和她坐在這個只有荒煙蔓草的地方，我覺得很放鬆。人一放鬆就容易想東想西，我設法控制自己的思緒，但一張開嘴還是洩露了我的心事：「你覺得我們的血是酸的嗎？我們印第安人身上流著邪惡的血液嗎？」

就在她哈哈大笑的同時，平地響起一聲雷，蓋過了她的笑聲。看她仰起頭來發出無聲的大笑，泥土路框住她的輪廓，飄搖的草在低垂的烏雲下擺動得更快了，感覺很陰森。

「現在唯一發酸的就是你身上的味道，快快沖個澡就能解決了。你這是哪來的想法？我們的血是酸的？」

「很久以前聽來的。從那之後，一切就都不對勁了。」

「怎麼個不對勁法？」

「身邊的人好像非離開我不可。有時候，我還主動幫忙他們遠離我。」我舉起一隻手。在昏暗的天光下，很難看清楚我手上最後的一點瘀青。指關節被蔻拉咬傷的地方只剩一道淡淡的白線，襯著我褐色的皮膚。

她捧著我的手，端詳了一會兒，再把那隻手放回我大腿上。她沒問那道傷疤的事；沒必要問。我們默默不語地看著第一波雨水重重打在乾燥的土地上。

「喬，你知道我怎麼想嗎？」她雙手撐地，準備站起來。「我認為人都會做壞事，但那不代表我們就是壞人。」她站了起來，低頭看我，黑沉沉的天空淹沒了她臉部的輪廓。

「或許你的運氣不好，但我們沒有什麼不好。還記得嗎？我們可是苦過來的。今天每一個活著的印第安人，都是從祖輩遭遇的壞事中倖存下來的。你活著就是一個天大的奇蹟，所以，別再說什麼我們的血酸不酸的。為你犯的錯負起責任，彌補你的過失，然後向前走。這是我們欠那些沒能存活下來的人的。」她拍拍身上的泥土，彎身拾起她那堆枯草。「載我一程？」

我們上了卡車，烏雲散開，大雨打在車頂和車輪輾過石礫的聲響結束了我們的談話。她細長的手指直指前方，領著我開到泥土路的盡頭。轉角有一棟漆了五顏六色各種圖案的小房子，環繞屋子的花園長滿了花果蔬菜，果樹的樹葉在雨水的拍打下簌簌發抖。

「好房子。」

「我喜歡東西美美的。」她把門打開。「喬，你在這裡等著。」她把那堆草放在屋前的門廊上，走進她的花園，開始從地上和樹上搜刮食物，最後濕淋淋地帶回一束紅蘿蔔、幾顆櫻桃蘿蔔和幾顆蘋果，塞進車窗給我。

「喬，祝你好運，希望你能找到內心的平靜。」

「謝了，很高興遇見你。」

「別客氣，保重！」

她拍了一下車身，接著就往屋裡跑去。我看著猛烈的雨水不停落下，模糊了擋風玻璃外的一切。她消失在屋子裡，關上繪有花朵的白色大門，將暴風雨牢牢擋在門外，我頓覺悵然若失。

等到大雨緩和下來，雨刷跟上雨水平穩的節奏，我就摸索著開回主幹道上。在狂風暴雨的怒吼聲中，收音機開了也沒用，所以我一路伴著自己的思緒和雨聲行駛，直到烏雲遠遠地落在我身後，成為後視鏡裡的一抹倒影。

⧗

「在她身邊，我心裡莫名覺得安慰，就跟我從你身上找到的安慰一樣。」我轉頭面向蔻拉，她從毯子上抬起目光，看著我微微一笑。「我後來回去過幾次，想看看她還想不想再見到我，但我從未停下車，從未下車去敲那扇門，直到最後一次。但那是後話了，改天再說吧。」

房裡靜悄悄的，莉亞和蔻拉低頭看著她們的手，我抬頭看著被數十年來的香菸煙霧熏黃了的天花板。

「喬，你對人事物的感受來得太快也太重了。愛、恨、愧疚、憤怒，有時你得放下。」蔻拉歪著頭，若有所思地說。

「現在反正也不重要了吧。」我試著拿即將到來的死亡自我解嘲一下，但蔻拉和莉亞都沒笑。

⧗

在草原遇到那名女子的第二天，我在惡地附近停下，找了份農場僱工的工作，幫忙鏟屎啦、修東西之類的，只差沒去當牛仔。我獨來獨往，在工寮裡找到幾本路易斯·拉摩和贊恩·格雷[18]的小說來看。我在農場待了一年多，反覆重讀同樣的幾本書，手臂鍛鍊出發達的肌肉，背部愈來愈結實，皮膚留下風吹日曬的痕跡。我把賺來的錢省下來，收在安全的地方。

厭倦農場的工作之後，我跳上車，一路向著大海駛去。這片海跟我熟悉的那片海是如此相似，卻又如此不同。群山就像是從水裡直接長出來的。海浪比較大也比較暖。海帶泛著七彩的光澤。樹木總是一身濕，聞起來散發著生命的氣息。我在一個伐木營地找到工作，這裡離海邊和任何說得出名字的小鎮都要幾小時。我把卡車丟在伐木公司的停車場，搭接駁車去營地生活，一次住上三星期。我靠煮飯和刷廁所賺了不少錢，睡在狹窄的行軍床上，跟另外三人擠一間。我習慣了像小鳥一樣大隻的蚊子和牠們在我身上留下的紅印。這是一個沒有水源的偏遠營地，也是我的救贖之地。每逢休息週，我喜歡去爬爬山、在安靜的溪流邊釣魚、採野生莓果，夜裡就坐在營火旁。冬天，我會踏著雪鞋，穿過厚厚的積雪，徒步來到遠離文明的地方泡硫磺溫泉，往往都只有我一個人。在晴朗的夜裡，整片天空盡收眼底，我會像露絲和我在她失蹤前一晚那樣躺著，看滿天星斗巡夜。我常想，她是不是也在同一片天空下的某個地方。有一年冬天，我在一棟單房小木屋住了一星期，不禁想起和老爸在樹林裡的時光，想起我摸著牆上刻的動物輪廓，也想起琳狄姑姑烤的麵包和熱呼呼的黑糖蜜。每隔一陣子，我就寄明信片向媽媽報平安，每次都從一個不同的地方。我從沒打過電話，從沒問起蔻拉。我不想知道。

若你獨處的時間像我這麼多，你就會想很多，而我的思緒往往圍繞著媽媽和她背負的傷痛。她至少可以埋了查理，白髮人送黑髮人很殘酷，但也不失為一種福氣，事情好歹有個了結。露絲的事就沒個了結，只有一份孩子不在了的缺憾。這麼多年的歲月都在想著她去哪兒了、長成什麼樣了、快樂不快樂、是不是還活著。爸爸也很心碎，我們都知道，但他的傷痛比較難定義。他把悲傷留給自己。直到意外接到梅的電話，我才明白自己是第三個丟下他們的孩子。但我太自私了，不願為了他們回家去。我犯了這麼多的過錯。

不管我再怎麼努力躲起來，他們還是找到我了。就那麼一次。伐木營地有個安靜斯文的瘦子，兩眼老是流眼油，他來自離我老家很近的一座小鎮，而我不慎和他交了朋友。我想，人碰到老鄉就是會認出來吧。你只說「那座山谷」，他就知道你指的是安納波利斯山谷。他也知道「芬迪灣」的正確念法，更知道「馬斯科多博伊特」是地名，而不只是一堆胡亂拼湊在一起的字。但他很想家，做了兩個月的工就離開了。他回老家才一個星期，營地的電話就響了。是找我的。

「喂？」

「天啊！真的是你！」梅幾乎是用吼的。

「梅，我不想……」

「我不在乎你想不想。」

「你怎麼會有這個號碼？」

「有個瘦巴巴的傢伙停進加油站，說他跟你一起工作過。顯然你沒跟他說你在搞失蹤，而且還想繼續失蹤下去。」梅停下來喘口氣。「好了，你聽著。爸媽擔心死了，這些年來他們一直都很擔心。八年。八年。喬，誰會拋下自己的家人整整八年？我罵你自私鬼的時候真是罵對了。」

「梅……」

「我不聽。我對你很生氣，所以你現在沒有權利說話。你有你的責任。你得回家來。少在那邊的樹林裡遊蕩，滾回這裡來。」

「不要。」

電話兩端一片沉默。

「你當爸爸了，喬，你有個女兒。我答應過蔻拉不會告訴你，但總得讓你明白自己的責任。」

「你騙人。」

我耳裡都聽得到自己的心跳聲，額頭也冒出汗來。我當爸爸了？我有個女兒？

「我騙你幹麼？你得回來照顧你的家庭。」

「我不行，你也知道我對蔻拉做了什麼。不行，梅，萬一我又……」

「萬一你又怎麼樣？」

「我做不到，梅，我當不好爸爸。」

「所以，你要我怎麼跟蔻拉說？怎麼跟爸媽說？怎麼跟莉亞說？」

「莉亞？」

「那是你家丫頭的名字，需要爸爸的那位。」

「我做不到。」

「那好吧。我就跟他們說你不在乎。」

「你明知不是如此，梅，別這樣。跟他們說我很好。我一直都過得去。」

「喬，爸媽愈來愈老了，班成天忙著工作，我也有我自己的孩子要顧。」

梅有孩子了？在我心目中，梅就像小北斗七星斗柄末端那顆靜止不動的星星，永遠不會改變。這世界怎麼變這樣了？

「對不起，梅，但我就是沒辦法。」

梅深吸一口氣，準備再對我發射一串連珠炮，而那口氣就是我掛上話筒前聽到的最後一道聲音。從電話機前走開時，我的手還滴著水，鍋子還在等我去刷。

三天後，接駁車在鎮上放我們下來自由活動兩週，我拿了所有的錢，只留一小部分夠我活到下次領工資，其餘就用一個大信封寄回家，附上一張明信片說：「給莉亞，希望有幫助。」接著，我把全部的家當裝進背包丟上卡車，朝山上駛去。

⧗

「愚不可及，喬，你真的很愚蠢。」蔻拉一手撐在背後穩住重心，起身離開。

「我想是吧。」我上氣不接下氣；訴說往事費盡我的力氣。我好累，但我還想跟蔻拉和莉亞坐在這裡。我的身體能撐多久，就停留在這一刻多久。

「不是你想是吧，你就是。」她從地上抓起皮包，走到莉亞面前親親她的額頭。「我要走路回鎮上。我得透透氣。喬，很高興見到你，願你安息主懷。我會為你禱告的。」

「謝謝你，蔻拉，一切都要感謝你。」我朝我們的女兒點點頭。蔻拉把手放在我腳背上，停留了一下才離開。門在她身後關上。

我肚子不舒服，莉亞去幫我拿一杯水和幾片蘇打餅。

再醒來時，太陽早已下山，但離地平線染上魚肚白還很早。莉亞在我旁邊的床上熟睡，雙手像個孩子般蜷曲起來，縮在下巴底下。我瞬間覺得，如果能認識小時候的她，不知道會怎麼樣。

15 特魯羅（Truro）、倫敦德里（Londonderry）、阿默斯特（Amherst）皆為加拿大新斯科細亞省境內地名。新斯科細亞（Nova Scotia）意謂「新蘇格蘭」，歷史上，此地為米格瑪哈族人的原鄉，其後，因來自英國蘇格蘭的移民而定名為新斯科細亞，特魯羅、倫敦德里、阿默斯特亦根據英國既有地名而命名。

16 海洋三省（Maritimes）：指加拿大靠大西洋岸的新布倫瑞克省、新斯科細亞省、愛德華王子島省。

17 草原三省（Prairies）：指加拿大西部的亞伯達省、薩斯喀徹溫省、曼尼托巴省。

18 贊恩・格雷（Zane Grey, 1872-1939）：美國西部冒險小說家。

12 諾瑪

好女兒會在父親死後搬回童年的家，照顧自己的母親，與她作伴，在漫長的冬夜陪她玩拼字遊戲，帶她去看醫生，星期天上午陪她上教堂。好女兒會多用一點心，注意到她母親的狀況。她不會只是把母親突然的健忘當成年邁和寂寞的結果。當她的母親忘記自己把牛奶放到爐子上加熱，牛奶都燒乾了、整個廚房都是煙，好女兒會有所警覺。

但我不是好女兒。沒人阻止我當一個好女兒，但我無法想像搬回那棟寂靜、昏暗的房子，窗簾還是成日緊閉，日光擋在屋外。這麼多年過去，即使安靜的女孩諾瑪和安靜的女子諾瑪之間相隔數十載，我還是感覺得到母親失去寶寶的沉痛，而我不想再次背負那份沉重的壓力。我有我自己的那一份壓在身上。

我每晚六點半趁她洗完碗之後打電話給她，接下來她就會坐到小茶几旁，面前擺著一杯她最愛的威士忌和一本填字遊戲書。我用一個準時的女兒來代替一個好女兒，只盡一點最起碼的本分。在任何可能的旁觀者眼裡，我仍不失為一名盡責的女兒。一星期一次，在星期六早上，我從自己的公寓開車四十五分鐘去母親家。我帶她到外面吃午飯、買東西。我幫她收拾垃圾，再把垃圾拿到車道盡頭的垃圾桶。威士忌酒瓶還是藏在垃圾袋底部，但現在少了父親，瓶子的數量也少了。夏天，我為草坪割草。冬天，我為車道鏟雪。我有急事的時候，就用她的錢請人來幫忙。

時間隨著人愈來愈老而愈走愈快，彷彿宇宙在催促你奔向終點線，把空間讓給年輕力壯的人。你在歷史上只是曇花一現，而宇宙還要繼續前進。一眨眼就來到沒有父親的第十個耶誕節，如同過往的每一年，我在母親家過夜，茱恩阿姨第二天早上再開車過來團聚。多年來，她和愛麗絲都去參加同樣的平安夜派對，所以家裡只有母親和我。那晚很冷，幾天前下的濕雪積得很厚，接著氣溫驟降，積雪的表面結了一層冰。晶瑩剔透的冰面映照出昏黃的街燈和左鄰右舍院子裡繽紛的耶誕燈。天冷的時候，光線又顯得更靈動，彷彿知道關在屋裡、照不到太陽的人心情鬱悶，所以非得上演一場大秀。即使沒有溫度，只要有光就很愉快。母親上床後，我打開窗簾，欣賞耶誕樹襯著黑夜的一樹璀璨。我靜靜坐著，只有木造老屋的嘰嘎聲與我為伴。我像小時候那樣故意瞇眼看，耶誕樹的燈光變得一片朦朧。終於睏到非上床不可時，我讓燈亮著。沒有燈光的耶誕樹令人傷感，我不忍心拔掉插頭。

當我莫名從無夢的沉睡中醒來時，紅色粗體字告訴我現在是凌晨三點十四分。我坐起來聽，但只聽到夜闌人靜。是那種全世界都在安歇的靜，幽暗深沉的靜。我才剛把枕頭調整成完美的角度，舒舒服服地躺回去，一聲巨響又把我引下床，穿上拖鞋。

「母親？」我沿著走道來到她的房間，但房裡沒人。床頭燈亮著，但翻倒在地，燈罩歪向一邊，在牆上投下奇形怪狀的影子。

「母親？」我沿著走道亂跑，不確定接下來要去哪裡。在耶誕樹的燈光下，我瞥見她了。她在天寒地凍的屋外，身上只穿睡袍，弓著背，手一遍遍伸進地上的積雪中。她很少使用的前門開著沒關，寒氣飄了進來。

「母親，你在做什麼？」

她吃了一驚，兩眼圓睜地看著我，眼裡濕濕的，皮膚凍得發紅，手腳都暴露在冬天的空氣中。

「喔，諾瑪，太好了，快來幫我一起找。」她又彎下身去，扒出一把又一把的雪，甩到半空中。

「外面很冷，而且你只穿睡衣，回屋裡吧。」我扶著她的肩膀，領她走到前門，但她掙脫開來，彎腰在雪地上搜尋。

「一定要找到，不然你父親會跟我生氣的。」

我定住不動，冰面在我腳下裂開，我兩腳一滑，陷入底下冰冷的積雪中。

「找到什麼？」

「結婚戒指。被我搞丟了，找不到了，但我知道一定就在院子裡。我最後看到它是在種杜鵑花的時候。他就快到家了，我不想讓他覺得我成天心不在焉。」她轉身走開，朝前院走得更遠一點。我呆立原地，結冰的積雪碎裂的聲響劈劈啪啪地在我耳中迴盪。

「母親。」我深吸一口氣，跟了過去。「父親過世了，而你三十年前就把戒指搞丟了。他買了一個新的給你，記得嗎？」我抓起她的手，讓她看手上的戒指。無論是睡覺、洗碗或做園藝，她都很少拿下。搞丟了一枚之後，她就特別小心，只有每月一次到珠寶店清潔保養時才會拿下來。過程中，她也要守在店裡，總是很有耐心地等到戒指又重新套回她的手指上。

她在微弱的光線下盯著自己的手，兩隻手都因為東摸西找凍得冰涼、紅腫又僵硬。她的光腳丫陷入積雪深處，找戒指的恐慌一退去，我還得幫她把腳拔出來，扶著她走進屋裡。我在想，她知不知道自己的腦袋糊塗了。她的腦袋奪走了她七十五年來辛苦建立的一切，也從她身邊二度奪走了我的父親。如果她知道，那麼，直到那晚之前，她都沒讓任何人闖進她那失憶、錯亂的世界。

我扶她到浴室，讓她坐在馬桶上，幫她放了一缸泡澡水暖暖身子。我不知是該責備她，還是該安慰她；是該在她努力回想一切時握著她的手，還是該罵她怎麼這麼傻。所以，我只是默默幫她脫衣服。看她一臉難為情地抱住胸口遮遮掩掩，我差點沒哭出來。我再一次體認到我愛她，而對她賦予我的生命而言，單單只當一個盡責的女兒是一種不敬。

「母親，把你的手給我，我扶你進浴缸。」她小心翼翼地接受我的幫助，我輕輕扶她坐進溫水裡。「我去泡些茶。你就坐在這裡放鬆一下，好嗎？」她直盯著滴水的水龍頭，我伸手抬起她的下巴，讓她看著我。「好嗎？」

「好，我就待在這裡。」她的聲音輕得像耳語，顯得她那麼渺小柔弱。我想爬進浴缸抱住她，用我自己的體溫溫暖她。我想握著她的手，直到她的膚色恢復正常。但我只是去泡了一杯茶，多加了一點糖和牛奶進去。我坐在馬桶上聽她哼耶誕歌曲、看她啜飲熱茶。見她一陣顫抖，皮膚上冒出雞皮疙瘩，我就伸手打開水龍頭，多放一點熱水。她的手腳變紅又轉白，我請她動動腳趾頭，她依言照做。茶喝完了，我幫她擦乾身體，換上乾淨的睡袍，回到床上睡覺。

那晚，我縮在長久以來由父親占據的位子上，和母親同睡一張床。我聞著香皂味，回憶起小時候，她的手橫搭在我身上，鼾聲輕柔，言語溫柔。我記得她搖著我哄道：「只是作夢而已。母親來了。」那晚，我強烈感受到自己對母親的愛。這，也是現在的我極力找回的感受。

身為一個對宗教興趣缺缺的人，我背負的罪惡感似乎也太重了點。我將公寓轉租給別人，做了一件我向自己保證過絕不會做的事，那就是搬回童年的家。把最後一件行李拿下車時，我感覺到一股壓力籠罩，壓垮了我的肩膀，壓彎了我的背，壓出了我肺裡的空氣。

「禍不過三。」母親以往總愛這麼說。她扳著手指數不幸的事件，說是只要集滿三件壞事就該雨過天青了。有個孩子走丟了、地方上發生一起搶案、鄰居家的貓死了，對她來講都有一樣的分量，每一件事都是災難金三角的一角。母親確診後不久，愛麗絲在睡夢中過世，我扳著手指數到二，深恐再出第三件事。

愛麗絲只是好端端地在睡覺，腦袋裡的血就溢了出來，奪走她的性命。茱恩阿姨抽抽搭搭地說：是動脈瘤。於是，我匆匆把母親塞到車上，往波士頓駛去。接到那通電話前，我都不知道自己有多愛愛麗絲。她一直是我的救命浮木，每當有需要的時候，她總在電話另一頭。她是阿姨跟這世界之間的聯繫，我不知道阿姨這下該如何是好。我祈禱她不要崩潰、不要也離我而去。我不允許她成為第三角。

葬禮小巧溫馨。有幾位親戚出席，但多數都是愛麗絲和阿姨的多年老友。葬禮過後，大家受邀去唱卡拉OK，那是愛麗絲和阿姨常去消磨時光的地方。我無法想像她們唱卡拉OK的樣子，也很氣阿姨對我隱瞞了她的這一面。她向來是個有趣的人，但不是醉醺醺唱卡拉OK的那種有趣法。我不喜歡在我愛的人離開以後才知道他們的事，但到頭來似乎總是這樣。我們吃炸物、喝啤酒，聊著愛麗絲。

「認識這麼久，記憶中我就沒有不認識她的時候。」一個名叫坎迪絲的高䠷女子擦掉臉頰上的眼淚說。阿姨給她一個擁抱。

「我剛來波士頓就認識她了。大學的時候，我們在同一個英文班。」阿姨聲音顫抖地說。「後來的事，大家就都知道了。」在場的人紛紛會心一笑。「好啦，別再垂頭喪氣了，她會不高興的。愛麗絲從不發脾氣，但她如果看得到，我們這樣她會生氣的。唱歌吧！」

阿姨走上舞台，拿起麥克風。在看不見的地方有人打開舞台燈，粉紅色的霓虹光打在她身上。過了一會兒，阿姨左搖右擺地唱起〈在夜藍中〉[19]。來到尾聲的時候，阿姨都破音了。大家鼓起掌來，母親卻坐在位子上，手裡握著一杯威士忌生悶氣。

「我和她第一次一起喝啤酒的時候，店裡放的就是這首歌。」阿姨獨自站在粉紅色的燈光下，直到里奧納德上去牽她走下舞台，再換他自己拿起麥克風。里奧納德舉杯說：「給愛麗絲。她總是懂我的煩惱。」語畢，他就熱情澎湃、五音不全地唱起〈我得不到滿足〉[20]，逗得大家哄堂大笑。看一眾親友露出笑容跟著唱、舉杯互碰說「給愛麗絲」，感覺真好。

好多人唱了好多歌，開頭都會先說一段有關愛麗絲的回憶。這一小時內，我對愛麗絲和茱恩阿姨的了解比過去四十年來都多。

然而，母親卻駝著背，頹然坐在半開放式的包廂一角，雙手捧著玻璃杯，打量著在場的每一個人。突然間，她就爆發了。我根本沒機會反應，來不及阻止。

「你明知她是怪胎！」母親扯開喉嚨喊道。她把酒杯往桌上一砸，試著站起來。「我不知道我為什麼在這裡。那女的我知道……」她指著愛麗絲的放大照片。葬禮上，那張照片就放在骨灰罈旁。「你也是怪胎。你心裡有數。她從我身邊搶走你，把你也變成怪胎。」她對著茱恩阿姨大吼。她想從包廂走出去，但自己絆到自己的腳，跌倒時還口吐惡言，說出一些我以為她不知道的髒話。除了伴唱機的嗡鳴聲和母親口齒不清的辱罵聲，全場陷入一片靜默。她趴在黏糊糊的地板上，嘴角都是唾沫。我趕過去，架住她的腋下，把她拉起來，推她走出門外。整個過程中，她都吼個不停。我回頭看到阿姨淚眼汪汪，一個朋友抓著她的手，另一個朋友攬著她的肩頭。她臉上有種遭到背叛的表情。她一直替我母親守密，我母親卻用最粗暴的方式回報她。

前往急診室途中，母親一路上都在跟我作對，還搧了過來幫忙的護理師一巴掌。我想對她生氣，想叫她安分一點，但我只是幫忙按著她，讓另一名護理師為她注射鎮定劑。她跌倒時割傷了手臂，右臉也瘀青了，眼睛布滿血絲。護理師幫她把傷口包紮好，一名助手幫我扶她上車。我把我的外套折成枕頭，讓她枕著靠在車窗上休息。

一週後的星期日早上，我送母親到教堂，把她托給教友，相信他們能保障她的安全、安撫她的情緒。接著，我就去參觀蔭橡安養院。對一個本質上就是臨終監獄的地方來講，「安養院」實在是很仁慈的說法。我摁下小小的橡膠按鈕，一陣刺耳的鈴聲在走廊間迴盪。厚重的玻璃門後，一名護理人員從她的辦公桌探頭看了看。在一樣的鈴聲和金屬門鎖的喀搭聲之下，她讓我進去。日光燈光線暗淡，空氣中瀰漫著刺鼻的尿騷味和消毒水味。走廊漆成黃色，牆上掛了老舊的水彩畫，捲起的紙邊從畫框的角落冒了出來。我的鞋子在油氈地板上吱吱作響。我只能假設業主之所以不在乎裝潢，是因為房客就算今天記得這裡的樣子，明天也記不得了。這地方散發著悲傷的氣息，我沿著走廊走得愈遠，悲傷的氣息就愈重。我看到的第一個人是位老翁，他癱坐在輪椅上，兩隻手臂都銬在扶手上，人不知是睡著了還是意識不清了。我停下來看。

「這是安全措施，厄尼斯特會打人。別擔心，我們有家屬的同意，而且手銬有軟墊。」一名護士對我說。我差點轉身就走，但她拉住我的手。「我知道這一切對你有多不容易，但我們很重視住在這裡的老人家和他們的福祉。我保證。」

站在那裡，看老翁發出陣陣鼾聲、喘著陣陣粗氣，我很難相信她的話。走廊上不知何處有個女人在唱很老的民歌，我留在原地駐足聆聽，聽得心都碎了。

「茱恩阿姨，我不知道怎麼辦。」我用一張面紙捂著鼻子，對著電話哭。

「諾瑪，聽我說，他們可以照顧她，你必須送她過去。」

「但我答應過她。」我抽泣著放下話筒擤鼻涕。「天啊，真希望能跟愛麗絲聊聊。」

「我也是。我也是。」

幾年前，就在母親確診次日，終於肯走出自己的房間後，她隔著餐桌坐在我對面，手裡捧著一杯咖啡，滿面愁容地說：「答應我，你不會把我送到那種逼你穿尿布、把你鎖起來的地方。」她顫抖的聲音裡有著發自內心的恐懼。「他們只會任由你坐在自己的排泄物上。」她停下來，啜了口咖啡，強自鎮定一下，又說：「把我丟到那種地方之後，你就會忘了我的。」

我伸手到餐桌對面，抓起她的手，向她保證我不會。

「諾瑪，親愛的，不是我要說這麼殘忍的話，但她不會記得的。她都不記得你父親已經不在了。我愛我妹，天知道我真的愛，但她向來都有點自私。要你答應這種事就是自私。你也有自己的日子要過。」

送母親過去那天，我很久以前的舊友珍奈特在院門口迎接我們。她用力抱住我，把我的眼淚和肺裡的空氣都給擠出來了。那天，母親過得很愉快。但我離開時，她哭了。

「諾瑪，小甜心，你要去哪裡？等等我。」她已經換上拖鞋和院袍。她自己的衣服收了起來，照片則放在小衣櫃上。

「媽，我現在要回家了，你要留在這裡，記得嗎？」我的心臟狂跳，心跳聲在我耳裡砰砰響。

「記得、記得，我想起來了。我要在這裡休息，你明天就接我回家。對，我現在想起來了。」

「不對，母親，你現在住在這裡了。」

珍奈特拿了茶和餅乾過來，放在母親椅子邊的小茶几上。她小小聲地笑了笑，笑聲聽起來很不自在。「諾瑪，我有個好房子可住，為什麼要住這裡呢？」

「母親，我們聊過這件事了。你住那裡不再安全了。」

她順著茶杯上冒出來的熱氣看過來，直到視線落在我身上。她撇著嘴，眼泛淚光，緩緩點頭。

「那好吧，諾瑪，就這樣吧。」她啜了一口茶，假裝我們看不到她流眼淚。

我必須離開那裡。

「我會常常回來看你。他們會好好照顧你的。我也會帶茱恩阿姨來看你。我保證。」我含糊不清地說著，眼淚已經潰堤。我親親她的額頭，轉身離開，留下坐在床邊椅子上的她。茶還是熱的，她在教堂編織社做的保暖毯蓋在她身上。為了讓她手裡有東西可拿，一條捲起來的毛巾放在她腿上。

金屬門鎖喀搭一聲，鈴聲在走廊間迴盪，我離開了母親。我坐在車上，哭到眼睛灼痛。

走廊迴盪著一位老太太在唱〈漫漫返鄉路〉[21]的歌聲。她坐在走廊的椅子上，偶有從她身邊走過的人伸手握握她細瘦冰冷的手，我只匆匆看她一眼。母親的房間在走廊盡頭，我加快腳步趕過去。我一直定期來訪，但前一天我接到電話。在我認識的人當中，母親是最安靜、最端莊的一個，但她開始咆哮不休，多半是胡言亂語夾雜著髒話。她也變得暴力起來。她記得的事愈來愈少，也就愈來愈害怕周遭陌生的一切。前一天，她以為自己還是小孩，而護士們綁架了她。她拚了老命跟他們對抗。我悄悄走進她房間時，她正在睡覺，瘦弱的手臂露在毯子外面，露出被護士抓得青一塊紫一塊的地方。我坐在狹窄的床邊，手指順著她的瘀青摸過去。軟軟的皮膚薄得像紙。她醒了過來，小小的眼睛哀傷地望著我。她試著要坐起來，但我扶她躺回枕頭上。

「我是……有一個……我女兒諾瑪知道……他們在果凍裡加了東西，害我頭腦不清楚。」她找不到恰當的字眼，話語不知遺落在何處，努力擠出來的隻字片語好像都不對。她哭了出來。

「他們打我頭，你知道嗎？他們打我頭，打到我不會說話。他們打我，打到我不會說話，打到我喪失記憶。」她翻身面對牆壁。有生以來第三次，我和母親一起縮在床上。我把頭依偎在她頸邊，和她同聲呼吸、同步啜泣。

「噓，只是一個夢，我來了，母親，只是一個夢。」

等她睡著，我才鬆開她。她睡著前還喃喃交代著：「你一定要告訴諾瑪他們對我做了什麼。她會照顧我的。」床邊的相框裡是我八歲時的照片。另外也有一張她和父親的結婚照，雖然是黑白照，但我知道她的禮服是藍色的，裙襬縫了藍鈴花形狀的小亮片。我看那件禮服掛在衣櫥裡看了一輩子，沒人拿出來穿過。我本想在自己的婚禮上穿，但她不准。我得買一件新的才行；我值得擁有最好的。我坐在她的床鋪邊緣，看她的肩膀隨著鼾聲的節奏起伏。她額前的頭髮已經稀疏到露出粉紅色的頭皮了，我親親她的額頭，再次離開了她。

我不再為我的父母哭泣了。是的，我很想念他們，但這件事大概就像油水分離一樣，隨著我們所愛的人日漸老去，我們就開始和他們分開。生死兩界隔著一條線，死者像水一樣沉下去，生者稀稀落落地浮在上面。父親過世時，我毫無準備，內心的悲痛幾乎要滿溢出來。沒有時間讓我慢慢適應一個沒有他的世界。他和愛麗絲過世之後，我們本就人丁單薄的家庭縮減到只剩三個人。接著，我母親慢慢消失不見，茱恩阿姨和我很快就變成兩口之家。

那是五月的一個星期天，離愛麗絲的葬禮快五個月之後，阿姨來看我母親。她還沒來安養院探望過。我想，她得費一番工夫才能原諒我母親吧。但在她把整棟公寓用一塊錢賣給里奧納德、搬去愛麗絲在遺囑中留給她的褐石屋住之後，她終於覺得心裡有了力量，可以來看母親了。我向來很羨慕她們的手足之情，羨慕她們可以對彼此咆哮、說出傷人的話，但到了下次生日還是若無其事地一起過。我總覺自己錯過了兄弟姊妹之間那種真實、直接、無條件的愛。

上午十點半，我到火車站接了阿姨。就在她步下火車時，有個年輕人伸手要扶她，但她一把將對方揮開。儘管已高齡八十二，她還是很有活力。即使自己也在悲悼之中，她仍是我的安慰。我們停進安養院的停車場時，我試著向她解釋要做好什麼樣的心理準備，但她拍拍我的手，叫我不用多說。

「沒事的。我都這麼老了。我知道人老了是什麼樣子。」

母親那天不傷心也不開心，人在心不在似的。她的視線落在我肩膀後面的某個地方，阿姨試著跟她說話，試著跟她聊共同的回憶，但母親只是茫然地看著她笑。

我起身去幫我們三人端咖啡過來，就在走回房間時，無意中聽到母親說的話。

「茱恩，你還記得我們把她抱回來的時候嗎？她還那麼小，那麼安靜。」

母親靠在椅背上，仰起頭來看著阿姨。阿姨的臉色瞬間白得像鬼一樣。

「蘭諾，我不知道你在說什麼喔，你是不是又作夢啦？」

在我們這個家，只要有什麼令人不自在的情況，向來都是作夢的結果。我往後退一步，躲到她們看不見的地方。

「喔，茱恩，你記得的，她好小、好乖。我把她放到後座的時候，她甚至都沒哭。」

我聽到阿姨咳了一聲。我走了進去，把熱咖啡遞給她。

「阿姨，她在說什麼？」

阿姨站了起來，背對著我，一語不發得太久了點。

「茱恩阿姨？」

「喔，你也知道人老了就是這樣。她糊塗了。我要去小冰箱拿根冰棒。蘭諾，要不要來根冰棒啊？」

母親點點頭，阿姨慌忙從我身邊走過，到門外去了。母親看著我笑。

「你跟我女兒諾瑪長得真像。她再也不來看我了。」一滴眼淚沿著乾枯的皺紋流下。

我把咖啡放到她一旁的小茶几上，牽起她的手說：「母親，是我，諾瑪，我在這裡啊。」但她又把頭往後一仰，閉上了眼睛。阿姨還沒回來，所以我只好算了。我把東西收一收，離開她的房間。最好是趁她睡著時離開。

我在外面找到阿姨，她坐在野餐桌前，舔著橘子口味的冰棒，她的咖啡不見蹤影。自動門打開時，迎面撲來的熱氣熱得我喘不過氣。我坐到野餐桌另一邊，她把本來要給我母親的另一半冰棒遞給我。我接了過來。冰棒很甜，已經有點融化了。

「去你媽的。」

我什麼也沒說。我們一起等她想好要怎麼說。「去她的。把這種事留給我做。去你爸的，總是慣著她，每一次都對她讓步。去你爸媽的，每次都這樣！」她的視線越過我的肩膀，望著遠方空蕩蕩的田野。「我有點希望我能在必須告訴你這件事之前死掉。」

「我是收養來的。」

她一臉驚訝地看著我。

「別擔心，我很久之前就猜到了。他們的耳垂貼著臉頰，我跟他們不一樣；也沒有義大利親戚這回事。」我舉起手來拉拉耳垂，又舔了一口冰棒。

「收養來的？你知道他們不是你的親生父母？」

「知道。」

「那你很冷靜欸。」

「我知道這件事幾十年了，花了點時間調適就是了。」我對她眨眨眼睛，但她沒笑。

「而你從來不想去找你的親生父母？」

「不想。我想既然他們都放棄我了，或許最好還是把過去留在過去吧。而且，母親和父親對我很好啊，大致上啦。」自從父親過世、母親生病，我漸漸懂得他們的心了。他們一直如臨深淵、如履薄冰，小心呵護著我，總是為我操碎了心。我現在明白了，他們的情感距離來自害怕失去我的恐懼。

「好吧，其實……」阿姨玩著空蕩蕩的冰棒棍，一遍又一遍把冰棒棍戳進野餐桌的木板縫。「就法律上而言，你不算收養來的。」

我保持沉默。太陽似乎更熱了。對於接下來的一切，我絲毫沒有一點心理準備。

「當時你母親跟父親吵了架，她開著車出去冷靜一下。你必須明白，你母親一直想當媽，而一次次的流產對她的打擊很大，對你父母的打擊都很大。」

她停頓一下，又說：「她哭著在大街小巷間開來開去。在失去理智的情況下，她看到了你。你一個人坐在石頭上吃三明治。」

她終於直視我的眼睛。

「『她看到了我』是什麼意思？」

「她看到你一個人在那裡，而她認為——記得嗎？她又失去了一個寶寶，又一次陷入哀痛——她認為你被人遺棄了。所以，她停到路邊，給你一片口香糖，讓你坐到後座躲太陽。你很安靜、很聽話。」

我的心臟狂跳，喉嚨哽住，憤怒與困惑在胃裡揪成一團，感覺口乾舌燥。

「你是說母親誘拐了我嗎？」

她沉默不語。

「茱恩阿姨，去他的，說話啊！」

我不容易生氣，也很少說髒話，阿姨被我的唐突無禮嚇了一跳。她什麼也沒說，只是點著頭，伸手越過桌面來抓我的手。我把手抽走。

「去你媽的，把這種事丟給我。」

我隔著野餐桌看著她。

「我甚至不知道要說什麼。」我從野餐桌下把腳挪出來，站起身時雙腿都在抖。我踉踉蹌蹌地走去車子那裡，坐上車等茱恩阿姨。我的雙手緊握方向盤，兩邊肩膀都痛了起來。開往火車站途中，阿姨試著跟我說話、向我解釋，試著為她自己和我父母辯解。

「我發現這件事的時候，你已經在他們那裡一個月了。做什麼都太晚了。」她試著解釋。「至少，我是這麼說服自己的。當然，我試過要勸她，但她不聽啊。她已經愛你愛到無法自拔。我也知道她表現母愛的方式挺奇怪的。」

「還有父親，他就讓她留下我？像留下一隻撿來的小貓？阿姨，他是法官欸！」

「是的。正因為他是法官才方便。他幫你弄了一張出生證明，沒人察覺不對勁。再來，他們就搬到沒人認識你們的鎮上去。聽著，我不知道當初她帶你回家的時候，你父親有什麼反應，但到我牽扯進去的時候，我想他已經放棄掙扎了吧。你得明白她有多愛你。」

我不理她，直到她自己住了口，不再試圖解釋。她打開收音機，但被我關掉了。我沒下車擁抱她，只在火車站外的人行道邊放她下車，然後我就開走了，邊開邊從照後鏡看她對我揮手道別。我還沒準備好要聽細節。我需要時間消化這個天大的祕密。

我停下來，買了一瓶紅酒。很貴的一瓶。配得上我聽到的消息。我的整個人生都是建立在一起犯罪事件之上。我用馬克杯喝那瓶酒，因為玻璃酒杯積了灰塵，需要洗一洗才能用。紅酒下肚時有種灼熱感，但狂灌酒的舉動莫名療癒。我坐在小廚房的餐桌前，捏著母親幾年前織的舊桌布。這塊桌布本來是白色的，時間久了變黃了。我坐在那裡，邊喝酒邊扯著鬆散的線頭，直到找到一根扯得開的，拆散了整塊桌布。我看著一絲一縷的線堆在地上，一點一滴消化著事實，讓真相將我整個人吞沒。

我想著過往的每一個決定。決定以教學為業，決定讓那些更適合的人去當媽，決定為了自己的神智正常犧牲馬克。而我認為這些決定是明智的，是經過深思熟慮的。再怎麼發揮最瘋狂的想像力，我都無法想像怎麼會有人在某一個瞬間，決定要偷抱別人的小孩。這種欺騙甚至更嚴重，因為明明有人知情，他們可以阻止、可以挽回，但卻沒有這麼做。他們選擇保密，而保密的結果是造就了一份氣氛凝重、壓力沉重的家庭生活，幾乎要把我壓垮。我想恨他們、氣他們，但卻做不到。我氣不起來，反而由怒轉悲，潸然淚下。愛麗絲曾說悲傷和氣憤只是一枚硬幣的兩面，每次我感到怒從中來，硬幣就翻了個面，逼出我的眼淚。

那星期或下星期，我都沒去探望母親。在真相和她之間，我需要一點過渡時間。於是，我每天只顧打掃家裡、跑去超市拿紙箱回來，把我們共度的人生打包裝箱。我用舊報紙把祖母的瓷器包起來，小心翼翼地把每一個盤子裝進箱子裡。

母親一定會說：「可是諾瑪，我們家世世代代的人都從這些盤子上吃東西。」我想，對她而言，這就說明了這些盤子很重要、很神聖。如今我知道真相了，不禁覺得母親認為的神聖很耐人尋味。父親的西裝還掛在衣櫥裡，外套的肩膀上都積了灰塵，我把他的西裝也打包裝箱。我將母親所有的手工藝用具都給了教堂的婦女會，平日用的碗盤和家具捐給基督教救世軍，照片則堆在地上。看著小時候的照片，我知道自己必須聯絡阿姨。我得看看她在告訴我真相之前，從母親衣櫃拿走的帽盒裡裝了什麼。

我打開收音機，蓋過寂靜，也蓋過鬼魂的啼哭。我漫無目的地從這個房間晃到那個房間，沿著每個房間的邊緣走一圈，查看空蕩蕩的櫃子。我伸出一根手指，從窗玻璃上畫過去。手指上沾滿了灰塵，說明母親好一陣子沒住在自己家裡了。我站在洗碗槽前，望著窗外，隨著音樂哼唱，想著我怎麼會這麼天真，怎麼會沒有想到。

我想到我的日記。

我沒碰過自己房裡的任何東西，一切都在原位，母親把房間保持得跟我離家那天一樣，不見的只有被我帶走的那盞諾亞方舟桌燈。舊課本用牛皮紙包起來，放在窗邊的書櫃上積灰塵，白天曬到陽光的部分褪了色。我取下一本標記了「化學概論」的打開來看。我知道母親絕不會想拿科學類的課本來讀，所以，小時候，我就把筆記本包在牛皮紙裡，在封面胡亂寫上「化學概論」之類的字樣。我打開它的時候，書脊發出清脆的響聲。在第一頁上，我以小學生歪歪扭扭的字跡寫下：「諾瑪的心事——非禮勿視！」「心」這個字畫成一個心形。回想當時的自己，我不禁失笑。我坐在床上，撫著薄薄的紙張，往日回憶召喚著我。

數十年前在紙頁上寫下的夢境，我現在知道是一份被剝奪的人生殘留的記憶。剎那間，房裡閃著燒柴的火光、瀰漫著煮馬鈴薯的味道。我從床邊滑到地上，用手指勾勒出一隻玩偶的輪廓。玩偶的眼睛是鈕釦做的，兩眼分得很開。我讀著自己筆下關於露絲和她哥哥喬的事，頓覺心如刀割、悲不可抑，從嘴裡發出了狂亂而破碎的嘶喊。那是一種連我自己都想像不到的聲音。母親沉重的愛、父親的距離感和這個家的氣氛將我推倒在地。地毯上的灰塵搔著我的喉嚨，日記本從手中掉落，我喘著大氣，益發認清母親這個漫天大謊有多嚴重。我不知自己倒在地上多久，但醒來時，陽光正透過百葉窗流瀉進來，在地板上灑下一道道細細的光線。就在同一塊地板上，母親曾在我作夢時哄著我。我看著一道光線爬過我的手背，手背上的皮膚已隨年歲增長起了皺紋、變了顏色。我默默想著：不知道我是誰，不知道他們想不想我。

19〈在夜藍中〉("In the Blue of Evening")：美國流行歌手法蘭克．辛納屈的歌曲。
20〈我得不到滿足〉("(I Can't Get No) Satisfaction")：英國搖滾樂團滾石合唱團的歌曲。
21〈漫漫返鄉路〉("It's a Long Way to Tipperary")：一次大戰期間的英國軍歌。

13

喬

我一直在考慮放棄治療。藥物反正救不了我，只是導致我思緒不清、記憶力變差。是能止痛沒錯，但我還是一樣臥病在床啊。沒有什麼事比得上要姊姊幫忙拿便盆或哥哥幫忙洗澡更能摧毀一個男人的自尊。我不讓莉亞幫忙，女兒不該看到父親這副模樣。我之所以苟活下去，只是為了彌補失去的時光。若不是有莉亞在，我或許會像知道死期將至的貓一樣，鑽進樹林，獨自死去，不要讓家人目睹這一切。

我走了以後會想她的。這麼說好像很可笑，因為死掉的人是我，但我真的會想她。我不知道她會不會想我，畢竟她幾乎不認識我，只知道我在她出生前家暴她媽媽、拋妻棄女跑掉了。留這種遺產給女兒非常糟糕。老天爺似乎太不公平了，正當我重新找回真正的幸福，我的時間卻快要到了。但話說回來，時間從來不是病人或老人的朋友。

數十年前，法蘭基曾在難得清醒的時刻叫我要好好享受年少歲月，因為一旦長大成人，時間就會加速前進。他說，他有天夜裡上床睡覺時還是個活蹦亂跳的十八歲小伙子，一覺醒來就變成四十八歲的酒鬼了。現在，我認為他的話是真理。我在洛磯山以西待得太久了。打打零工、爬爬山、東住住西住住、只要可以就寄錢回家。我以為自己很滿足，但我甚至不知道自己明不明白什麼叫滿足。

我上山露營了一週，徒步下山的途中，我沿著車轍壓出來的羊腸小徑前行，直到碰到一條隸屬於國家公園的泥土步道。這條步道整齊、平坦，路面也很硬實。太陽開始西沉，我看了看手表，驚覺公園就快關閉了，路上將是空無一人。我加快腳步，這裡距離停放我那輛舊卡車的登山口約有十分鐘路程。接著，我看到樹叢中有個東西，一隻小小的塑膠手伸在外面。我彎身去撿，卻在濕漉漉的苔蘚上一滑，腳踝就卡進步道旁的小溝裡。我的背包往旁邊一甩，整個人失去重心，頭部剛好閃過一棵花旗松的樹幹，尖尖的松針刮過臉頰。腳踝瞬間傳來一陣劇痛。我掙扎著脫下背包，翻身躺在地上，小小的塑膠玩偶抓在手中。

腳踝陣陣抽痛，我把自己拖起來，靠坐在剛剛差點撞個正著的樹幹上。步道離我就幾步而已，但天色暗下來了。夏日滿樹濃密的綠葉只是讓森林裡的地面更暗而已。多虧了綁得很緊的高筒登山靴，我的腳踝沒有骨折，但我知道最好不要脫掉靴子。只要靴子不脫，腳踝就不會腫得太厲害。我看看手中的玩偶。

「無意冒犯，但我認為你不值得我費這個事。」我把玩偶放到背包旁邊，拿出水壺來。我在上路前先把水壺裝滿了，如果得在這裡過夜，那也沒關係。我有水，還有幾條巧克力棒。太陽下山後，山上很冷，但我有睡袋。在原地困了一個多鐘頭、必須點上煤油燈才看得見那條步道時，我知道自己勢必得在山上多待一夜。

我啜著摻了一點威士忌的水，看著星星從樹梢之間一塊空隙冒出來，這塊空隙剛好夠我看著星星畫過夜空。

「讓我想到緬因州。」我把腳踝架在一塊石頭上，玩偶還躺在背包旁的地上。我把她靠著膝蓋放好，讓她面向我。她的藍眼睛大得很不真實，褐色的頭髮編成兩條辮子，嘴唇塗成淡粉色，身上穿著玩偶尺寸的T恤和短褲。

「這些星星讓我想到緬因州。」我重複道。「天啊，喬，你居然跟一隻玩偶說話。」我搖搖頭，把她面朝下放在一旁的地上，但過了沒多久，我再啜一口摻了酒的水之後，又把她放回膝蓋邊了。

「可能有人在想你喔。」我從她的辮子上拿掉一小塊乾掉的苔蘚。「我有個女兒，你知道嗎？她可能會喜歡像你這樣的一個娃娃。倒不是說我知道她喜歡什麼。我甚至都不知道她長什麼樣，更別提她喜歡什麼玩具。說不定她現在已經不玩娃娃了。或許啦，我猜的。我不知道女生都是什麼時候開始不玩娃娃的。」

在煤油小燈的燈光下，娃娃顯得一臉不高興。或許她在嫌我不是個好爸爸。這隻不知跑到山上來幹什麼的蠢玩偶。遠處傳來動物的嚎叫，我想起記憶中的一輪月亮，一輪有著一圈藍色光暈的明月。

「我不知道莉亞喜不喜歡或玩沒玩過娃娃，但我妹妹露絲有一隻她很愛的。她老是把它夾在腋下，走到哪帶到哪。那是我媽用舊襪子和兩顆鈕釦做的。我覺得露絲應該不會那麼喜歡你喔，你全身都是塑膠，硬邦邦的。她的娃娃很柔軟、惹人疼。」

我把手擱在腿上，手裡拿著玩偶睡著了。煤油燈空了、暗了，腳踝的抽痛鈍了，天上的星星從這邊移到了那邊。

我才剛要轉醒，就聽到清早登山客的聲音。我大聲呼救，他們很容易就找到我了。其中一人開車送我去掛急診，另一人收拾我的東西，開著我的卡車跟在後面。韌帶撕裂傷。繃帶裹緊，吞幾顆止痛藥，我就又上路了。幸好傷的是左腳，我還能開車。送我去醫院的兩位先生一直在一旁等候，我向他們道謝，表示要請他們吃早餐，但他們婉拒了，說是我沒事就好。他們把鑰匙還給我，然後就從醫院門外消失了。

我坐在卡車的駕駛座上，設法整理思緒。吃了止痛藥有點昏昏沉沉的。恍惚間，我為自己錯過的那份人生傷感起來。我想念莉亞，那個我給她生命卻素未謀面的女兒。我想念露絲，那個被我搞丟、找不回來的妹妹。我不禁咒罵起坐在我旁邊的那隻玩偶。

我駛出鎮外，回到國家公園，把玩偶丟在失物招領處，才又重新上路。來到鄉道和高速公路交會的岔路口時，我沒有往西走，而是奔向那個被我遺棄的孩子，返回那對被我拋下的心碎父母身邊，他們失去的、悲悼的，不是兩個孩子，而是三個。

我往東走。我要回家。我可以當莉亞的父親、我爸媽的兒子，或許還能當蔻拉的朋友。我不期待她的回報、她的同情、她的愛。我對她做了不可饒恕之事。我打得她滿臉是血、丟下她獨自養育一個我幫忙創造出來的孩子。車子開著開著，原本一片平坦的土地布滿岩石和樹木。我開得愈遠，就愈覺得自己多麼令人失望。我繞過一座座城市，想著自己的過錯，愈想就愈後悔自己決定往東走。把玩偶丟進落磯山上的失物招領箱時，我還自信滿滿。但開到新布倫瑞克之後，畏懼蓋過了自信。開到馬達瓦斯科、越過美加邊境之後，我改變方向，朝緬因州境內駛去。

九號公路比我小時候看起來更破爛——如果它還有可能更破爛的話。路面的坑洞更大了，路旁的房屋更老舊了，但田地還是一樣的田地，赤楊也一如既往從水溝裡長出來。這地方還是老樣子，我看了有點心煩。太陽高掛，我把卡車停到路邊，爬下車來。蟬叫個不休，彷彿我看不出來太陽有多毒辣似的。我在那塊石頭上坐下，閉上了眼睛。在闔起來的眼皮子上，我看見六歲的自己把吐司丟給烏鴉、把臘腸塞進嘴裡，一邊走開，一邊對露絲揮手。我不確定自己就這樣坐了多久，但汗水逐漸濕透襯衫。

「嘿，你還好嗎？兄弟。」

我嚇得差點魂都飛了。「很好啊，我沒事，但你嚇了我一大跳。」我用手背擦掉額頭上的汗。

「不好意思。你整個人彎著腰縮成一團，我還以為你心肌梗塞之類的。」

「沒啦，沒有的事。只是在回憶一些事情。我的腳拐到了，一點小傷而已，沒什麼大不了的。」我站起來，伸出一隻手去跟那人握手。

「這樣啊，剛剛從這個角度看來真的很像心肌梗塞。」他握手的手勁很強。

「你在這一帶工作嗎？」

「是啊，這些地是我祖父的，接著成了我老爸的，但他們現在都不在了。心肌梗塞。」他指指我。「所以，你就知道我為什麼會有點擔心了。」

「你姓艾里斯？」我問。

「正是。我們認識嗎？」

「不認識，但我應該認識你父親吧。小時候，我在這些田裡工作過。」

我轉頭看著工寮所在的地方，但周圍的樹叢長高了，泥土路只剩地上的兩條車轍，幾乎被時間和雜草淹沒了。

「所以，工寮去哪兒了？採莓工呢？」

「沿著這條路過去有一棟宿舍，採莓工住在那裡。不確定你說的工寮是什麼，除非是指這條路盡頭的一堆木頭和石頭。」他走上前來，一手按在我肩膀上。「你確定你沒事？你的嘴唇發白，同時卻又臉色通紅。」

「天熱罷了。」我坐回那塊石頭上。

「你確定不需要我幫什麼忙？」

「你可以給我工作。」我不知道自己為什麼這麼說。我不知道自己怎麼會想在這裡工作。這裡讓人聯想到那麼多悲慘的事情。

「你的腳踝怎麼樣？」

「不會耽誤我的速度。我保證。」

「我確實有些採採莓果、剪剪繩子之類的工作。剛好有個墨西哥人回家奔喪，不幹了。說不準我需要你多久，但你想幹的話就來吧。」

「樂意之至。」

他示意要我跟上。我從石頭上起身，坐進我的卡車。宿舍是一棟狹長的建築，一邊是一整排的上下鋪，另一邊是一整排的衣櫃。床鋪和衣櫃之間的距離僅容一人通過。毯子都是一樣沉悶的灰色。偶有幾張床上放著手工百衲被，可能是有人怕想家，從家裡帶來的吧。

「有四間廁所和四間淋浴室。」艾里斯指指宿舍兩端的兩扇門。「你得跟其他二十四個人共用，所以，如果想洗熱水澡，你最好起得早一點。」

這地方聞起來就是工人和泥土的味道。他帶我到一張就在浴室門外的床鋪，我把背包放到床上。我全部的家當都塞在那個帆布袋裡了。

「你明天開工。天亮吃早餐。」他轉身離開，留下我一個人。我開車開得很累了，倒頭就躺在床墊上，翹起腳來，手放在胸口睡著了。

那晚在帳子下用餐時，一位老先生招手要我過去。他馬上就認出我來了，但我花了一會兒才認出他來。胡安還在這裡，就是多年前我們離開時接手田地的同一個人。他現在是工頭，也是唯一一個還記得我的人。我坐下來，他看著我吃，感覺很不自在，我正想說些什麼，他就輕聲說道：「我記得你哥。」這是他第一次也是最後一次提起。我很感激他的體貼。

第二天早上，像是要考驗我似的，最新一任的艾里斯先生派我一個人採一整排。我火力全開拚命採，決心證明我完全不輸那些新人。旁邊那排是一個名叫迪亞哥的人負責，他落後了我幾呎。迪亞哥來自墨西哥南部的小鎮，午餐時，我們坐在一排果樹叢邊上，各自拿著一個火腿芥末三明治、一瓶水和一顆公司招待的蘋果。他用殘破的英文告訴我，這塊莓果田上都是墨西哥人，如果我願意，沿路還有幾塊田是印第安人負責的。

「不了，這裡好得很，我不想見到我可能認識的人。」

「你真是個怪人。」

我點了點頭。

「我喜歡見到我的朋友。」他搖搖頭，把蘋果核往樹叢裡一扔，就又回去工作了。

跟我小時候一樣，星期六只上半天工。由於早早就收工，又沒別的事可做，於是我跑去看以前是工寮的地方。那裡有我人生最棒的回憶，也有我人生最悲傷的回憶。曾經人來車往的那條路現在雜草叢生。是在那條路上，老爸砸了一輛警車的車尾燈。也是在那條路上，梅扶著老媽走回火塘邊。新道路、新機器、新工人取而代之。米格瑪哈人黝黑的臉龐換成拉丁美洲人黝黑的臉龐。他們說著別具情調的語言，寄錢給遠方的家人，不跟別人多來往，工作得很賣力，笑得更賣力。

在一片茂盛的野生赤楊樹林後，坐落著我們那間工寮，或至少是那間工寮的殘跡。門框上的兩扇小窗都碎了，玻璃散落在裡面的地板上。右邊屋頂被啃了一個大洞——我猜是浣熊或老鼠啃的。門板勉強掛在一個生鏽的鉸鍊上。屋裡積了厚厚的灰塵，動物和昆蟲留下縱橫交錯的腳印，像是一座怪異但美麗的迷宮。靠在後牆上的一塊床墊只剩彈簧。柴火爐是唯一一件疏於照料卻仍歷久不衰、維持原樣的東西。

我踢開一副老鼠的骨骸，坐到外面腐爛變軟的木頭台階上。雜草擋住了火塘，火塘的基座已被時間和大自然的力量侵蝕殆盡。我的腦海深處傳來老媽的聲音，一字一句清晰有力，嚇得我一骨碌跳了起來。

「外面那些雜草拔一拔。把這地方打掃乾淨。接下來我們得在這裡住上兩、三個月，大伙兒來把它整理好！」

當我想要回憶老媽的聲音，偏偏想不起來；但當老媽想讓我聽見她說話時，她自然會從不知何處發出聲音。我小心翼翼地步下腐朽的台階，動手拔起雜草，先在台階周邊清出一小塊空間。我往後一站，望著那塊拔得乾乾淨淨的空地，欣賞自己的成果。接下來就是去五金行一趟，買了一柄掃帚、足夠用來修理台階的木材、一些釘子、一隻榔頭、一副捲尺和一把鋸子。我把一堆清潔用品裝到卡車的前座上。我的皮夾幾乎都掏空了，就跟這許多年來一樣。

到我覺得飢腸轆轆的時候，這地方已經清潔溜溜。蜘蛛網、灰塵、老鼠殘骸都清掉了。我從卡車後車斗翻出一塊舊帆布，剪了幾片下來遮窗戶，剩下的就釘在屋頂上，蓋住屋頂的破洞。在我有辦法弄來更多木材和瓦片之前，暫且就先這樣湊合吧。到我加入其他人吃晚餐的行列時，我已經渾身髒兮兮，而且這輩子從沒這麼餓過。

接下來幾個晚上，我都待在工寮那裡，敲敲打打、修修補補，鑽進樹林裡晃來晃去。那片樹林是那麼熟悉，卻又那麼不同。我回宿舍的時候，多數工人都已經呼呼大睡了。

「來啊，坐吧，喝茶。」一個週六夜裡，胡安和另外三名工人坐在地上，把下鋪當成桌子，攤開一副牌，上鋪有個人在打呼。

「不了。想睡了。」我輕聲說。

「來嘛，一起玩。」就跟招手叫我過去跟他一起吃飯一樣，他招手要我過去跟他們坐在一起，和大伙兒相處相處，玩玩牌、放鬆一下。

我一直熬到凌晨時分，在地上坐得渾身痠痛，非上床睡覺不可。他們都是好人，但我只想獨處。獨處才能找到平靜。而且，在營地住了幾年之後，我一心一意只想一個人生活。一星期後，我從我的鋪位上卸下床墊，沿著床邊長長的走道把床墊拖出去，同樣幾位歡迎我加入他們的工人看著我、點點頭。我開車到工寮，把床墊放在屋頂沒破的那一側，倒頭一覺到天亮。這裡很安靜，我睡得很沉，一夜無夢。第二天破曉時，我已經起床坐在台階上，看著陽光穿過樹林灑落在地，把白晝點亮。

「先生。」

我正在供餐的帳子裡排著隊，一邊和胡安寒暄，艾里斯過來把我拉到一邊。

「我看到你從宿舍拿走一塊床墊，後來就沒睡在那裡過。我不想惹麻煩。在我的田地上不能有任何鬼鬼祟祟的勾當。」

「沒什麼鬼鬼祟祟的勾當，我發誓。我只是把床墊搬到舊工寮去了，就在那條長滿雜草的老路上，盡頭有塊大石頭的那條路。」

「那間工寮住起來不安全。我得請你把床墊搬回來。還有，如果你不想睡在宿舍，這裡恐怕就沒有你的工作了。保險起見，你明白的。」

「哦？那我自己花錢把那間破工寮整修好，然後簽個棄權聲明書之類的，如何？」

其他在排隊的工人等著看我會不會被開除。

「我想可以吧。只是你要知道我不會支付任何修繕費用。我很樂意把它交給大自然，就讓它爛在那裡。還有，那地方不是你的，你知道吧？無論它是垮了塌了，還是修好了，都歸這間公司所有，歸我的公司所有。」

「好啊，我沒意見。」

打從櫃檯後面的人說我酸以來，九號公路沿線的那家雜貨店幾乎沒什麼改變。它還是一家集生鮮、工具、五金於一站的萬能商店，同時身兼加油站和快餐店。人潮中有來上廁所、買零食的遊客，也有當地人和移工，沒人注意到我的存在。年少時，我那黝黑的面孔總是引來異樣的眼光。現在，店裡多數都是黝黑的面孔，似乎也沒人在意。後面有個賣啤酒和烈酒的吧台，這倒是新的，胡安叫我避開一點，只有最底層的人才會在那裡買醉。

我買了個湯鍋和一堆濃湯罐頭，還買了吐司和奶油，夠我撐到下次發工資。

「你們有威士忌嗎？」這東西助我入眠、幫我舒緩僵硬的關節。

「抱歉，我們不賣威士忌。」

「你確定？」

「確定。那邊架上有啤酒，後面吧台有烈酒，就這樣。」店員是個胖小子，他的頭髮是我這輩子見過最黃的，汗水濕透了他的上衣。他幫我結完帳、遞來一張收據，我直接把收據丟進一袋雜貨裡。

「檢查一下收據，確定我沒算錯。」

「我確定你沒算錯。」我轉身要走。

「保險起見，你最好還是確認一下。」

我從袋子裡拿出收據，看了看上面的品項，每一項都符合。我把收據翻了個面，看到幾乎難以辨認的手寫字跡：「外頭，後面，藍色卡車，說是羅傑介紹的。」我朝黃髮男孩點點頭，把補給品放到卡車前座，接著繞過這間店，晃到後頭去。藍色卡車就停在那裡，車上坐了個頭髮一樣黃的男孩，但年紀大了幾歲，嘴角叼著一根沒點燃的香菸。他睡得很熟，頭靠在頭枕上。我敲敲車窗，他嚇了一大跳，差點沒撞到車頂。前座的空間有多大，他的動作就有多大。我忍不住偷笑了一下。

「羅傑說你這裡有喝的。」

他叼著菸，擦擦嘴角的口水，伸手到椅子後面，拿了瓶私釀威士忌給我。我數給他幾張鈔票，他看了看、點點頭，把鈔票塞到後口袋，就又靠回頭枕上去了。整個交易過程都沒多說半句話。我搖搖頭，走開了。

那晚，我吃了吐司抹奶油配番茄湯，飯後喝了點威士忌。就一小口而已，剛好足以麻痺車禍殘留的疼痛和下田勞動的痠痛。我在工寮前的火塘生火煮湯。數十年前，這裡曾經燒著另一堆柴火。當暮色降臨，隔著樹林仍隱約可見低垂的夕陽時，我從床墊上拿來那條料子很粗的灰色毯子，在火塘邊躺下，直到月亮升起又落下。夜裡，我一度醒來，看見火已熄滅，天上掛著一道蜿蜒的銀河。

重拾採莓的工作，我適應得很好，但才剛發現自己還年輕力壯得很、做這份工作綽綽有餘，這一季的工作就結束了。我到附近的農場去幫忙搬馬鈴薯，甚至幫忙艾里斯燒遠處的田地。來緬因州七個星期後，我決定不如就留下來。艾里斯沒工作給我，但他說只要我不惹事，就可以在工寮住下。我一個人在那裡，也不知他覺得我能惹什麼事，但我反正還是答應他了。離這裡十五分鐘的一家乳牛場雇用了我。我在那邊幫忙擠擠牛奶，做些令牧場傷腦筋的維修工作。每天一早，鳥兒還沒開始清晨的鳴唱，我就得上路了。下午三點回家後，我還有時間趁日落前整頓一下工寮。場主讓我帶走廢木材和多餘的釘子，甚至以半價賣給我一袋瓦片，省得他還要特地開回班戈去退貨。我補好屋頂的破洞，給自己裝了兩扇從跳蚤市場買來的小窗戶。到了耶誕節，我已經有一張餐桌、兩張餐椅、一把讓我坐在火塘邊的搖椅和一個用來儲水的鋼桶。夏天，鋼桶就用來收集雨水。但到了冬天，我得在晚上裝雪進去讓它融化，第二天早上，我就有足夠的水洗碗和洗澡，週末再來洗衣服。這裡我唯一不喜歡的就是二月的屋外廁所。穿過堆得老高的積雪去上廁所實在太冷了，所以，我通常就站在門口對著台階外面尿尿，反正除了樹木也沒人看到。

在冬日黃昏的微光中，很容易就能看見歲月在人身上留下的痕跡。我的手肘和膝蓋的皮膚都鬆弛了，腳比我上一次細看的時候更歪了。從我買來刮鬍子用的小鏡子裡，我注意到眼周的皺紋——據說那叫笑紋，儘管我認為自己沒怎麼笑，不該長什麼笑紋。這些皺紋從眼角一路延伸，都快碰到髮際線了。但我還是有一頭濃密的黑髮，那似乎是唯一沒有被歲月染指的地方。

我就這樣度過多年緬因州時光的第一年，工寮漸漸變成一個家。我一星期採買一次必需品，拎回一瓶劣等威士忌。我開始把酒摻水喝，嘗起來才不會灼辣到無法忍受。

「哎唷喂，見鬼了，這不是喬嗎？」

在雜貨店的結帳隊伍中，背後有人拍拍我的肩膀。我回頭，看到一個老熟人，只不過這個人更憔悴、更枯瘦了。

「法蘭基？老不死的混帳東西，你怎麼還活著？」

他哈哈大笑，露出嘴裡僅剩的兩顆牙，濃濃的口臭瀰漫在我倆之間。「我也不知道，喬，但我就是死不了。老天爺捨不得我死，否則祂就沒樂子可找了吧。」他走上前來，張開雙臂，尷尬地抱住我。「瞧瞧你，都成糟老頭了。」

「這話從一個沒牙又縮水的糟老頭口中說出來對嗎？據我目測，你矮了快兩個頭吧！」

「都是在田裡採了那麼多年的莓，背都給採駝了，整個人縮成一團囉！」

有這麼多我倆都不知道怎麼說的話。道歉的話、玩笑話、氣話，千言萬語盡在不言中，何況不知道打破沉默說出來會怎麼樣。我轉身面向櫃檯，結了我的帳。正要離開時，我聽見收銀員說話了。

「抱歉，法蘭基，你的錢不夠買菸。要麼留下那個三明治，要麼留下這包菸。」法蘭基一臉悲慘地站在那裡，布滿風霜的手裡握著一把硬幣。

「你個老酒鬼，滾一邊去。」一個大約我這年紀的男人排在他後面，手裡拿著牛奶和一包牛肉乾。

法蘭基轉頭看他。

男人湊上前來，彷彿法蘭基聾了似的說：「滾、一、邊、去。蠢貨八成不會英文。」

我看著法蘭基枯瘦的手指攢成一顆拳頭，一顆毫無殺傷力但勢必會為他招來血光之災的拳頭。

「我來吧。」我付了錢給收銀員，然後趁法蘭基還沒鬧事前離開了。

「等等，喬，等一下。至少讓我謝謝你。」

「不用了，法蘭基。」

「來吧，我請你喝一杯，喬，就讓我請你一次。」

「你要怎麼請我喝一杯？如果你連給自己買個三明治都沒辦法？」

「酒吧可以先賒帳再一次付清啊。我剛付清一筆，所以才沒錢買三明治，但酒吧那裡讓我賒帳。來吧，喬，念在我們的老交情上。」

「我可從沒跟你喝過酒，法蘭基，上次見到你喝醉那時，我失去了我的哥哥。」

法蘭基歪著嘴角吹了聲口哨，很微弱的一聲，多半只是空氣和口水。「太傷人了，喬，這件事我也很難過，你知道的。」

「好吧，法蘭基，我們去喝一杯。」

我從沒去過那間酒吧。我寧可待在安靜的工寮，伴著溫暖的柴火爐，讀我從雜貨店拿回來的閒書。那些書是遊客留在附近一間旅館的，有人拿來給雜貨店，自認這是幫助移工學英文的善舉。

在常人的想像中，偏僻地區一家老雜貨店後面的吧台能有什麼水準，這間酒吧就有什麼水準。天花板很低，地板黏黏的。店裡瀰漫著酒臭味、菸味和沒有女人照顧的男人的汗臭味。我們一踏進去，濃濃的煙霧就嗆得我流眼淚。

酒吧本身是用常見的二乘四木材蓋的，表面沒有刨光，我很小心不要摸到，免得刮傷手。高矮不一的不鏽鋼高腳凳上裹著老舊破損的塑膠椅墊。整個地方透著一股落魄。收音機反覆播放著經典的鄉村歌曲。法蘭基和我在吧檯前找了位子。他跳上僅剩的一把高腳凳，留下我獨自站在他旁邊。他為我倆各點了一杯啤酒，賒在他的帳上。

「法蘭基，你十分鐘前才結清先前賒的帳，你確定這麼快就又要開始了嗎？」

「當然。今天特別嘛。喬在這裡耶！我們年輕的時候，他跟我一起採過那些莓果田。」

「你那時年輕嗎？法蘭基，我還以為你從媽媽肚子裡生出來就是這副德性了。」吧檯前的人都笑了。

法蘭基微微一笑，彈了個響指。「你是個有趣的傢伙。好啦，給我朋友和我來一杯吧！」

啤酒喝起來淡而無味，沒意思極了。我再也不會喝得太多，而且幾乎不在外面喝酒了。我偏好在家獨飲威士忌。難得喝多的時候，我傷害的人只有自己。法蘭基三兩下就喝掉一整杯，我的第一杯甚至還沒喝到一半，他的第二杯已經見底。

「天啊，法蘭基，喝慢點。」

「沒必要，我的朋友，反正我整天醉茫茫，是吧？喝快喝慢對我都沒差。」他講話已經口齒不清了。「查理的事，我真的很抱歉，你知道我很抱歉，是吧？喬，你知道我很抱歉。」

「都過去了，法蘭基，過去很久了。」我喝了口啤酒，還是停留在第一杯，卻已渾身發熱起來。

除了後面牆壁上的一扇窄窗，整間酒吧都沒有窗戶。那扇窄窗又積了厚厚的油垢，一絲陽光都透不進來。門打開時，瞬間照進來的光線刺得人睜不開眼。

法蘭基叨念著要我來印第安人區工作，別再待在墨西哥人那一區。這時，門開了，一名壯漢的黑影走了進來。他低下頭，免得撞到門楣，整個門框都被他龐大的身軀占滿。我很想早點回工寮獨處，壯漢經過時，我正舉起手來再點一杯啤酒，想著喝完這杯就打道回府。我的眼睛一邊重新適應黑暗，一邊打量著他。結實的臉頰、肥厚的嘴唇、毛躁的長髮，容貌就跟多年前藏在園遊會帳篷陰影下的那張臉一樣。是阿奇的弟弟，在阿奇把我哥打死的時候按著我哥的那一個。他去廁所的途中從我身邊經過。

我逃開的那股憤怒、我以為自己已經馴服的情緒，最後一次冒出頭來。我感到口乾舌燥、手心冒汗，內心燃起熊熊怒火。我深怕自己會燒起來，把整間酒吧都燒燬。我看了看法蘭基，恐懼的神色從他臉上掠過。他伸手抓我，但沒抓到。聽說人在盲目的憤怒之下會氣到不記得自己做了什麼，但我想記住這一刻。在一拳揍上去之前，我想看看他的臉。我想夜裡躺在床上，回味自己對他造成的傷害。如今，臨終之際，我內心掙扎地想著，或許我該彌補自己的罪過，免得真有上帝存在，但我就是做不到。我不願彌補。我對這件事並不自豪，但也不覺得慚愧。畢竟我現在都快死了，那個混蛋卻還活得好好的。況且，我可從沒殺過任何人。

他沒注意到我，倒也不是說他會注意到。這麼多年來，他可能想都沒想過我。但不管在哪裡，我都認得出他來。他伸手去開男廁的門，但還沒摸到門把，我就拍拍他的肩膀。他一轉身，我就給了他一拳。重重的一拳背後是數十年的憤怒。多年勞動將我的手臂鍛鍊得很強壯，我一拳打斷他的鼻樑，蔻拉的臉頓時從我眼前閃過。他摀著鼻子站在那裡，鮮血從指縫間湧出，眼裡滿是震驚。我低頭看看自己的手，那隻手好多年沒氣得出拳了，但接著我又揮了一拳。我聽到牙齒撞擊地面的聲音，鮮血從他的嘴脣滲出來。他還來不及反應，我又抓住他的肩膀，把他拉過來，抬起我的膝蓋，朝他胯下狠狠一頂。他哀號著倒在地上。

「王八蛋，這是打死我哥的一點代價。」我最後踹了他肚子一腳，才感覺到法蘭基抓住我的手臂，拖我朝出口走去。其他人手裡拿著酒，動都沒動。沒人替他說話，也沒人幫忙扶他。他就倒在那裡，邊哀號邊咒罵。我由著法蘭基帶出門外，來到陽光下。

「你得趁他從地上爬起來之前快點滾蛋。」

法蘭基說得對。我上了卡車，確定沒人在看，就發動引擎開走了，留下法蘭基在一團煙塵中。我沿著海邊開了一整天，等到天黑才朝工寮開回去。終於駛出九號公路之後，我關掉車頭燈摸黑前進。直到最後停下卡車，就剩我一個人時，才鬆了一大口氣。

我後來聽說，等他終於從地上爬起來，重新緩過氣來之後，他氣得到處找我，滿口問著我是誰、哪裡找得到我。那間酒吧裡沒人跟他透露一個字。他氣呼呼、血淋淋地走出酒吧，不知道是我揍了他。某方面而言，我很高興他不知道。某方面而言，我又想讓他知道查理的死沒有被遺忘、我很清楚他做過什麼。不像我的好哥哥再也站不起來了，當他重新站起來的時候，我希望他知道最後是我贏了。

那次，我可以走開，但是我沒有。第一次，我跑掉了；第二次，我出拳了。應該要反過來才對，但我們改變不了過去。那是我最後一次對人施暴，也是我最後一次見到法蘭基。多年後，梅告訴我，他在那場架不久後就跑回老家來了。或許他怕阿奇的弟弟會因為他跟我在一起報復他吧。顯然，回鄉不久後，有一天，他在保留區的妹妹家，到餐桌前坐下來，吃了一大碗燉牛肉，然後就死了。就這樣。乾淨俐落，輕鬆省事。就那樣死了。我羨慕法蘭基的結局，羨慕他得到的恩典。

說來不可思議，在緬因州那些年，我只碰到過法蘭基這麼一個舊識，更不可思議的是他沒跟任何人說我在那裡。至少我認為他沒說。

那天過後，我就沒再踏足那間酒吧。泡酒吧對我來講沒有任何意義。我不像有些人渴望交朋友或想要找人說說話。想來也真有趣，因為現在我成日裡只要有人在就說話。我有一份多數臨終之人都有的渴望，那就是把最後要說的話統統說出來。最後的每一句謝謝你，最後的每一句對不起。

在緬因州待了將近十年後，我在一個仲夏夜回到工寮，發現門上貼了張字條，通知我說我父親去世了。我只能假設是法蘭基告訴他們我人在哪裡的。我可以回家，但是我沒有。這不代表我不覺得悲痛——我內心是很悲痛，但還是沒有動身回家，只寄了錢回家慰問，儘管我早已體認到錢對人生中最重要的事都沒什麼幫助。

錢也寄了，心還是隱隱作痛，愧疚感浮上心頭。我請了幾天假，回到大草原，把車停在水渠邊。夏日裡泥土路上乾燥的塵土翻騰著，我坐在車上欣賞那棟五顏六色的小房子。每次默默回來邊境以北的大草原朝聖，我都忍不住讚歎她家的野花是如何為一片枯黃的大地增添一抹色彩。有黑心金光菊、魯冰花、毛茛，還有野玫瑰，就跟我們老家路邊隨處可見的野玫瑰一樣。

這次，前門竟然開了，她走了出來，一手扠腰，一手擋在眼睛上面遮陽光。我羞怯地微微揮了揮手，她沒有回應。我頓時意識到自己看起來可能很可疑。在這麼偏僻的地方，一名陌生男子把一輛破卡車停在路邊，盯著一個女人的家。我打開車門走出去，她停在原地不動。

「抱歉，女士，我不是故意要在這裡鬼鬼祟祟的。之前你對我很好，我記得那份好。我沒有要傷害你。」

「那你靠近一點。一點就好，不要太近。」她像一尊雕像般立在那裡，只有嘴唇在動。

在一條我從沒見過其他車輛的路上，我左看看右看看，確認沒有來車才橫越過去，走到車道盡頭停步。

「近一點。」

我上前幾步，再次停下。

「近一點。」她放下舉在眉前的手，也扠在腰上，那副架勢就像梅認為你做了蠢事、準備砲轟你的愚行時一樣。女人靜靜看著，我感覺自己的臉頰羞得一陣熱，正想轉身跳上車打D檔逃離這裡，她開口了：「你繞到後面，那裡有張小桌子，我進去拿點水出來。」

我穿過及膝的花花草草，繞過屋子的轉角。屋後，她有一片綠意盎然、欣欣向榮的菜園。整個地方像海市蜃樓似的。一張鑄鐵小桌就放在一扇拉門外，兩把椅子隔桌相對，等著有人坐下來聊聊天。這是我所見過最溫馨的地方之一。

拉門滑開了，她拿著一壺水和兩個玻璃杯出來，什麼也沒說，只是為我倆各倒一杯水，然後坐了下來。我們都喝了一口水。我像個十三歲少年被漂亮女孩盯著看一樣緊張。突然間，我從緬因州樹林裡那個拚命工作、自外於人的神祕男子，變成一個侷促等待著的小男孩。

「我記得你。」她往後一坐，杯子還拿在手裡。

「你記得？」

「這裡很少有陌生人出沒，大多都是從某個地方來、要到某個地方去，途中經過這裡。而你不知是從哪兒來的，也不知要去哪裡。現在，你又跑來這裡了。」

我深吸一口氣，狂咳起來，咳到眼淚直流。她邊打量我，邊遞給我一張餐巾紙。「你該不會對我有什麼期待吧？」她挑眉問道。

「我已經結婚了。」

「我沒看到戒指。」

「沒戒指也一樣。」

「很好。許多男人對我有期待，我已經厭倦了。」我們待在外面，聽著風吹過草叢的咻咻聲，看著鳥兒飛進飛出。野玫瑰的香氣不時隨風飄來。

「這些野玫瑰讓我想起我的家鄉。」我說。

「你的家鄉在哪裡？」

「新斯科細亞。」

「離這裡很遠欸。」

「是啊。」

「你現在是要回那裡去，還是要去別的地方？」

「都不是。我就是來看你的。」

這下換她沉默下來，斟酌著眼前的情況。坐在她對面的這名陌生男子，不知從哪兒冒出來占用她的時間，而且是第二次了。她沉默了那麼久，我都想起身離開了。

「所以，是什麼讓你怕回家？」

「我不是怕。」

「你知道嗎？當你說你不是怕，卻沒有回答我的問題，我就聽得出來你很害怕。」

「我的家人。」

「他們對你不好？」

「你不記得那天我們在路邊的談話了？就在下大雨之前？」

「我想，我留給你的印象大概比你留給我的印象深刻多了。不是我要顯得很無情，但我記得你那張苦瓜臉，這還不夠嗎？」

「我想夠了吧。他們沒對我不好，是我對他們不好。」

她邀我留下來吃飯，晚餐是吸飽了奶油的班諾克煎餅[22]配燉雞濃湯。屋子裡空間很小，但明亮又溫馨，很有生活感，跟我在緬因州的工寮天差地別。我的工寮只有四面斑駁的灰牆，牆上找不到一幅畫、一張照片或任何裝飾。那間工寮就是用來打獵、煮飯或打掃的，不是用來展現親和力的。我站在門口，想著如果我像她那樣裝飾家裡，或許我本人散發的氣質也會陽光一點。她把每一寸牆壁都畫滿花草樹木和鳥獸蟲魚。外面的藍天映照在屋裡的牆壁上，屋內屋外彷彿連成一片。

「這些都是你弄的？」

「沒錯。」

「你是藝術家？」

「想過幾次，但都沒當成。」她指了指餐桌。餐桌是一張木頭小圓桌，正中央放了瓶鮮花。我坐下來等，她從爐子裡端出燉湯，盛到碗裡。她把一碗燉湯放到我面前時，我差點沒感動到哭出來。熱騰騰的燉湯聞起來美味極了，那股味道裡有著滿滿的回憶。我等到她坐下來。

「別客氣啊，趁熱喝。」

嘗起來就跟聞起來一樣美味。那一刻，坐在離家千里的陌生人家的廚房裡，我瞬間回到車禍當晚擺在我面前的那盤紅蘿蔔上，接下來，我就衝出家門、撞上卡車，從此改變了自己的人生。那是我第一次輸給自己的憤怒，代價是充滿疼痛的一生。

我們靜靜吃著，太陽漸漸西下，夕陽的餘暉灑在枯黃的草原上，外頭的世界和房子的窗戶都閃著金光。幾縷光芒落在我腳邊的地板上，我欣賞著光影之美，她忙著收拾餐桌。我沒說要喝茶，但她沏了一壺，放到我面前。

「所以，為什麼是我？我做了什麼、說了什麼，讓你多愁善感到大老遠開車過來，只為看看我的房子？」

直到答案脫口而出前，連我自己都不知道為什麼。

「你跟我說我們的血不是酸的。我們會犯錯，但我們不比別人好，也不比別人差。」

「哎唷，瞧我聰明的。」她就著杯緣輕輕把熱茶吹涼，臉上露出了笑容。

「我那時狀況很不好，你的話讓我沒有落入更不好的境地。我大概是想來謝謝你吧。」

「嗯哼，不客氣。順便讓你知道一下，我還是抱持一樣的看法。」

我幫她洗碗。她第二天一早要煮咖啡、洗衣服，我先幫她從外面的柴堆搬了一些木柴進來備用。她還是有一間屋外廁所，還是習慣用手洗衣服，即使在寒冬中也還是把衣服掛在外面晾乾。她說以前的人這麼做都行得通，現在這麼做照樣行得通。我還不確定接下來要去哪裡，站在門口準備離開時，她伸出手摸了摸我的臉。她的手柔軟又溫暖，我把臉貼上去蹭了蹭。她踮起腳尖，親親我另一邊的臉頰。

「好了，我該走了，謝謝你的晚餐。」

「保重。小心開車。還有，去檢查一下你的咳嗽吧。別再認為別人的悲劇是你造成的，只有你自己的悲劇是你造成的。」

我回過頭來，點了點頭。當我回到卡車上，掉頭開回泥土路，我看到她揮揮手、關上了門。

我一路直奔緬因州，只停下來加油和上廁所。回到工寮之後，夜半時分，我看著光禿禿的灰牆沉悶黯淡的模樣，閉上眼睛想像她那滿是色彩與喜悅的房子，就拿出油漆塗了起來。第二天晚上，在煤油燈昏暗的燈光下，我畫了海浪和蘋果樹，把它們當成一個叫做家鄉的地方的替代品。

那年夏天，去大草原一趟之後，我收集了各種種子，先存放起來。第二年夏天，我就種出一座菜園來了，園子裡的菜都長得很好。我也不知道怎麼會這樣，畢竟我從沒試過種東種西。但當秋天來臨時，滿園的蔬菜已經夠我度過半個冬天，卻沒辦法將它們保存起來。雜貨店沒賣醃漬蔬菜用的瓶瓶罐罐，所以我得去班戈一趟。我決定就當作一次小旅行。我洗了衣服，出發去住賭場飯店，吃了牛排大餐，喝了一小杯真正的威士忌，輸了五十大洋給遊戲機台，看一個年紀大我兩輪、身上的洋裝實在太小件的女人引吭高歌。最後，我在一張舒適的大床上睡了一覺。第二天要離開時，我在櫃檯辦理退房，突然聽到有人叫我。這麼久以來，如果有人喊我名字，都是要叫我去做事，我很久沒聽到不是要使喚我的人喊我名字了。而且，我認得那個聲音。即使上一次聽到已經是好多年前，我對這個聲音還是熟得不能再熟。我慢慢轉過身，看到我哥在瞪我。

「早啊，班。」

「『早啊，班』？真的假的？」

「你不會要在這裡跟我吵吧？我只是想退房。我跟你到停車場見，如何？」

我付了錢，離開飯店，倚著我的卡車站在那裡，心臟狂跳。當他終於走出門來，我趕緊站直了，剛好趕在他給我下巴一拳之前。

「很痛欸，班。」我揉著下巴，感覺得到已經腫起來了。

「不要一副你很無辜的樣子。」他到我身旁，倚在卡車上，我不禁往旁邊挪了兩步。

「梅和我知道你一直在緬因州。法蘭基過世前來採過幾次蘋果。我們沒跟爸媽說。老爸過世的時候，我傳了話給你，你沒回來。喬，你要傷媽媽的心多少次？」

我很困惑。我總以為他們如果知道我在哪就會來找我，就會想帶我回家。或許蔻拉不會，但其他人會。困惑轉為傷心，傷心又意圖轉為憤怒，但我不允許。

「你們為什麼沒來找我？如果你們知道我在這裡的話。」

「你似乎不想被我們找到。我說錯了嗎？」

「你沒說錯。」

「是時候長大了，喬。回家，負起責任，當個男子漢。」

「莉亞怎麼樣了？」我問。

「她很棒。蔻拉把她教得很好。」

「我寄了錢。」

「錢不是父親，喬。」

班推著卡車站起來，我這才第一次注意到他變得多老了。我打開車門，伸手到座椅底下，摸出那個裝錢的皮包，我所有的積蓄都在裡面。我把皮包交給他，然後就坐上卡車，關上車門，搖下車窗。

「看你要交給媽還是莉亞，跟她們說我很抱歉。」

「我會把錢送到該送的地方，但我沒有要幫你傳話，喬，有什麼話你自己去說。」

「見到你真好，班，真的。」我發動引擎，搖起車窗。駛出停車場時，我從後視鏡看到他轉身走進飯店，皮包夾在腋下。

我在一片安靜中開回工寮，路上轟隆隆的車聲就是我唯一能夠忍受的聲音。我想著班臉上的皺紋和微駝的肩膀。他的嗓音比我記憶中低沉。我低頭看看自己輕輕握住方向盤的手，關節腫脹痠痛，皮膚長了一塊塊深褐色的老人斑。我抬頭看看鏡子，看到眉間被我視為榮譽勳章的皺紋。時光拋下我溜走了。

「幹。」我喃喃自語了一聲，又對著窗外大吼一聲：「幹！」

九號公路好像變長了，柏油路面朝遠方蜿蜒而去。經過那家雜貨店時，一股熟悉的平靜湧上心頭，我重新鎮定下來，直來到通往工寮的岔路口為止。我抓緊方向盤，猛力一踩煞車，整個人往後一彈，就在轉彎前停下卡車，難以置信地看著眼前的景象。露絲的石頭不見了，地上只留下好大一個坑，旁邊有一堆泥土，準備要用來填坑，準備要完全抹去她的痕跡。我感覺到臉上的熱淚，才意識到自己在哭。我踢了踢那堆泥土，把泥土踢得到處都是，就是不往地上的坑裡踢。我哭著喊著，踢了又踢，踢到狂咳起來，咳得跪到地上去，弓著身體喘氣。我從肺裡咳出了血，哭得又更激烈了。我從曾經立著那塊石頭的地方扒起泥土往旁邊丟，泥土抓在手裡又硬又扎人。我扒了又扒、丟了又丟，直到筋疲力竭、呼吸困難地倒在地上。我躺在那裡，天空似乎顫抖著起了漣漪，雲朵聚攏又散去。我痛苦地深呼吸幾口氣，硬是把空氣逼進肺裡再逼出來。我不知道自己在那裡躺了多久。可能並不久，但感覺像過了一輩子。

有人把車開到我旁邊停下來，問我還好嗎，我用盡僅存的力氣別過頭去，不讓他們看到我臉上混著泥土的淚痕和嘴角的血沫，揮手要他們走。車聲遠離後，我用手和膝蓋撐著地面，緩緩爬了起來，跌跌撞撞地朝卡車走去。我沒駛上那條岔路，沒回到多年來被我占用的工寮，也沒回雜貨店或艾里斯先生的辦公室。這次，憤怒沒有拖住我的腳步，悲傷推著我向前衝。我沿著九號公路一路向北，來到邊境之後，把卡車停到停車場，徒步越過邊境。卡車是艾里斯先生的，而我可不是小偷。我把他的名字列入一長串我要乞求原諒的人的名單上。走過查理嚥下最後一口氣的地方時，已經五十六歲的我坐了下來，背對公路望著樹林，車輛在我身後呼嘯而過。喇叭響了幾聲，提醒我這裡不是散步的好地方。我一路迎著刺眼的陽光舉著大拇指，終於有輛車停下來時，我剛來到聖史蒂芬鎮外。我小跑過去趕上它。

「我要去新斯科細亞。」脫口而出之後，我才發現坐在方向盤前的人是班。

「上車。」他伸手到後座，拿起當天稍早我交給他的皮包，往我胸口一丟。

「你自己看著辦吧。」

我要回家了。

穿過新布倫瑞克再沿著山谷公路駛去的整趟路途中，班幾乎沒跟我說一句話。我望著窗外，看新布倫瑞克的綠換成新斯科細亞的綠。省界上立著巨大的風車，在我曾經稱之為家的地方站衛兵般守著入口，巨大的葉片劃破天空，在黃昏的光線中像鬼影一樣。當晚，我們終於停進院子裡時，我又餓又怕，胃都痛了起來。我下車伸了伸懶腰，窗戶上閃著電視的藍光。班步上台階為我開門。梅一邊用毛巾擦著手，一邊從廚房一角走出來時，我正在脫鞋。

「媽，你絕對不會相信班帶誰回家來了！」她把毛巾掛在一張椅子的椅背上，抓起我的手捏了捏，牽著我來到客廳。對於我出現在自己童年的家裡，沒有咆哮，沒有責備，只是平靜地點點頭。

「嗨，媽。」

她坐在椅子上抬起頭來，白髮稀疏，粉紅色的頭皮明顯可見，皮膚滿是深深淺淺的皺紋，讓我聯想到風乾蘋果頭娃娃[23]。但她的眼睛還是同一雙眼睛——同一雙愛我、照顧我恢復健康、在我哭泣時擁抱我、在我不乖時教訓我的眼睛，同一雙我在樹洞裡躲好時以我為榮的眼睛，同一雙說露絲失蹤、查理喪命不是我的錯的眼睛，同一雙在我娶蔻拉時閃著驕傲光芒的眼睛。

「我的喬，你回家了。」

---

22 班諾克煎餅（bannock）為加拿大原住民最普遍的主食，亦是原住民身分認同的象徵，被稱為印第安靈魂食物（Indian soul food）。

23 風乾蘋果頭娃娃（dried apple doll）：北美民間手工藝品，用一顆風乾的蘋果當成頭部做成的人形玩偶。

14 諾瑪

那一槓令我難過。簡單的一槓略過了這麼多東西。一個人的高低起伏和喜怒哀樂盡在其中，卻也不在其中。組成人之一生的曲曲折折都被抹平了、刪除了。墓碑上的那一槓簡略至極，在它周圍的一切反倒更顯眼。姓名以飛揚的草書或莊嚴的字體鐫刻。有時灰色的花崗石上還鑲了照片，賦予死者生命。然而那一槓，隱含著生卒年間整個人生的那一槓，卻是那麼不起眼。

彎身去摸那一槓時，我的膝蓋發出喀的一聲。那一槓的觸感冰涼，但很光滑。我在設法取出石榴籽時切到了手，石榴的汁液染紅了指甲縫裡的皮膚，冰涼而光滑的一槓舒緩了手指的疼痛。雕刻師傅還沒過來添上她的卒年，草已經長了起來。路過的陌生人可能以為她還在世。我買了風鈴來掛在她的墳頭。白鐵製的，小小一串，長長的鈴管垂掛在一束灰玫瑰底下。我把它塞進墓碑旁堅硬的土裡時，彷彿聽到她在提醒我鈴聲不是音樂，而是一陣陣惱人的噪音。我嘆了口氣，更用力地把那件小樂器往土裡塞。泥土混進我指甲縫的石榴汁液裡。今日無風，於是我彈了彈風鈴，讓它發出聲響。接著，我悄聲祈禱它不要被人偷走，再親親墓碑頂部，離開了那裡。我走過一排排的花崗石，輕輕跨過埋在六呎之下的男男女女。天冷得我抱住自己。我懷著五味雜陳的悲痛，垂下頭來，默默希望母親不會怨我去找夢中的女人。即使到了現在，在歷經這一切之後，我還是受不了被她當成一個忘恩負義的女兒。

九月底的一個寒夜，母親在睡夢中逝去，靜悄悄地告別了我，告別了這個世界。星期二早上七點四十五分，我正要出門去上班，就接到了安養院的電話。那星期接下來幾天我請了假，並聯絡茱恩阿姨。自從她把我的身世告訴我之後，我們就沒像親人一般交談過，沒像彼此相愛的人一般說過話。從真相大白到母親過世之間的幾個月，可能是我一生中最寂寞的時光了吧。阿姨和我保持禮貌，互通客套的電話，話題完全圍繞在母親和她的照護上。沒有笑聲，沒有拜訪的計畫。至今五十年了，每一天我都以諾瑪的身分活著，阿姨背叛了我。在這世上，我已經沒有母親能責怪了。

聯絡阿姨之後，我忐忑地前往安養院，想到要看見母親就害怕。但當我抵達那裡，珍奈特強壯的手臂圈住我的肩膀時，我不覺忐忑，只覺如釋重負。母親看起來是那麼平靜，那麼安詳。嘴巴沒有扭曲，雙手沒去胡亂抓取任何一件能幫她減輕焦慮的東西，眼睛沒有張開來瘋狂找尋熟悉的人事物。我把椅子拉過來坐在床邊，將她的手捧在掌心輕輕搓揉，最後舉起她的手親了一下。把她的手放回去之後，我就離開了，總共可能只待了五分鐘吧。我在護理站簽了將遺體轉送到殯儀館的文件，表示我第二天會來取回她房裡的照片，他們可以把其他東西處理掉。我到殯儀館做好相關的安排。父親過世後一個月，母親就把一切都計畫好了，所以沒什麼需要我做決定的。他們給我咖啡和面紙，但我都拒絕了。唯有到我坐在自己家裡的餐桌前，我才感到椎心刺骨的沉痛。在安靜的廚房裡，我哭了起來。不是莊嚴肅穆的哭，而是呼天嗆地的哭，鹹水洩洪的哭。我的腦袋裡砰砰作響、陣陣抽痛，喉嚨像是火在燒。但我哀痛到像是走火入魔一般，怎麼也停不下來。我五十四歲，孤身一人，在我最需要的時候沒人安慰我。

葬禮在三天之後。小小一群人聚在瀰漫紫丁花香和鬼魂氣息的房間裡。母親穿著她最愛的藍色禮服躺在棺柩中。茱恩阿姨和我只輕聲交談了幾句。教會那邊有幾位女士來致哀。有一名遠房表親是從報上看到訃聞跑來的，她自我介紹說她們已經幾十年沒見了，但她覺得有必要來一趟。她跟我握了握手，就自己去找了個位子坐下。茱恩阿姨靠過來對我耳語道：「葬禮魔人，哪裡有葬禮就想參一腳。我甚至不記得有這個親戚，像她這種人成天盯著報上的訃聞，想到就令我發毛。」我忍不住笑了。我們把母親葬在父親旁邊。離開前，我在墳上放了一束玫瑰。現在，我偶爾會去看看，總是很欣慰風鈴沒被人拿走。

母親住院時，我就把房子賣了，搬回自己的公寓住。阿姨來和我一起住了一週，幫忙處理後續事宜。儘管我還是想對她生氣，她的陪伴依舊是一種安慰。少了我的父母，那份安靜有了不同的滋味，感覺莫名輕鬆了點。阿姨在我對面坐下，放了瓶威士忌在我倆中間，遞給我一個水晶雕刻玻璃杯。打從我有記憶以來，父親母親就用這組玻璃杯喝酒。那是很久以前的一件結婚禮物。

「我們喝一杯吧。敬你的父母。他們再怎麼不完美，我們還是愛他們。」她往我倆的杯子裡各倒了一指高的琥珀色液體。

「不完美？」我舉起酒杯往嘴裡一倒，把威士忌一飲而盡。酒烈得我眼睛都淚濕了。

阿姨假裝沒注意我的不滿，又倒了第二杯。「是的，不完美。你的事情，他們或許過分了點。但你不能說他們不愛你。」她從杯口上方看著我。

「不曉得我真正的家人是不是也愛我？」

阿姨安靜下來，一片沉默中只聽得到電器運轉的嗡嗡聲。她清了清喉嚨說：「諾瑪，我改變不了過去，只能幫忙你改變未來。在這個世界上，我愛你勝過一切。我之所以繼續前進，我之所以還沒放棄、還沒去死，你是唯一的理由。天曉得我夠老的了，但我想陪你度過這一關。」

「當初你就可以說點什麼。我問我的膚色怎麼這麼黑那時候，你就可以告訴我。你有過機會，但你只是幫著他們圓這個天大的、噁心的謊言。」我又喝了一杯，放下杯子時放得有點太用力，桌子都晃了起來。

「諾瑪。」她以強硬的語氣喊我的名字，確保我豎起耳朵來聽。「她是我妹妹。我愛她，愛到願意守護她的幸福。這有什麼後果嗎？有的。她變得很偏執，深怕他們會找到你、把你帶走。這就是她為什麼要喝酒。但你絕不能說她不愛你，絕不能說她沒有好好照顧你。」

「我本來可以有兄弟姊妹。我本來可以生活在一棟窗戶打開來的房子裡，時時都有歡笑聲，或者吵架了又和好，我本來……」憤怒讓人說出無心之言，讓人想要以牙還牙傷別人的心。我不是故意的，不完全是故意的，但我停不下來。「這世上可能有我真正的父母存在，他們很想我，卻從不知道我出了什麼事，你都不在乎嗎？我說不定有兄弟姊妹。她自己那麼怕失去我，但卻對另一個家庭做出一樣的事情。我沒辦法像你那麼滿不在乎。」

她的眼神掠過我，而不是看著我。我開始覺得頭昏眼花。我現在最想做的就是倒頭大睡。或許，這只是一個噩夢。在我們家，一切沒道理的事情反正都是作噩夢的結果，而這一個想必是最可怕的一個了。

「我會幫你。」她隔著桌子輕聲說。

「幫我什麼？」

「幫你找到你的家人。我會告訴你我知道的一切。」我的茱恩阿姨可不是個愛哭鬼，唯一一次我看到她哭是在愛麗絲的葬禮上，但這時她哭了。「只要答應我，我還是你的家人。我只有你了。」

「那就開始說呀！」威士忌把我變得惡毒起來。

「明天。明天我就告訴你一切。我得先睡一覺。」

看著我的阿姨，我第一次看到一個老婦人。她總是活力充沛，總是這麼有精神。看她肩膀垮下來，頹喪地垂著頭，感覺很奇怪。我第一次注意到她手上的老人斑、她眼窩周圍的皺紋和她瘦削的手臂。

「就明天。」我喝光最後一杯酒，把她一個人丟在餐桌前。

「我想我們該去兜個風。」茱恩阿姨說。我起床時，她已經坐在餐桌前，吃著酥烤英式瑪芬抹花生醬，她的餐盤上還有一根切片香蕉。我看著她拿香蕉片去蘸融化的花生醬。

「兜風？」我的頭有點痛，只想靜靜待著，泡個澡。

「我要帶你去看個東西。這東西你之前就見過，但現在會有不同的意義。」

「為什麼要這樣神神祕祕的？」

「我可得鼓起勇氣。而且，有時候，光用說的不夠。所以，反正你就跟我去兜風吧。」她聽起來很累，還有點不高興。

我遵照阿姨指示的方向，駛出奧古斯塔，沿著九十五號州際公路往北，直到碰到老舊的九號公路。景色一變，小鎮換成了農場和田地，拖拉機取代了車輛，道路變得顛簸不平。這條路我很熟，去我的湖畔小屋就是走這條路，但它第一次有了陌生的感覺。彷彿我第一次行駛其間，第一次看到那些農舍，第一次注意到田裡的勞工汗涔涔的黑皮膚在日光下閃閃發亮。我們停在路旁的一間小商店，買個水、上個廁所。這家老店瀰漫著麵包、咖啡、汽油和炸物的味道。門口很小，店裡的走道很窄，冰櫃門上都是水珠。架上堆滿各式各樣稀奇古怪的工具和食品，店裡的人好像都認識彼此。一塊告示牌指向後方的吧台。

駛回九號公路前，我們給車子加了油，順便買了些零食。

「快到了。你可能要減速，開慢一點。」阿姨說。

「快到哪了？」我看了看照後鏡，確認後方沒有來車才放慢車速。阿姨沒有回話，只是目不轉睛地盯著前路。

「就在那裡，停車吧。」她指著一條老舊的泥土路。我開了過去，把車停下。阿姨下車，輕輕關上了車門。我把車子熄火後也跟著下車。右邊的田野空蕩蕩的，燒過的田地還是一片槁木死灰。左邊則有一片濃密的樹林。阿姨朝地上像是剛翻過土的地方走去。

「她就是在這裡發現你的。就在這裡。」

我深吸一口氣。

「之前這裡有塊大石頭，你一個人坐在上面。」

這個地方、這塊石頭，我曾經過。在我開往湖邊的路上，母親就坐在副駕駛座。我覺得呼吸困難。沒有風，天上也沒有一朵雲，我但願有，因為除了這片田野和這塊曾經立著一個大石頭的土地，我需要看點別的東西。我需要抽離一下。一輛卡車轟隆隆駛過，掀起地上的塵土，打斷了我就快恐慌發作的情緒。我的視線追隨它，直到它消失不見為止。

「我來過這裡，呃，倒也不是來過，而是開車經過，母親就在車上。她什麼也沒說，甚至沒有洩漏一點蛛絲馬跡。」我彎下身，拾起一把土，熱切地望著它。

「就在……」阿姨頓了頓。「就在她把你帶走之後不久，她帶我來過這裡。『把你帶走』這幾個字實在很難說出口，她希望我們把這件事想成是你自己來到我們身邊的。」

我丟掉手中的土，手往褲子上擦了擦。阿姨牽起我的手，我們沿著那條泥土路走去。她走在一道車轍中，我走在另一道車轍中，我們隔著中間隆起的草地手牽手向前走。

「她都不會過意不去嗎？」

「我覺得不會。她說服自己你是被拋棄的、她救了你。」

只走了幾分鐘吧，一間工寮映入眼簾。很小、很舊，但有人照顧、受到愛護。繽紛的外牆到處畫了充滿童趣的花草樹木。有一座荒廢的小菜園，園裡剩下的青菜都枯萎了，小小的圍籬也需要修理，看起來像是有小動物從底下挖洞鑽進去，享用了一頓蔬菜大餐。屋前有個火塘，最近有人用過，木頭燒成了黑亮的木炭。

「該回去了。我們可不想擅闖。」

阿姨放開我的手，轉身往回走，但我在原地駐足。這地方很可愛，而且莫名地熟悉。我聞得到雨天裡的燒柴味，我看得到大伙兒喝著茶談天說笑。我轉個頭，看見通往附近一座湖邊的小徑。

「我的夢。」我轉身對阿姨說。她停下了腳步，但沒有回過頭來面對我。「我的夢是記憶中的片段。」我又轉身對著那間小小的工寮。「我知道這個地方。我來過這裡，在它被彩繪成這樣之前。我看得到圍著火塘坐在一起的人，聞得到菸草味和煮馬鈴薯的味道。我知道這個地方。」

我走上工寮的台階，摸著那些線條粗糙的動植物，想著畫下這些畫的人會不會是我本該去愛的親人。

「看。」我沿著一片樹葉的葉脈摸過去。一開始，我只是輕聲叫她看，但接著就不禁提高了音量。「這麼飽滿的色彩。我本來可以擁有色彩繽紛的人生。」

「好了，諾瑪，別急著下定論。誰都可能彩繪這間工寮，我們不確定這裡就是你另一邊的家人待過的地方。依我看，這一帶多的是這種工寮。」

我假裝沒聽見她說話。

「而你們聯合起來讓我以為自己有毛病，作那些夢代表我心理有問題。」這份頓悟有如當頭棒喝。「連愛麗絲也這樣？噢，天啊，愛麗絲也知情嗎？」

「對不起。你永遠也不會知道我有多抱歉，但我真的、真的很抱歉。」她舉步朝我走來，但我轉身大踏步走過她身邊，兩腳重踩在地。

「連愛麗絲都這樣？」我對著身後吼道。阿姨盡量加快腳步跟上我。

「這是我唯一沒有告訴她的祕密。我跟她說你是領養來的。」

「你似乎很擅長對你自稱最愛的人保守重大的祕密。」我怒吼道：「你不是我心目中的那個茱恩阿姨。你怎麼能參與這種事？你怎麼能輕易撒這種謊？幹！」

茱恩阿姨哭了。

我知道自己在做什麼。我在對唯一一個會有感覺的人發洩我的憤怒。唯一一個我能傷她的心的人。唯一一個我能讓她像我一樣傷心的人。

「我得離開這裡。」我上了車，甩上車門。

「有時我為我愛的人保密，或許那是錯的，但我有你、我愛你。」茱恩阿姨關上她那邊的車門，繫上她的安全帶。「生氣是很累人的。氣個沒完只會消耗你的生命。」

我猛地一個迴轉，開上九號公路，輪胎在軟軟的泥土裡打滑，車子歪向一邊，茱恩阿姨伸手去抓門把。幸好附近沒有其他車輛。我把車停到路邊，打了P檔，頭靠在方向盤上。

「對不起。」我悄聲說道。

「不用對不起，只要讓我幫你就好。」

在我們的九號公路之旅過後，我放棄了自己的公寓，搬去波士頓那棟曾經屬於愛麗絲、現在歸茱恩阿姨所有的褐石屋。那棟房子沒有鬼魂糾纏，沒有凝重的空氣，窗簾敞開來迎向外面的世界。廚房流理台上的一台銀色小收音機幾乎時時放著音樂。繼承了父母的遺產，再加上賣房子的收入，我有了退休的本錢。一名大學剛畢業的年輕教師迫不及待補上我的位子，教一些比較新鮮有趣的東西。我從不認為自己老了，但我顯然是老了。喬治．歐威爾被求生故事和吸血鬼故事取而代之。是時候離開了。

「這麼多年來，你和愛麗絲怎麼不住在一起？」我們坐在客廳，靜靜讀著各自的書，茱恩阿姨把她那本放到大腿上。

「那是一個不同的時代。」她環顧了一下這個現在歸她所有的家。「到了時代改變的時候，我們已經習慣那樣的模式了。我喜歡我的空間，她也喜歡她的空間。我們一直都在一起，但需要獨處時也有地方可去。我想，那麼多年下來，這種作法在我們之間就是行得通吧。」

「我想她。」我說。

「我也是。每一天醒來，猛然意識到她不在了的時候，我都很想她。」

儘管年事已高，阿姨的社交生活還是很活躍。她常跟朋友去看表演、唱卡拉OK，有時也邀我一起。我開始在愛麗絲生前幫忙了許多年的婦女庇護所當志工，也結交了幾個自己的朋友。我還是有我的車，還是愛去湖畔小屋住幾天，多半自己一個人去，有時也帶上阿姨。生活有了我倆都覺得安適的節奏。然而，我總想著阿姨告訴我的真相。坦白說，想這件事消耗了我太多的心力。我覺得進退兩難，既想找到我的家人，又怕他們不想被我找到，或現在找到也太遲了。夜裡，我會躺在床上，望著街燈投射在我房間天花板上的黯淡光線，竭盡所能努力回憶，在腦海中勾勒他們的樣子，但卻勾勒不出來。我一遍遍重讀自己的日記，但關於我的身分似乎只有一條具體的線索，就是「露絲」這個名字。她是一個孤單的小孩想像中的朋友，也是一場示威遊行中有人喊出來的名字。這名字一定有什麼意義吧。它是一塊拼不回去的拼圖，似乎沒有一個符合它的缺角，或即使有，我也看不出來。

九號公路之旅幾星期後，阿姨和我坐在餐桌前，等焗烤雞胸肉烤好，她突然遞給我一張折起來的剪報。我狐疑地看看報紙又看看她。

「打開看看。」她說。

「這是什麼？」

「你的真實身分的線索。」

我一手拿著那份剪報，另一手摸著紙張邊緣。

「它又不會咬人。」阿姨隔著餐桌對我微笑。

「說不定會喔。」我忐忑地說。

我輕輕打開那份剪報，是一則舊新聞的影本。我抬起頭，困惑地看著阿姨。

「讀一下。」

標題寫著「印第安少年園遊會死亡衝突」，新聞的日期是一九七一年八月。

我繼續讀下去。顯然，緬因州有兩名印第安採莓工起了衝突，可能是酒醉鬧事，被打死的少年名叫查理，文中說他工作勤奮，家人都愛他。我不明白這一切跟我有什麼關係，直到讀到最後一行字：「少年死者的家庭近十年前也有一名四歲女兒在同一片莓果田失蹤，未曾尋獲。」

最後這句話來得突然又倉促結束，沒有下文了。烤箱發出叮的一聲，阿姨去拿食物。她把盤子放到我面前時，我還在設法理出頭緒。

「你從哪找到的？」

「我是個無所事事的老太太，就去找能幫助我們的任何線索，兩天前在圖書館找到了這個。」

「我有個哥哥叫查理。」

「看來是這樣沒錯。如果那女孩是你。儘管我不認為同一年夏天有很多小女孩都從莓果田被帶走。」她聳聳肩。

「不知道要怎麼找到他們，我的另一個家庭？」

「看來他們在那些田裡工作。或許公司有他們的紀錄？」

我什麼也沒說，也沒碰我的烤雞，阿姨接著說了下去。

「我打電話給莓果加工廠，他們願意明天跟我們見一面，看能不能幫上什麼忙。」

「你是認真的嗎？」我聽到自己的聲音在抖。

「是啊。我訂了過夜的民宿。所以，我們趕緊吃一吃、洗個碗、打包一下行李，明天一早就出發。里奧納德答應幫我餵亨利。」

我看了看那個從我小時候就在阿姨家的魚缸，亨利在水裡一圈圈地游著。我什麼也說不出來，只說了一聲「好」。

第二天一早天剛亮，我們就出發了。車程長達五小時，而我們和艾里斯夫婦約在兩點。他們是我們幾個月前去過的那片莓果田的田主。這天是十二月初一個寒冷的日子，少數幾棵樹還抓著它們的葉子不放，絕大多數都褪去一身美麗的豔紅、橙橘和金黃，只剩光禿禿的枝椏。很棒的一段車程，我目睹了大自然的盡情揮灑、從容放手、繼續前進。然而整趟車程中，我的胃都揪成一團。

停車場幾乎是空的。辦公室門口停了幾輛卡車。我們停進去時，茱恩阿姨伸手過來抓我的手。我們在車上坐了幾分鐘，我才深吸一口氣，拿起皮包，朝門口走去。迎接我們的是大我幾歲的艾里斯先生。

「午安。兩位今天早上開車過來的？」

「是的。」

「一定很累吧。很長的車程。」

「還好。今天不回去。我們要在民宿住一晚。」我說得好像我從沒來過這裡。或許我是真的沒來過。就算來過，也是以一個不同的我。

「所以，我能幫你們什麼忙？」他指了指兩把椅子。我們坐了下來，他則坐在辦公桌邊緣。我從皮包拿出剪報遞給他。

「你記得這件事嗎？」我輕聲問道。

他讀了一下剪報再還給我。「記得一清二楚。那時我還小，我爸是老闆，但等我大一點之後，他就跟我說了整件事的來龍去脈。說查理這小伙子是個好工人，也是個好孩子。太可惜了。那家人真是災星罩頂。他們還有個小女兒，幾年前失蹤了。我只能說他們真的很不幸，一直都沒找到她。其中一個兒子喬，兩個月前才剛離開這裡，之前就住在她的失蹤地點附近，把工寮畫得美美的，從沒見過那麼美的工寮。」

「喬？」我柔聲說道。

「沒錯。在這裡做了好多年，我讓他住那間工寮。他來的時候，那裡破破爛爛的，但他把它弄好了。兩個月前，他把公司的卡車開到邊境，就丟在那裡，人不知跑哪兒去了。我猜是回新斯科細亞了吧，這家人是從那裡來的，但我不能告訴你們是哪裡。卡車拿回來了，車況好得很。所以，我們之間沒什麼不愉快。」

「原來如此。」我從眼角餘光看過去，看得出來阿姨在等我說些別的。最後，三人間的沉默和我困惑的眼神迫使艾里斯先生別過頭去，先看了看窗外，再看了看阿姨。

「你知道的，我的外甥女，諾瑪，就這位……呃，我們相信她就是那家的小女兒，喬應該是她的哥哥。」

「不會吧？」他站起來，朝一個靠牆立著的檔案櫃走去。「你是小露絲？天啊，這也太驚人了。」

「露絲？」我低喃著，從舌尖輕飄飄、軟綿綿地吐出這個名字：「露絲。」突然間，我的整個世界都有了道理。

艾里斯先生從櫃子裡取出一個資料夾，打開來放在辦公桌上，拿張紙抄寫了一番。「我可能不該透露給你們，但因為你長得跟喬那麼像，我覺得錯不了。這是他父母家的地址。從五〇年代在這裡工作起，他們一直都住在同一個地址。查理出事以後，他們就不來了。但正如我告訴你們的，喬又回來待了很長一段時間，在這些田裡工作。」他把那張紙交給我。「結果如何讓我知道一下，好嗎？」

我望著那張紙點點頭。

「謝謝你，艾里斯先生，感激不盡，結果如何會讓你知道的。」阿姨說著從椅子上起身，扶著我的手肘，領我到門邊。

「你不介意我們去看看你剛剛提到的那間工寮吧？」我問。

「一點兒也不介意。」

「謝謝你。」我一邊道謝，茱恩阿姨一邊領我走出辦公室。我把那張紙塞進皮包裡有拉鍊的那一層，但在塞進去之前，我就背下上面的地址了。我把車子開出去，再次開上九號公路，朝那條通往我哥哥喬的工寮的泥土路駛去。喬。我一遍遍在心裡默念，直到這個字再也沒有任何意義，只是一個音，一聲扭曲的嘆息。

這次，阿姨走在我身後。那天早上下了雪，她踏著我在薄薄積雪上留下的腳印向前走。來到工寮後，我登上門前的三級台階，不知為何還是敲了敲門。直接走進去感覺不太好。沒人應門，我才自己把門推開，裡面是一個簡陋但整潔的家。每件東西都放在該放的地方，沒有一件亂丟。塵埃已在屋裡落定，我伸出一根手指，從茶壺上摸過去，在壺蓋上畫出一條長線。屋裡沒有一件私人物品。沒有照片，沒有紀念品，只有畫得像屋外景色一般的牆壁。一面牆上有棵蘋果樹，另一面牆上有一座火塘，火塘邊有兩個小孩躺在毯子上看星星。線條粗拙，但畫得很美。桌上有個沒洗的咖啡杯，杯底一圈黑黑的咖啡漬。我們離開前，我在布滿灰塵的桌上寫下我的名字：露絲。

幾天後，波士頓點亮巨大的耶誕樹，那是新斯科細亞每年致贈的禮物[24]。我試著要寫一封信，但每次都寫了又撕掉或丟進垃圾桶。這件事有太多的希望，而我已學會不要相信希望。最後，茱恩阿姨插手進來，幫我寫了一封可以寄出的信。

您好：

您們不認識我，但我名叫諾瑪。我在緬因州由母親蘭諾和父親法蘭克養大，近來才剛得知我不是他們的親生女兒。顯然是我母親在絕望之下一時失去理智，從緬因州莓果田九號公路邊的一塊大石頭上帶走了我。事發當時為一九六二年。經過一番查找，我相信我就是您們的「露絲」。

如果您們心存疑慮、不想和我聯絡，我也能理解。在此附上助我循線找到您們的那篇新聞報導、我兒時的舊照和現在的一張近照。這對您們來講一定很不容易，但如果您們有意與我聯絡，信封上有回信地址，在此也附上我的電話號碼：001 555 9921。

諾瑪（可能的露絲）敬上

還記得小時候，我覺得耶誕節前的期待很難捱——期待耶誕老公公的到來，期待一年當中唯一可以盡情吃糖的一天，期待我那小小的身軀吃得下多少糖果、在這一天就可以吃多少糖果。然而，無論那有多難捱，期待親生血親的回音都難捱多了。我睡不著，徹夜想著如果他們回信說我搞錯了，抑或回信證實了我的身分，那我該怎麼辦？即使明知郵件都是在十二點到下午一點間送來，我還是一天察看信箱三次。我到婦女庇護所幫忙，免得成天想著一封可能永遠不會收到的信。每次電話鈴響，我都嚇得跳起來。每次看到答錄機上的小燈在閃，我就緊張到快要吐出來了。

到了十二月底，有天我在洗澡的時候，茱恩阿姨來敲浴室門。

「有你的電話，是個名叫梅的女人從新斯科細亞打來的。」

從浴缸衝出去穿浴袍的時候，我差點滑了一跤。拿起話筒時，我身上還在滴水。「喂？」

「喂，是寫信來說你是露絲的諾瑪嗎？」她說話的聲音雖低，卻帶有一股霸氣。

「是。謝謝你打電話來。梅，是吧？」

「是的。如果你是露絲，那我就是你姊姊。坦白跟你說吧，因為除了坦白說，我也不知道還能怎麼說——你一定是她。因為你小時候的那張照片，就跟我記憶中的小妹一樣。還有，你跟我媽完全是一個模子刻出來的。一模一樣。所以，既然這一切都吻合，我覺得你想必就是露絲。」

我顫抖著哭了起來。阿姨拿來一把椅子和一杯薄荷茶。

「我也覺得我是。」我說。

「好了，我不想在電話上跟你聊你的身世，國際長途電話可是很貴的，但我想問你一個問題。」

「好。」

「你去過波士頓的印第安人權示威遊行嗎？」

我眼前閃過那天阿姨帶我遊覽和那個男人一直喊我「露絲」的回憶。「去過，一九七〇年代末期吧，就在波士頓。有個男人叫我的名字，我真正的名字。」

「那你就是露絲了。我想，有人得跟班道個歉。他說他看到你的時候，我們不相信他。」

「他是我的……」

「班排行老大，你排行老么。查理死了，不過你已經知道這件事了。喬還在，但活不了多久了。他整個肺臟都是癌細胞，已經擴散到骨頭裡了。梅還在，就是我本人。媽媽也在，她老了，需要別人的協助，但頭腦清楚得很。」

「我的媽媽還活著？」

「是的，但你差兩年就能見到爸爸了。不過，你找到了我們，他一定會很高興的。我知道他會。」

我說不出話來。阿姨從我手中接過話筒。

「不好意思，但諾瑪……露絲現在激動得說不出話。我能不能記下你的號碼，等她緩過來再回電給你？」阿姨拿來筆記本，抄下號碼。「好的，我會告訴她。謝謝你，梅。」阿姨把話筒掛回電話機上。「她說她等不及要見你，等不及要給你一個大大的擁抱。」

我哭得更厲害了。這一刻感覺那麼不真實。一切的一切彷彿都很不真實，然而，與此同時，當我坐在那裡，一隻手讓茱恩阿姨握著，口中啜著薄荷茶，一切的一切又彷彿突然有了道理。看來，我是一塊奇特的拼圖，弄丟了五十年後又乍然尋獲，只需物歸原位即可。我要去新斯科細亞。我要去見我的家人了。

24 加拿大新斯科細亞省為感謝美國麻州官方及民間機構對哈利法克斯海上爆炸案（Halifax Explosion）的協助，自一九七一年起即年年致贈麻州首府波士頓一棵聖誕樹，於耶誕季立於波士頓公園（Boston Common），俗稱波士頓耶誕樹（Boston Christmas Tree）。

15
露絲

房間太小了，容不下所有人。房裡有淡淡的霉味，老房子的那種霉味，牆裡吸飽了喜怒哀樂的那種老房子，水泥的裂縫吸收了笑聲，地板幾經淚水的沖刷。而這一戶住著的人家，他們的故事、我無從參與的回憶，盡在滿屋的氣味中。這間臥室孕育了我三個哥哥的美夢，也驅逐了他們的噩夢。我望過去，看見一名瘦小的男子，兩眼凹陷、掛著黑眼圈，由於黃疸的緣故，皮膚鬆弛蠟黃。就在我看著瘦小病弱的他之時，他那雙因服藥與疲憊而混濁的眼睛努力聚焦在我身上。接著，他就哭了出來。

「哈囉，喬。」滿懷期待又提心弔膽的呼喚隨著一聲嘆息傳到他耳裡。是的，我嘗過失去親人的滋味，但從來不曾離死亡這麼近，也從來不曾靠近過自己的哥哥。然而，此時此刻，我竟來到這裡，成為站在這個小房間門口的人之一。

梅牽起我的手，領我進去。班拿一張面紙擦擦喬臉上的汗水，喬撇過頭去，以沙啞低沉的嗓音含糊地說著：「別管我了，班，就這樣吧。」

他舉起手來，接過那張面紙。我在床緣坐下，他整個人縮了一下。我嚇得站起來，深怕會弄疼他。

「別擔心，露絲，現在不管怎麼樣都很痛，不是任何人造成的，我的身體狀況就是這樣。我喜歡你坐在那裡。」他又抬起手來，指了指我剛剛坐過的地方，要我坐回去。

我輕輕坐下，不確定接下來該說什麼。聽到別人叫我露絲的感覺很微妙。從波士頓開到新斯科細亞的一路上，我一遍遍對自己說著這個名字，悄聲說、大聲說，一度還吼著說。在新布倫瑞克停下來吃飯時，我甚至對快餐店的人介紹說我叫露絲。聽起來開始有熟悉的感覺了，彷彿這名字終於屬於我了。

「露絲？你還好嗎？」梅在床尾坐了下來，就坐在班的旁邊、我的對面。

「還好。不好意思，只是從來沒人叫過我露絲。」

「很多人都叫過你露絲，只是你不記得了。但別擔心，我們幫你記住了。」

「是的。不好意思。你說得對。當然，我只是覺得……」

見我久久不語，梅接口道：「不知所措。」

「是的，不知所措，但也很高興來到這裡。真的、真的很高興。」

「你等著瞧，等媽媽午睡醒來，可別把她高興死才好。」

梅和班都笑了，喬試著要笑。我加入他們的行列，希望我的笑聲也能滲進這房子的裂縫裡，滲進這個我被剝奪了的家裡。我不知道自己屬不屬於這裡，屬不屬於這個家和這些人。但話說回來，我也不知道自己屬不屬於我所成長的那個家。答案當然不得而知，多想無益，但我無論如何還是會去想，想著如果我沒坐在那塊石頭上，如果我不是那麼安靜、那麼信任陌生人，故事會怎麼發展呢？與此同時，我又為自己的胡思亂想內疚不已，因為我背叛了母親和父親，因為我沒跟重新找回的家人說我有茱恩阿姨和愛麗絲，說我確實得到了另一個家庭的愛，無論那是多麼不同的一份愛。

「梅，幫忙拿一下露絲的鞋子好嗎？」喬指了指衣櫃。

梅伸手從上面拿下一雙小靴子，其中一隻的鞋舌上掛著一個襪子娃娃。娃娃的一顆鈕釦眼睛只用一條線繫著。梅吹掉灰塵，把它們遞給我。

班說：「靴子和娃娃都是你的。媽不准任何人丟掉。」

我摸著陳舊皸裂的皮革，很難相信自己曾經穿得下這麼小的東西。梅伸手過來解開娃娃，撫平那毛線做的頭髮，毛線都又舊又爛了。

「從你失蹤後就一直放在那個衣櫃上，我拿下來給莉亞看過一次。」喬上氣不接下氣地閉上眼睛休息。

「莉亞？」

「喬的女兒。心地善良的好女孩。我敢說她比我們任何一個人都好。」梅答道。

「沒錯。」喬還是閉著眼睛，輕聲說：「你會見到她的。她現在成天往這裡跑。」

我不確定該拿那雙靴子或那隻娃娃怎麼辦。我把靴子放在我旁邊的床上。至於娃娃，天知道我為什麼拿起它來，湊到鼻子前深吸了一口氣。在離緬因州那麼遠的地方，在衣櫃上放了五十年，都未曾稍減夏夜營火的氣息。或許這娃娃聞起來只有灰塵的味道，但在那一刻，它卻帶我回到我所歸屬的地方。

「我想，班和我就去準備晚餐，留下你們兩個彼此熟悉一下吧。」梅站了起來，示意班跟上去。

他從我身邊經過時跪了下來，把我抱進懷裡。「我就知道那是你，在波士頓的示威遊行，我就知道那是你。」儘管年事已高，班還是很強壯，他那堅若磐石的擁抱像是可以撐起全世界。

「真抱歉我不知道那是你。」我感覺到蓄勢待發的熱淚在心裡沸騰，接著湧上我哽咽的喉嚨，終至奪眶而出。

「這一切都不是你的錯。沒有一件事是你該抱歉的，露絲，完全沒有。」班站起來，跟在梅的後面走了出去。

理智告訴我班是對的，但以我這種情況來講，理智實在不管用。母親把我安置在車後座時，我可以扯開嗓門大哭，也可以跑走，或至少記得自己是誰，但這當中我沒有一件事做到。是我允許自己成為諾瑪。現在，我想當回露絲。我抱緊了那隻娃娃。

「我夢過你。夢裡看不見你的臉，但聽得到你的笑聲。」喬咳了起來，咳得渾身無力。我拿張面紙幫他擦掉口水。喬又哭了起來。

「我不喜歡這樣。不喜歡這就是我最後留在你記憶中的樣子，不喜歡你和我的莉亞只知道生病的喬、垂死的喬。」他深吸一口氣。「我不是什麼天使——我死了之後，別讓他們騙你說我是好人。我自己一手毀了自己的人生。但我只希望我們早點見到彼此就好了，在我變成這樣之前，在我開始跟這世界生氣之前。」

「我也是。我不知道為什麼這種事要發生在我們身上，但我希望現在能認識你、聽聽你的故事。」我拉了拉那條線，娃娃的眼睛咻一聲回到原位。

「我也想聽聽你的故事。你看起來過得還不錯。至少這點還算值得欣慰。有人照顧你長大。」喬的眼皮一陣顫動，呼吸變得很慢。他在我眼前昏睡過去。我伸手握住他冰涼、枯瘦的手，就這樣握著不動，直到我的背都抽筋了，不得不鬆手為止。我把他的手輕輕放回床上，躡手躡腳地走出房間，小心不要吵醒他。我靜靜關上門，沿著走道走去。我聽得見客廳裡的聲音。

「喏，媽，你的茶。露絲陪喬坐一會兒就來看你。」班說。

不知道為什麼，我躲進浴室，鎖上門，坐在馬桶上。塑膠馬桶蓋被我的重量壓得凹下去。母親加諸在我身上的罪惡感湧上來，但我把它壓下去，用冷水洗了把臉，接著前往客廳。

我的生母很嬌小，但不是喬那種瘦小。她是因為年邁，身高縮水了，不是因為生病。當她看到我的時候，她把茶放在椅子旁邊的茶几上。

「我一直禱告。」她向我伸出雙手，我走過去抓住她的手。「禱告你會回家，回到我們身邊。你爸爸見到你一定會很高興的。」她沒哭，但她那雙深褐色的眼睛泛著淚光。

「對不起。」

「露絲，你有什麼好對不起的？」她問。

「我也不知道。我只是覺得該跟你說聲對不起。」

她笑了出來。「咳咳，我可不接受不必要的道歉。好了，給我一個大大的擁抱吧，一個足以抵上五十年的擁抱。」

我彎身抱住她，聞著她的味道。不是燒柴和煮馬鈴薯的味道，而是爽身粉和玫瑰洗髮精的味道，是我媽媽的味道。

「我明明記得你。」我面向她，在椅凳上坐下，告訴她說：「但我以為那是我的想像，你只存在於夢中。我夢過你，甚至在日記中寫過你。我的母親——我是指蘭諾，我的養母蘭諾——她跟我說那只是作夢，那一切不是真的。」

我的親生母親，這個給了我生命的女人，這個比這世上任何人都認識我更久也愛我更久的女人，只是微微一笑，抹掉了順著臉頰留下的幾滴淚水。

「我在緬因州有個湖畔小屋，事實上，就在離莓果田不遠的地方。」我停下來好好喘口氣，好好回憶一下。這樣，她才會知道我一直都愛著她，而這份愛是她應得的。「當我人在那裡，雙腳站在湖水裡望著月亮，我可以聞到你的味道、聽到你的聲音。這麼多年來，我總是很困惑，但也莫名從中得到一份安慰。」

「很高興你心裡有個寄託。這一切對你來講一定很不容易吧。是我對不起你。」她哭得更厲害了。

「這一切都不是我們的錯。」我試著安慰她道。

她擠出一絲苦笑。「很遺憾你爸爸沒機會知道你很好。他是個好人。但我想，總有一天，我們都會在另一個世界重逢的，他和查理一定都會很高興見到你。」

我不信神，但我的生母和養母除了都愛我以外，還有一個共同點，就是都相信神的恩慈。看在這兩個女人的分上，看在她們受盡的苦頭上，我也就默默接受了這樣的信念。

「還有一個人也在等我們喔。我有過一個女兒，一個美麗的小寶寶，她沒能來到這個世界，但她會在另一個世界和我們相聚。」我說。

媽媽從椅子上傾身向前，抓起我的手。「她叫什麼名字？」

「莎拉。」

「莎拉。」她把頭靠過來，前額貼著我的前額輕聲說道。我從未像此刻這般感到被愛過。「我們會把她的名字列入家傳《聖經》[25]中，就放在你的名字旁邊。」

第一次在週六和家人共進的晚餐後，媽媽邀我跟她一起上教堂。「我想把你介紹給麥克神父。」

我面向她坐在椅凳上。很快的，我就養成了這樣跟她說話的習慣。坐在她面前，把這個我原先不認識的媽媽看進眼裡。當她開心時，看見她眼裡的神采；當她不開心時，明白她為什麼眉頭緊蹙。

「我很樂意。」我是說真的，儘管小時候我從來不愛上教堂，但這次不一樣。我想做一件對她來說很有意義的事。

第二天上午，我穿上行囊中最好的衣服，載媽媽去教堂。

她坐上副駕駛座時，我問：「其他人都不來嗎？」

「不來，我叫他們待在家。今天我想獨占你。」她伸手過來握緊我的手，我就讓她握著，直到她甘願放開為止。

教堂是一座穩固的木造建築，才剛重新粉刷過。一群人在外面排隊等著跟神父握手，大家看到我們就讓到一邊去，尷尬地互相看來看去。我知道這個小小的鎮子上都在談論我的歸來。我跟他們四目交會時，他們就靦腆地笑一笑，別過頭去。

「麥克神父，這是我女兒露絲。」

他將我雙手握住。「好了，慈愛的主帶你回家了。很高興看到你和你母親一起在這裡。她始終惦記著你，總是把你掛在嘴邊。聽她說了又說，我都覺得我認識小時候的你了。」

我想把手抽走，又不想沒禮貌。我的手都出汗了，但媽媽臉上欣喜的表情意謂著我還得讓他握久一點。最後，他終於放開手，我們才走進教堂。木頭和深藍色的彩繪玻璃顯得裡面很暗，但也比外面涼快，空氣中瀰漫著薰香、放久了的麵包和葡萄汁的味道，混合著老人家偏愛的香水味。禮拜時間很長、講道內容很陌生，但我喜歡握著她的手，跟她一起坐在那裡，聽她唱詩歌時年邁、顫抖的聲音，看她聽講道聽得很滿意時點頭微笑。

「去吃午餐吧。我請客。」剛聽完上帝的話語，身著淡紫色褲裝、塗著淡紫色口紅的她容光煥發。

「好喔，要去哪？還記得我跟這裡不熟嗎？你要幫我導航。」

「這不成問題。你只要向左轉，越過山頭，一直開到看見大海就對了。」我把車開出去，朝顯然還是對我的出現很好奇的旁觀群眾揮揮手。

駛出鎮外時，她彷彿有一肚子的故事要說。我們行經農舍和遼闊的田野，她一面滔滔不絕地跟我說著露絲的點點滴滴。

「你知道嗎？這麼多年過去了，我還記得你出生的情景，就像昨天的事一樣。你還那麼小一個，全身裹著黏液，卻已經長了滿頭濃密的黑髮。我發誓，你的頭髮多到剛生下來就可以編辮子了。」她說著笑了起來。車子爬上山坡，直到地勢又變得平坦起來，兩旁的樹木漸漸消失，農場和開闊的田野映入眼簾。

「即使是在十二月，我還是到那棵一代又一代迎接印第安寶寶來到世界上的大樹下生你。天氣很冷，但我們生了火，煮了好多茶。我費了一番工夫才生下你，但是你值得。我的最後一個寶寶，最後一個在那棵樹下誕生的寶寶。爸爸用浸過松針的熱水幫你清洗，熱水散發著松香，你聞起來就像耶誕節的味道。」

「好怪喔。」

「怎麼說？」

「我一直都是在八月二十三號過生日。我的養母蘭諾說我是在那天出生的。」

她沉默了一會兒，靜靜看著窗外的景物飛逝。

「那是你失蹤的日子。我這輩子最糟糕的日子之一。我想，她挑那天當你的生日也很合理吧。」

車子開始下坡，前方路面朝海邊斜下去，海灣的藍襯著大地的綠。我們來到急轉彎處，向右一拐，沿著海岸線駛去。前方有座燈塔，漆了厚厚一層黑白相間的橫條紋，我可以看到塔頂。幾輛車停在路邊，遊客坐在野餐桌前，吃著紙盒裡的餐點。

「這一帶最棒的炸魚薯條。碼頭直送的鮮魚。」她指著幾艘繫在一起隨波起伏的漁船。這裡的空氣比山谷裡更涼，炸魚混合著海水和木焦油的味道撲鼻而來。我們從燈塔一側的小窗口點了午餐，一塊招牌告訴我這座燈塔仍在運作，但同時也是一家外帶餐廳兼郵局。有那麼一下子，我想起了馬克，他一定會覺得這地方很迷人的。我們找了一張有一把大陽傘的野餐桌，坐下來用餐。

「方便的話，跟我說說爸爸的事吧。」

「喔，何止方便，我可以沒完沒了說個不停。」她咬了一口炸魚排，對我微微一笑。「好吃吧？」

我必須承認這裡的魚排真的很好吃。

「我是在鎮上遇見你爸爸的。他姊姊琳狄要結婚了，在她邁向人生的下個階段前，他向印第安學校請假來看她。我則是跟我爸爸一起去的，他是受僱來蓋房子的木匠，就算他是印第安人，大家還是照樣雇用他；他的作工說明了一切。我也不知道琳狄怎麼會認識我爸，但他們反正就是認識。所以，我們去她家吃燉鹿肉——那是你姑姑琳狄的拿手菜。你爸爸也在，他長得又高又帥，我目不轉睛地看著他。那時我十五歲，就這樣對他一見鍾情。後來，他跟我說，我一走進琳狄家的廚房，他就知道要把我娶回家。」

她的下巴沾到了一點塔塔醬，我伸手越過桌面去擦。她對著我露出了笑容，就像一位慈母笑吟吟地看著自己乖巧的孩子那樣。

「他還得回那所學校再念一年書，但我們互相通信。我試過要把那些信保存好，可惜都被蟲蛀了，塵歸塵土歸土了。但我還記得他寫的一些東西。他不只又高又帥，也很聰明。滿十六歲，他就離開印第安學校，上門來問我爸爸可不可以把我嫁給他。但在斗膽來提親之前，他就先在伐木場找好了工作，想讓我爸爸看到他是個有擔當的男人、當老公的好人選。」

我的炸魚薯條涼掉了。聽故事聽得興味盎然，我都忘記要吃東西。海潮在我們身後漸漸退去。

「琳狄教我女紅，我做了一段時間，直到班來報到。」她很樂意把一切都說給我聽，而我想牢牢記住這些故事。

用完餐後，我們拿著甜筒坐在長椅上看退潮，看海鷗爭食丟棄的熱狗麵包和洋芋片。

「他們對你好嗎？你的另一個家庭？」她舔著香草冰淇淋問道。

「很好，他們用他們的方式來愛我。我受到很好的照顧。」

「那就好。」她停頓一下，又說：「或許有一天我可以原諒他們。」

那天晚上，回到汽車旅館房間，寫下她說的一切，寫到我的手都痛起來之後，我撥了通電話給茱恩阿姨。此行我本來邀她同來，但她說她沒有這個立場，說是等我有時間的時候，她很樂意聽我分享。

「喂，茱恩阿姨。」

「喂，諾瑪，親愛的。」她等我開口。

「他們真的很棒。」我又哭了起來。「我哭得亂七八糟。這一趟哭完，我這輩子的眼淚大概都流光了吧。」我對著話筒擤鼻涕。

「哭就哭吧，諾瑪……還是……」

「諾瑪。茱恩阿姨，叫我諾瑪就可以了。」

「盡情流淚吧。愛麗絲說，忍住不哭就像憋尿一樣，到頭來終究有害健康。所以，你還不如想哭就哭個痛快。」

「愛麗絲真這麼說？」我笑了出來。

「嗯哼，她在的話就會這麼說。只要讓你以為這話出自愛麗絲的智慧，你就會聽了。」

「我也會聽你的啊，阿姨。」

「那就跟我說說他們的事吧。」

我一五一十、一字不漏把過去幾天的一切重述給她聽，有笑、有淚，還有喬令人哀傷的病情。我告訴她我真正的生日是哪一天，也告訴她那雙靴子和那隻娃娃的事。娃娃現在就靠著旅館房間的枕頭，坐在我旁邊。我告訴她，媽媽有一雙褐色的眼睛，姊姊梅很有智慧，哥哥班有一股安靜的力量。我告訴她，我來自一個叫做「米格瑪哈」的族裔，班和梅答應要教我怎麼當個米格瑪哈人。我告訴她，黑皮膚、黑眼睛的我在那個家庭裡不是異類。阿姨嗯哼、嗯哼地聽著，在該驚呼的地方驚呼、該嘆氣的地方嘆氣、該笑的時候笑出來。時間都快午夜了，準備掛上電話時，我已疲憊不堪。

「茱恩阿姨，我愛你。」

「我也愛你，祝你好夢喔！」

儘管很晚才睡，我還是天一亮就起床了。我用汽車旅館的小咖啡機煮了咖啡，喝完就又回那棟房子去。梅在門口迎接我。

「進來吧。想幫忙做早餐嗎？」

整棟房子靜悄悄的，只有梅一個人起床了，她塞給我兩顆馬鈴薯。

「你首先要學的米格瑪哈語，就是 tapatat 和 pitewey——馬鈴薯和茶。」

她笑著遞給我一把削皮刀。

我不斷複誦這兩個字，直到確定自己記牢了為止。

「你會說……」

「米格瑪哈語嗎？不會。現在已經沒人說了。爸和媽以前會說，但我想，隨著她愈來愈老，她的米格瑪哈語也生鏽了吧。從沒教過我們。以前我們知道幾句髒話，但現在我就連髒話都不會說啦！我和班試著要學，但是很難學。不過，人人都知道 tapatat 和 pitewey 喔！」她又笑了。「你可以跟我們一起學。」

「我很樂意。」我低下頭，看了看自己濕答答沾了馬鈴薯澱粉的雙手，再接著削皮。「梅……」我停頓一下，想了想該怎麼說。「我從來不知道或甚至沒懷疑過自己是印第安人，你覺不覺得很奇怪？這種事是不是不用別人告訴你也知道？」

「欸，一大早就聊這個也太沉重了點。」我們都笑了。「不。幾世紀以來，白人都意圖消滅印第安人的身分認同。你不記得也很合理。但現在既然知道了，那你就該讓大家都知道。你要試著去感受，不能讓那些混帳東西贏了。我們要奪回被奪走的東西，而一切就從知道『pitewey』的意思是『茶』開始。」

他們很愛笑，我的這個家庭，就算在談嚴肅的話題也充滿歡聲笑語。這樣的真情流露、毫不掩飾，對我來講很是新奇。

梅泡茶的時候，我削了夠大家吃的馬鈴薯，切成做薯餅用的小丁。梅也煎了培根肉，餐桌正中央擺著自家烘焙的麵包，我夾了一盤要送去給喬，卻在走道上碰到班扶著喬從轉角冒出來。

「我想到餐桌去吃，像一家人一樣。」喬說。

班扶他坐到我旁邊。大家都入座之後，媽媽說了一段飯前禱告。這對我來講也很新奇。我的養母儘管熱中於教堂事務，卻從未帶領我們做過飯前禱告。短短的一段禱告詞說完，我耳裡就充滿全家一起吃飯的聲音，碗盤刀叉哐噹響。喬叉不起食物來，班就幫忙餵他。一個大男人餵弟弟吃飯，培根油滴到他下巴時幫忙擦掉，很溫馨的畫面。

「哈囉？」前門關上，一名年輕女子走進廚房，我猜她大概二十幾歲、快三十歲吧。她彎身親親喬的頭頂。

「爸，早。Kiju，早。」她也親親我媽媽的頭。「梅姑姑，班伯伯。」她匆匆看了我一眼，然後就從梅的盤子上拿了一片培根塞到嘴裡。「你一定就是露絲姑姑。」她伸手越過桌面來跟我握手。

「你一定就是莉亞。」

「被發現了。」

班挪了挪，莉亞坐到喬旁邊，接過叉子繼續班的工作。她叉了一塊薯餅餵她父親吃，喬喝了口茶，用力把薯餅嚥下去。

「你和莉亞的情況有點類似。我們兩個月前才見面的。有很多話要聊，時間卻不多了。」喬試著要笑，但卻咳了出來。緩過氣來之後，他又說：「沒人覺得好笑，大概只有我把自己的死當笑話吧。」

我待了大約一週半之後，在一個涼爽的陰天上午，班和梅出去買東西，喬和媽在房裡小睡，我第一次在我度過人生最初幾年的房子裡獨處。我端詳著那張全家福，幼年的我瞇眼對著太陽，英俊的查理露出燦爛的笑容，讓人看了也心花怒放。我找到了我寄給他們的照片，就是茱恩阿姨說我皺著眉頭很可愛那張。有人把它收進一本相簿，跟班、梅、查理和喬的照片一起。我就在他們當中，黏在相本上、蓋在塑膠片底下，彷彿從來不曾缺席。莉亞開門走進來時，我差點就要掉下眼淚了。我們兩個還沒單獨相處過，但我們都才開始認識喬，都渴望有更多時間。

「他們丟下你了？」她把外套披在椅背上。

「沒有，兩個去買東西，兩個在睡覺。你爸爸睡著了，但我想他一定很樂意被你叫醒。」

「不了，讓他睡吧。我想這是他唯一不受疼痛折磨的時候。」

莉亞在我身旁坐下，開始跟我說那些照片的故事。她告訴我小時候每週末來這裡跟祖父母共度的種種。她說我的爸爸很安靜但很強壯，即使上了年紀也還是很高。他帶她去打獵、教她用樹枝做捕兔陷阱，還教她拉小提琴。她很想他，我也很想他，只不過是不一樣的思念法。她跟他共度了二十多個年頭，而我只有照片。她跟我聊到她的媽媽蔻拉。

「他們沒離婚，你知道嗎？」

「不知道。」

「是的，他消失了好久，明信片從各種不同的地方寄來。他在西部的時候，他們找到過他一次，但他不肯回家。到他們發現他在緬因州的時候，Kiju決定索性就由著他去吧。」

「他怎麼沒為了你回家來？」

「有很長一段時間，他都不知道我的存在，這是我媽媽的意思。而 Kiju 說他迷失了，迷失的人得自己找到回家的路。」

我伸手過去握住她的手。

「我們說話的時候，有時我感覺他有所保留，像是怕說錯話把我氣走。我好像沒辦法說服他相信，只要他在這裡一天，我就會在這裡一天。」

我很快就融入了這個家庭，彷彿我們從來不曾失去彼此。不久，我就開始跟他們一起輪班照顧喬，睡在他對面的床上，聽著他艱難而微弱的呼吸，在他口乾時幫他拿水，確保他在對的時間吃對的藥。他很抗拒，說他不該成為我的負擔，我卻覺得照料他是天經地義的事。

一天早上，太陽出來了，我還躺在那裡，望著天花板，看灰塵乘著陽光飛舞。這時，喬清了清喉嚨。

「我覺得我們應該去兜個風。」他說。

我撐著手肘坐起來，面向他。「我看不好吧，你不會很痛嗎？」

「我不在乎痛不痛的。在所剩不多的日子裡，我還寧可動一動、活一活。我知道自己隨時會死。所以，我們去兜風吧。」

那天上午，經過一番爭論之後，班把喬扶上車，用枕頭包圍他，盡量讓他在副駕駛座坐得舒服一點，再為他綁好安全帶，我們就出發了。梅和我坐後座，班負責開車。莉亞在家陪她的奶奶。我們沿著長長的碎石子車道開出去時，她就站在門前的台階上揮手。

「喬，你還好嗎？」梅一手按在他肩膀上問道，喬氣喘吁吁地回：「我沒事。」

他在說謊，但我已漸漸明白和一個將死之人沒什麼好爭的。

一路上，我們開過一些馬克和我多年前開過的路，有些看起來很熟悉，有些則感覺很新鮮。午餐過後，我們在一條泥土路邊停下。路旁有棟小房子的斷垣殘壁立在地基上，一株美麗藤蔓的卷鬚纏繞著空蕩蕩的窗框和碎玻璃，院子裡野花叢生、野草高長，景色淒涼但也很美。

「這裡就是琳狄姑姑家。她早就不在了，但她煮的燉鹿肉舉世無雙。」喬按下按鈕，打開他那邊的車窗，深吸一口氣，就彷彿他還能聞到琳狄姑姑家廚房的味道。「她是爸爸的姊姊。在離這裡不遠的地方，有一條小路通往爺爺的獵場，但我們再也找不到那條路了。」

他們都安靜下來，沉浸在我所沒有的回憶裡。但我也以自己的方式，靜靜悼念著他們失去的東西。

「她很胖。我的老天爺，真的很胖。」班說。

「而且她有滿滿的愛。」喬接口道。

「應該說有滿滿的燉肉和麵包吧！但也有滿滿的愛，喬，這點我認同。」梅說笑道。

「被她抱住的時候，我們都很怕會窒息。露絲，那時你還那麼小一個，我們都怕有一天她的大胸脯會把你整個吞下去。」喬笑了起來，笑聲沙啞而低沉。梅的肩膀抖了起來，她先是抿著嘴脣憋笑，但最後還是忍不住張嘴大笑。接著，班也加入他們的行列。就像打呵欠一樣，笑是會傳染的。我別無選擇，只能跟著大笑。很快的，我們笑出了眼淚，眼睛都看不清楚了。梅還抱著肚子笑彎了腰。

「停——」她設法止住笑意，但只要一緩過氣，她就會看看班，又大笑起來。

「我想尿尿。」我笑得邊喘邊說。

我得蹲在路旁尿尿，姊姊用外套幫我擋著，笑聲還在樹林間迴盪。

「我尿到鞋子上了啦！」我大叫，梅聽了只是笑得更厲害。

我們回到車上，兩個哥哥已經冷靜下來了。但喬只是看了班一眼，我們四人又全部笑成一團。大伙兒坐在車上笑了好久，笑到都忘記到底在笑什麼了。直到喬咳了起來，我們才終於恢復鎮定。

「謝謝你們。」我說。

「謝什麼？」梅看著我問。

「我這輩子沒有笑得這麼開心過。」

我們往回家的方向開了好長一段路，翻過了北山[26]，沿著芬迪灣行駛。夕陽下的雲朵轉為粉紅色和紫色。梅形容是棉花糖般的黃昏。我們打開車窗，讓鹹鹹的涼風撲上臉頰，直到我們的臉頰也變得紅撲撲的。車子一路行駛到天空轉為深藍，接著轉為墨黑，再接著星星都在我們頭頂上大放光明了。我們在荒野中停下，班把喬扶下車。在一片野地裡，在我的家鄉，和我冥冥中一直都很愛卻不認識的人，我們一起躺在一塊毯子上，看著星星畫過夜空。

---

25 家傳聖經（family Bible）為基督徒家庭世代相傳的《聖經》，內附手寫族譜，記錄每個家人的生日、卒日、受洗日。

26 北山（North Mountain）：新斯科細亞省西南側芬迪灣沿岸的一道狹長山脊。

16 喬

這麼接近終點，竟是莫名地平靜。我睜不開眼睛，但我感覺得到莉亞的手在我手裡。最後的最後，我想記得的就是我女兒的撫觸。我知道他們都在，在這個房間裡。即使死到臨頭，我還是不太相信天堂，不太相信我在那裡有個位置，但我感覺得到爸爸和查理站在角落裡，等著我。我再也不痛了，身體感覺像個小孩一樣輕。

我不想看什麼人生跑馬燈；我就想和所有我愛的人一起，待在當下這一刻。我的哥哥、姊姊、妹妹，兩隻鬼魂，還有一個我不配擁有的女兒，全都在同一個地方，陪在我身邊。我想，聽在別人耳裡或許會很奇怪，但打從那天烏鴉在緬因州的莓果田叼走我的吐司以來，這大概是我這輩子最幸福的一天了。

17 露絲

喬在一個星期天早上病逝。他對我們每個人都笑了笑，接著就輕輕睡去，悄悄斷了氣。以一個安靜的人來講，他的死也很安靜。大半輩子獨自度過的人，臨終時被愛包圍。莉亞哭著抓起他的手親了親。梅和我只是置身事外地看著一切，堅強的女子懂得放手。班站在門口，像是準備護送他的靈魂跨過門檻。媽不肯看，她一個人坐在客廳裡的椅子上，看著俯衝下來覓食的鳥兒輕聲啜泣。

依照喬的要求，他的遺體火化了。依照喬的遺願，我們把一半的骨灰埋在新斯科細亞，就埋在查理旁邊。喬想把另一半埋在緬因州。十天後的葬禮過後，莉亞坐在我旁邊的副駕駛座，我把車子開出車道，朝莓果田駛去，剩下的骨灰綁在後座。

那間小工寮就跟我上次來的時候一樣，油彩在傍晚柔和的光線下閃閃發亮。莉亞伸出手指，沿著畫中的花莖、雲朵的輪廓和藍色的浪頭畫過去，欣賞著她父親的傑作。

我們把喬的骨灰埋在他搭建的台階旁。我和面容跟我有幾分相似的親姪女手牽手站在那裡，開始放開縈繞我心的鬼魂。

謝詞

我自己很愛讀謝詞，所以很清楚謝詞是怎麼寫的，也所以首先就要向勢必有所遺漏的人致上歉意。真的很抱歉。

其次就是要感謝我的家人和朋友。對這個寫作計畫和我實現計畫的能力，你們給予了難以置信的支持。過去四年來，謝謝你們耐心聽我聊，也謝謝你們為此操心。尤其感謝 Tyler Lightfoot 當我的第一位讀者和頭號支持者，還有我的老爸，一遍遍說著同樣的故事，每次都笑得一樣用力，還特地帶我去緬因州看莓果田。

謝謝我在班夫新秀作家密集班（Banff Emerging Writers Intensive）的伙伴：Michael Lowenthal、Erin Soros、Kendra Fish、Theo Di Castri、Ingrid Keenan、Zahida Rahemtulla、Chris Bailey 和 Charlie Frist，你們是首先讀到並跟我切磋第一章內容的人，這個寫作班給了我修潤拙作及繼續走

這條路的信心。

謝謝我在美洲印第安文學院（IAIA）的老師和同事：Chip Livingston、Pam Houston、Brandon Hobson、Jona Kottler、Gillian Esquivia-Cohen、Tashina Emery、Michael Owl、Cruz Castillo、Maxie Moua、Chantal Rondeau-Weaver，你們幫助我成為一名更好的寫作者，也給了我每位寫作者都需要的同儕愛。

謝謝始終很有耐心的經紀人 Marilyn Biderman，她等了又等，然後施展她的魔法，幫助我實現畢生的夢想，讓我寫的故事得以問世。謝謝我的編輯 Janice Zawerbny 慧眼看中拙作的潛力，並幫忙塑造和雕琢這本書。你們兩位都很棒。

我也極其幸運得到了三位優秀女性的提點。謝謝 Stephanie Domet，某個夏日午後，坐在我家後廊，擎著一杯酒，聽我說爸爸的故事給我的小說靈感。Stephanie 是第一個對我說「你應該寫下來」的人。謝謝我久仰的 Katherena Vermette，她將我選入作家信託新星計畫，令我備覺受寵若驚。你們委婉的建議和愉快的談話給了我信心，讓我相信自己有一天會走進一間書店，看到自己的書在架上。

最後，謝謝我的寫作老師、人生導師（她不喜歡我這麼叫她）和親愛、心愛、摯愛的朋友Christy Ann Conlin，她從我的作品中看見了我自己都看不見的東西。她讀過我的好作品、壞作品和不堪入目的作品，卻還是對我有信心，即使在我自己也沒信心的時候。她從這段寫作之旅的起點就一路伴著我，我欠她的無以計量。

對每一位幫我實現夢想的人，我都要說聲wela'lioq（米格瑪哈語：謝謝你）。希望你們知道這對我的意義有多重大。最後，謝謝每一位與這本小說相遇的讀者，願你們享受這次的閱讀。

採莓人

The Berry Pickers

作　　者｜亞曼達・彼得斯 Amanda Peters
譯　　者｜祁怡瑋

副 社 長｜陳瀅如
總 編 輯｜戴偉傑
責任編輯｜陳瀅如
行銷企畫｜陳雅雯、趙鴻祐、張詠晶
裝幀設計｜傅文豪
內文排版｜Sunline Design
印　　刷｜漾格科技股份有限公司

出　　版｜木馬文化事業股份有限公司
發　　行｜遠足文化事業股份有限公司（讀書共和國出版集團）
地　　址｜231023 新北市新店區民權路 108-4 號 8 樓
電　　話｜02-2218-1417
傳　　眞｜02-2218-0727
客服信箱｜service@bookrep.com.tw
客服專線｜0800-221-029
郵撥帳號｜19588272 木馬文化事業股份有限公司
法律顧問｜華洋法律事務所　蘇文生律師

初版一刷｜2025 年 7 月
定　　價｜NT$480
I S B N｜978-626-314-847-5（平裝）978-626-314-848-2（EPUB）

國家圖書館出版品預行編目 (CIP) 資料

採莓人 / 亞曼達．彼得斯 (Amanda Peters) 著 ; 祁怡瑋譯 . -- 初版 . -- 新北市 : 木馬文化事業股份有限公司出版
: 遠足文化事業股份有限公司發行 , 2025.07　　360 面 ;　14.8x21 公分　　譯自 : The berry pickers
ISBN 978-626-314-847-5(平裝)　　885.357　　114007665